EN

CANOT DE PAPIER

DE QUÉBEC AU GOLFE DU MEXIQUE

2,500 MILLES A L'AVIRON

PAR

N. H. BISHOP

TRADUIT PAR HEPHELL

Ouvrage orné de cartes et de gravures

LABOR · OMNIA · VINCIT IMPROBVS

PARIS

E. PLON ET Cie, IMPRIMEURS-ÉDITEURS

RUE GARANCIÈRE, 10

1879

Tous droits réservés

EN

CANOT DE PAPIER

PARIS. TYPOGRAPHIE DE E. PLON ET Cie, RUE GARANCIÈRE, 8.

La réside-- de l'alligator.

EN

CANOT DE PAPIER

DE QUÉBEC AU GOLFE DU MEXIQUE

2,500 MILLES A L'AVIRON

PAR

N. H. BISHOP

TRADUIT PAR HEPHELL

OUVRAGE ORNÉ DE CARTES ET DE GRAVURES

PARIS

E. PLON et Cie, IMPRIMEURS-ÉDITEURS

RUE GARANCIÈRE, 10

1879

INTRODUCTION

L'auteur est parti de Québec, capitale du Canada, le 4 juin 1874, avec un seul compagnon, dans un canot en bois, long de dix-huit pieds, et faisant route vers le golfe du Mexique. Il se proposait de suivre les cours d'eau naturels ou artificiels du continent, en marchant toujours vers le Sud jusqu'au golfe du Mexique et en ne descendant à terre que le moins souvent possible, voulant prouver que des canots d'un faible tirant d'eau peuvent ne rencontrer que très-peu de lacunes pour aller des régions glaciales et brumeuses du Saint-Laurent, au nord, jusqu'à la grande mer dont les flots battent au sud les côtes sablonneuses des États-Unis. Après avoir parcouru d'abord quatre cents milles, l'auteur arriva à la ville de Troy, sur le fleuve Hudson, où, depuis plusieurs

a

années, MM. Waters père et fils ont perfectionné la construction des canots en papier.

On ne saurait plus mettre en question les avantages que présente en pareil cas, et pour une semblable expédition, un canot ne pesant que cinquante-huit livres, dont la solidité et les conditions de durée ont été démontrées de la manière la plus satisfaisante. A Troy, l'auteur congédia son compagnon et « mania, lui tout seul, ses avirons » jusqu'à la fin du voyage, c'est-à-dire sur une distance d'environ deux mille milles.

Bien que fréquemment égaré dans le dédale des ruisseaux et des marais qui bordent la côte sud de son pays, il se tira de toutes ces difficultés, grâce aux cartes si bien dessinées des côtes des États-Unis, travail remarquablement exact, au sujet duquel l'auteur adresse aux hydrographes ses compliments et l'expression de sa gratitude.

L'accueil hospitalier que les gens du Sud ont fait à ce voyageur inconnu, au milieu des cours d'eau, des sounds et des rivières du littoral, fut des plus agréables; il n'ajoutera à ce témoignage de sa reconnaissance qu'un extrait de sa réponse à l'adresse du maire de la ville de Sainte-Marie, où, à la fin de son voyage, on l'honora d'une ovation particulièrement flatteuse : « Pendant que mon petit canot de papier était dans les eaux du Sud, accomplissant un voyage d'exploration géographique depuis les caps du Delaware jusqu'à la belle ville de Sainte-Marie, j'ai été profondément sensible à la cordiale hospitalité des habitants du Sud. Les pêcheurs qui vivent sur les plages solitaires de la côte orientale du Maryland et de la Virginie; les gardiens des phares des sounds d'Albemarle, de Pamplico et de Core, dans la Caroline du Nord; les planteurs de ground-nuts, qui habitent les hauts plateaux bordant tout l'ensemble des ruisseaux et des marais, depuis la passe du Bogue jusqu'au cap Fear; les bûcherons et les distillateurs de térébenthine des petites collines qui rompent la monotonie des grands marais de la rivière sinueuse le Waccamaw; les représentants de l'aristocratie autrefois si puissante des planteurs de riz des rivières Santee et Peedee; les hommes de couleur des *Sea-Islands* de la côte de Géorgie; les habitants de la Floride, entre la rivière de Sainte-Marie et le Suwanee; enfin, les insulaires du golfe du Mexique, — là où je terminai ma longue course, — tous ont contribué au succès du « Voyage du canot de papier ».

Depuis ce voyage dans le canot de papier, l'auteur s'est encore embarqué, seul, le 2 décembre 1875, dans un bateau en bois de cèdre, long de douze pieds, à la source de l'Ohio, à Pittsburgh (Pennsylvanie), descendant l'Ohio et le Mississipi, deux mille milles. Puis, après une relâche à la Nouvelle-Orléans, il fit un portage à l'est, sur le lac Pontchartrain, et longea à l'aviron les côtes du golfe du Mexique sur une distance de six ou sept cents milles, jusqu'aux Cedar-Cayes dans la Floride, point où il avait terminé son premier voyage dans le canot de papier.

Pendant ces deux voyages, qui représentent plus de cinq mille milles parcourus à la rame, l'auteur n'eut qu'une seule épreuve un peu grave à subir, lorsque son canot chavira dans la baie de la Delaware; néanmoins, il a ramené chez lui ses bateaux en bon état avec les cartes et les journaux qu'il avait à bord.

Sur la demande des commissaires du gouvernement des États-Unis à l'Exposition de Philadelphie, le canot de papier *la Maria-Theresa* et le bateau de cèdre *le Centennial of the Republic* ont été exposés à la section des États-Unis, pendant l'été et l'automne de 1876.

Les cartes de la route suivie par le canot de papier ont été dressées, en vertu d'un traité passé avec les membres du Bureau hydrographique, à l'échelle de $\frac{1}{1,50\,\,000}$; étant construites d'après des levers récents, elles peuvent être considérées comme les meilleures qui aient été, jusqu'ici, offertes au public.

Il est juste d'adresser des compliments à MM. Waud, Merrill et John Andrew pour le talent qu'ils ont montré dans les dessins et les gravures.

Aux lecteurs qui ont fait un si gracieux accueil à son premier ouvrage : *les Pampas et les Andes,* l'auteur, qui n'avait alors que dix-sept ans, est heureux de dire aujourd'hui, en les remerciant, qu'il a été encouragé par leurs correspondances, toujours si gracieuses, à publier ce second récit de ses voyages : *le Voyage du canot de papier.*

Lac George, 1er janvier 1878.

Nous croyons devoir faire suivre cette Introduction de quelques lignes, pour lesquelles nous nous considérons comme d'autant plus en droit d'espérer l'indulgence qu'elles ne sont pas destinées à vanter les mérites du livre, et encore moins ceux de la traduction. En pareille matière, nous nous inclinons respectueusement devant la souveraineté absolue du juge, c'est-à-dire du public, qui rend, sans qu'il ait besoin de les motiver, des arrêts sans appel.

Ce que nous nous proposons, c'est de rendre plus assurée la lecture de ce livre en faisant loyalement confidence des difficultés que nous avons rencontrées dans notre travail, et en disant la raison des partis que nous avons dû prendre pour les résoudre.

M. Bishop n'a découvert aucun pays inconnu ; mais, autant que nous le sachions du moins, la route qu'il a suivie sur la côte de l'Amérique, depuis l'embouchure du Saint-Laurent jusqu'au golfe du Mexique, n'a encore été parcourue que par lui dans son ensemble et dans ses détails. Certes, nous n'ignorions pas Québec, ni le lac Champlain, ni l'Hudson, ni New-York, ni la baie de la Delaware, ni la rade de Charleston, ni les Sea-Islands de la Géorgie, non plus que l'existence de la Floride : tout cela nous avait été décrit par bribes ou par parties ; mais ce que nous avouons avoir ignoré, c'est l'ensemble des cours d'eau naturels ou artificiels qui longent intérieurement tout le littoral de l'Amérique du Nord et qui ont permis à M. Bishop de franchir, la rame à la main, sauf deux ou trois portages insignifiants, et qu'encore il aurait

pu s'épargner, toute la distance, les quatre mille six cents
et quelques kilomètres qui séparent l'estuaire du Saint-
Laurent du golfe du Mexique. De même, voyageant seul
et par petites étapes à travers des pays souvent peu peu-
plés et même quelquefois déserts, il a recueilli dans son
excursion une foule d'anecdotes ou de renseignements
nouveaux inédits qui représentent en quelque sorte la
gamme des mœurs de cet immense littoral, et il les repro-
duit avec la sincérité des impressions individuelles, mûries
et réfléchies dans l'isolement où il vivait.

C'est tout cela qui constitue la remarquable originalité de ce récit; mais de tout cela aussi il résulte forcé-
ment l'emploi d'une multitude de termes et de locutions
empruntés aux idiomes locaux et qui nous eussent fort
embarrassé si l'auteur, ayant bien la conscience qu'ils
seraient sans doute assez difficiles à comprendre même
pour ses compatriotes, n'eût pas eu soin de fournir des
explications qui nous ont singulièrement aidé dans
notre travail. Ce n'a donc pas été là que s'est trouvée
la grosse difficulté, c'est dans la nomenclature géographique.

Comment traduire ce mot *Sound* qui se rencontre si
souvent dans la seconde moitié du volume? Ce mot est
d'origine germanique, et dans son véritable sens étymo-
logique il signifie séparation. Géographiquement, les
Scandinaves et les Allemands, qui l'écrivent *Sund,* l'ont
appliqué à tout bras de mer resserré qui sépare deux

terres voisines, mais qui est ouvert à chacune de ses extrémités, de sorte que si pour l'habitant de la terre ferme
il sépare deux îles ou deux pays, il est au contraire pour
le navigateur, le passage qui permet la communication
entre deux mers, ou même deux étendues de mer. Ainsi
en est-il du *Sund* du Danemark qui sépare l'île de See-
land de l'extrémité méridionale de la Suède, mais qui
unit aussi la mer du Nord à la mer Baltique. Il y a apparence de contradiction selon le point de vue où l'on se
place ; mais nous avons nous-mêmes dans notre français quelque chose de semblable lorsque nous disons le
bief de partage d'un canal. C'est bien, en effet, pour l'ingénieur le point le plus élevé qui partage les eaux pour
les envoyer dans des directions différentes, en leur faisant
descendre les deux versants opposés d'une chaîne de
montagnes ; mais pour le batelier, c'est le point de jonction entre les cours d'eau de deux vallées, de deux bassins. Cependant, nous n'appliquons pas le mot de *Sund*
sur notre territoire, ni dans notre langue générale, et
nous disons détroit, voire détroit du Pas-de-Calais, celui
qui met en communication la Manche avec la mer du
Nord. C'est une locution quelque peu singulière, car en
cette circonstance *Pas* signifie passage, passe ou détroit
de Calais, comme on dit : le Pas de Suze dans les Alpes
du Piémont. C'est donc un sorte de pléonasme, quoiqu'il soit justifié par l'usage.

Si les langues latines ont rejeté le mot *Sund,* il a, en

revanche, pénétré en Angleterre et en Hollande, où il
s'écrit *Sound* et *Zond*. Les Hollandais entendent le mot
dans le même sens que nous celui de détroit, et il est
pour eux un zond par excellence celui qui sépare leurs
possessions de Java et de Sumatra, met en communication l'océan Indien avec les mers de l'Indo-Chine, et
qui, jusqu'à l'ouverture du canal de Suez, était un point
de passage forcé sur la route, aller et retour, de tous les
navires qui desservaient les relations de l'Europe et de
l'Amérique orientale avec tous les pays situés à l'est du
détroit de Malacca : l'archipel de la Malaisie, Siam, les
Moluques, les Philippines, la Chine, le Japon, etc., etc.
Il est toujours fréquenté par la navigation à voiles, qui
n'a aucun intérêt à se servir du canal de Suez. Par un
étrange abus de langage, nous avons fait de ce zond le
détroit de la Sonde, ce qui revient à dire le détroit du
détroit. Nous sommes même allés plus loin, s'il est possible, dans cette voie bizarre, car pendant des siècles
nous avons baptisé l'archipel malais du nom d'îles de
la Sonde, comme si la Sonde était une mer ou un pays.
Et nous n'y avons pas encore tout à fait renoncé !

Les Anglais ont adopté le mot *Sound*, mais ce n'est
que par exception, si même il existe des exceptions,
qu'ils l'ont appliqué dans les îles britanniques de l'Europe. En général, et même presque toujours, ils se servent du mot *Strait* pour désigner ce que nous appelons

détroit; ç'en est l'équivalent exact. Néanmoins, ils ont importé le sound en Amérique; mais, fait assez remarquable et que nous ne saurions comment expliquer suffisamment, le terme semble n'avoir trouvé d'emploi général que dans le sud des États-Unis. Au nord du cap Henlopen, nous ne trouvons presque aucun sound, tandis que nous en rencontrons une multitude dans la Virginie, les Carolines, la Géorgie, etc., etc. Pourquoi? Assurément parce qu'ils représentent, conformément à l'étymologie de leur nom, un réseau de cours d'eaux des plus compliqués entre le continent et les innombrables îles qui bordent ce vaste littoral, parce qu'ils les séparent, en effet, les unes des autres, et toutes de la terre ferme. A ce point de vue, il y a une analogie très-saisissable entre le sound des États du sud de l'Amérique du Nord et le sens originel du mot qu'il a emprunté; mais il n'y a pas équivalence précise avec ce que les Allemands, les Scandinaves et les Hollandais appellent sund ou zond et ce que nous entendons en français par détroit, désignation que nous nous sommes cru en devoir de rejeter de notre traduction. En effet, le sound américain ne réunit pas deux mers, ni même deux bassins; et ce qui mérite encore plus l'attention, c'est qu'il n'arrive presque jamais à la mer sous son nom propre, c'est qu'il n'a de communication avec elle que par l'intermédiaire de ce qu'on appelle dans la langue locale les *inlets,* dont nous allons avoir tout à l'heure

à parler. En réalité, le sound des États-Unis est tout
intérieur et doit s'entendre d'une dépression de terrain par laquelle les eaux de l'Atlantique pénètrent avec
les influences des marées au milieu des terres, quelquefois, comme par exemple dans les Albemarle et Pamplico-Sounds, sur des superficies très-considérables. Au
lieu d'être perché dans un creux des Alpes, à plusieurs
centaines de mètres au-dessus du niveau de la Méditer-
ranée, et s'il était soumis aux actions et réactions
d'une mer à marées sensibles, le lac de Genève serait,
lui aussi, un sound dans le sens où le mot s'applique
aux États-Unis. En l'état actuel des choses, nous recon-
naissons, sans nous faire prier, que la comparaison est
un peu forcée, mais cependant elle est juste, et elle rend
si bien ce que nous voulons dire! Voilà les raisons pour
lesquelles nous nous sommes refusé à traduire *Sound*
par détroit, et pourquoi aussi, faute d'un mot qui rendît
bien ce que nous comprenions nous-même, nous avons
conservé partout où elle se présentait la désignation de
Sound, en l'entendant dans l'acception de bras de mer
intérieur, ainsi que, d'ailleurs, nous l'avons indiqué dans
la légende de nos cartes.

Nous avons aussi traduit, toujours sur nos cartes et
presque toujours dans notre texte, le mot *inlet* par celui
de passe. Nous ne l'avons conservé dans notre traduction que dans des cas très-rares d'ailleurs, lorsqu'il
indiquait la désignation d'un point fixe qu'il faut se

garder de confondre avec un autre qui porte en partie
le même nom : comme lorsque nous disons chez nous
Bourg-Théroulde, Bourg-la-Reine, Bourg-Saint-Andéol,
ou la Ferté-Macé, la Ferté-Bernard, la Ferté-Aleps, etc.
Entendu dans son sens propre, *inlet* veut dire la passe,
la porte par lesquelles les marées de l'Océan alimentent
les sounds, les brèches que les tempêtes si fréquentes
sur cette côte s'ouvrent de vive force à travers le long
cordon d'îles ou d'îlots qui sont partout en voie de for-
mation ou d'accroissement sur tout ce littoral. Par
contre, ces mêmes passes, ces mêmes brèches tendent
à se combler par les apports et les détritus de toute espèce qui tombent incessamment avec les cours d'eau des
Alleghanis ou de leurs contre-forts connus sous le nom
de Montagnes Bleues, Montagnes Vertes, etc., etc. Il
en résulte que le régime des inlets est encore très-peu
stable ; mais il en résultera aussi, avec la suite des
temps, par le travail de la nature et par celui des
hommes, tout un grand territoire de la plus admirable
fécondité, car la terre finira par avoir dans ces parages
raison de la mer, comme elle l'a eue en Hollande et sur
le littoral de la Chine.

Déjà, sur les îles que l'on peut regarder comme fixées,
les Carolines produisent les plus beaux riz et la Géorgie
le magnifique coton qui est connu sous le nom de *sea-
islands* (îles de la mer). Qu'en sera-t-il lorsque ces régions, aujourd'hui encore si peu habitées, seront peu-

plées par la race énergique des États-Unis, car les Américains ne sont certainement pas moins laborieux que les Chinois, ni moins entreprenants que les Hollandais, à qui leurs conquêtes sur la mer ont valu la légitime admiration du monde? Il n'est pas téméraire de prévoir qu'un jour viendra où même les Albemarle et Pamplico-Sounds deviendront ce que sont devenues par le travail des Hollandais la mer de Harlem et celle du Zuyderzée. Il ne manque que les bras, mais l'on sait quelle est la puissance d'accroissement de la population aux États-Unis! C'est un sujet qui doit dès aujourd'hui préoccuper les hydrographes et les géologues, les géographes et les économistes, et sur lequel le livre de M. Bishop fournit de précieuses indications.

Passons maintenant au mot *Creek,* qui se présente si souvent dans le texte de l'auteur et que l'on trouvera si rarement dans le nôtre. Il eût cependant été si commode de le traduire par crique, car non-seulement on aurait eu le même terme et jusqu'à la même prononciation, mais ce qui vaut peut-être mieux encore, nous aurions pu alléguer que dans leur langue spéciale nos marins se servent du mot crique presque dans le même sens que celui où il est appliqué de l'autre côté de l'Atlantique. — « C'est aussi, dit l'excellent dictionnaire du savant amiral Pâris au mot *Crique,* c'est aussi une coupure formant un canal qui se prolonge dans les terres. » — La traduction aurait donc été facile à défendre comme étant

irréprochable, et même elle avait une certaine apparence
de complet savoir qui aurait pu nous tenter. Le « c'est
aussi » de M. l'amiral Pâris indique qu'il est un autre
sens où notre mot crique est plus généralement entendu. Le passage cité n'est, en effet, que le complé-
ment d'une autre petite phrase qui dit : « Crique, en-
foncement dans une côte, ou sur une côte qui sert d'abri
à de petits navires », et dans l'usage c'est ainsi que
crique est entendu par l'immense majorité des lecteurs.
Nous avons voulu respecter cet usage, d'autant plus
qu'aux États-Unis le mot *creek* s'emploie sur une bien
plus grande échelle qu'il n'est employé par nos marins.
Pour eux, il n'y a de crique que le chenal qui est acces-
sible à l'eau salée, qu'elle vide ou remplit selon les
heures des marées et qu'elle met en communication non
interrompue avec la mer du large. Aux États-Unis, on
trouve des *creeks* jusque bien loin dans l'intérieur des
terres ; le mot s'applique à des courants d'eau douce
aussi bien que d'eau salée ; dans la réalité, il semble désigner surtout des cours d'eau de peu de profondeur, à
débit inconstant, selon qu'ils sont influencés par les
marées ou par la fonte des neiges ou par les pluies et les
inondations du printemps, et qui peuvent, dans certaines circonstances, se changer tout à coup en torrents
impétueux pour retomber presque aussi vite à n'avoir
qu'un maigre chenal du plus faible tirant d'eau.
M. Bishop en a fait bien souvent l'expérience avec son ca-

not de papier, qui ne tirait cependant pas plus de dix-
huit pouces et qui, néanmoins, fut si souvent écorché
par le fond ou arrêté dans sa route en attendant que le
retour du flot vînt lui permettre de reprendre son chemin.
Voilà pourquoi nous n'avons employé le mot *creek*
qu'avec la plus grande réserve, et nous l'avons traduit
presque toujours par ruisseau, cours d'eau; toutefois,
comme nous n'avions pas la prétention d'inventer une
nouvelle nomenclature qui aurait pu à son tour dérouter
le lecteur, nous avons conservé sur nos cartes et dans
leurs légendes la désignation de *creek*. On ne pourra pas
s'y tromper.

Enfin, nous avons cru devoir aussi conserver un autre
mot que l'on retrouvera dans notre texte, dix ou douze fois
au plus, mais dont nous ne connaissions pas l'équivalent
exact en français et que nous n'aurions pu rendre que
par de trop longues périphrases : c'est *Narrows* (littéra-
lement les étroits). Sur la terre, on dit gorge, défilé,
ravin ; mais sur des cours d'eau? Il y a le mot goulet
qui se rapproche assez bien du sens, mais il ne s'applique dans notre langue qu'à un passage resserré qui
met en communication une nappe d'eau de mer intérieure avec le large : le goulet de la rade de Brest, la
goulette de Tunis, etc., etc. Nous ne pouvions nous en
servir pour des fleuves, et nous avons conservé le *narrows* des Américains.

Telles sont les explications que nous avons cru devoir donner au lecteur.

Puisse maintenant le public, qui aime les bons livres, trouver dans cet aimable et intéressant récit quelque peu du charme que nous avons éprouvé nous-même dans notre travail!

LE TRADUCTEUR.

TABLE DES MATIÈRES

CHAPITRE SIXIÈME

DE TROY A PHILADELPHIE

CHAPITRE SEPTIÈME

DE PHILADELPHIE AU CAP HENLOPEN

CHAPITRE HUITIÈME

DU CAP HENLOPEN A NORFOLK (VIRGINIE)

CHAPITRE NEUVIÈME

DE NORFOLK AU CAP HATTERAS

TABLE DES GRAVURES

TABLE DES CARTES

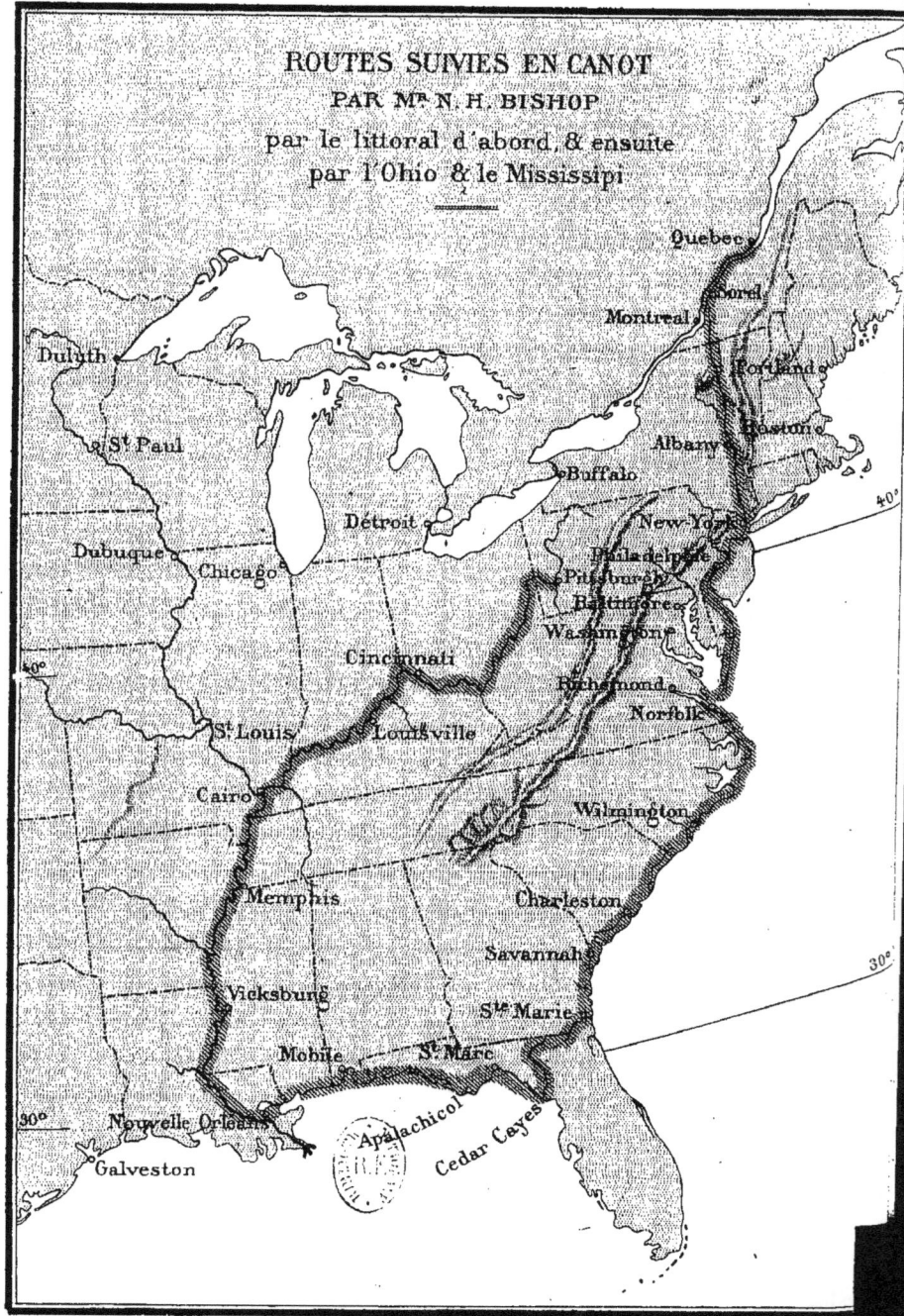

Pl. I

ROUTES SUIVIES EN CANOT

PAR MR N. H. BISHOP

par le littoral d'abord, & ensuite
par l'Ohio & le Mississipi

Quebec

Sorel

Montreal

Portland

Duluth

Albany Boston

St Paul Buffalo

New-York

Détroit Philadelphie

Dubuque Pittsburgh

Chicago Baltimore

Washington

Cincinnati

Richmond

St Louis Louisville Norfolk

Cairo

Wilmington

Memphis Charleston

Savannah

Vicksburg Ste Marie

Mobile St Marc

Nouvelle Orleans Apalachicol Cedar Cayes

Galveston

Gravé par F. Dufour, R. Vavin, 35.

EN

CANOT DE PAPIER

DE QUÉBEC AU GOLFE DU MEXIQUE

(2,500 milles)

CHAPITRE PREMIER

LES ATTERRISSAGES DU NOUVEAU CONTINENT

Ile Saint-Paul. — Atterrissage du golfe du Saint-Laurent. — L'ancien
Auk. — L'île Anticosti. — Montagnes de glaces. — Superstitions des
marins. — Estuaire du Saint-Laurent. — Tadousac. — Le Saguenay. — Les baleines blanches. — Québec.

Lorsqu'il va chercher les ports du Saint-Laurent, le
navigateur reconnaît d'abord la petite île de Saint-Paul,
située entre le cap Ray, pointe sud-ouest de l'île de
Terre-Neuve, au nord, et le cap North, pointe nord-
est de l'île du Cap-Breton, au sud. A cette entrée du
golfe du Saint-Laurent, de cap à cap, la distance est de
cinquante-quatre milles géographiques ; à environ douze
milles est-nord-est du cap North, s'élève l'île de Saint-
Paul, avec ses trois pics, ses deux phares et des eaux
profondes de tous les côtés. Cette grande entrée dans

1

le golfe peut s'appeler le passage du Milieu, car, à l'extrémité nord de Terre-Neuve, entre la grande île et la côte du Labrador, il existe une autre entrée connue sous le nom de Belle-Isle et qu'on désigne quelquefois comme « le passage le plus court en venant d'Angleterre ». Plus au sud, il est encore une autre route, mais celle-là plus étroite ; c'est le ras de Canso, qui sépare l'île du Cap-Breton de la Nouvelle-Écosse, mais où les courants de marée, resserrés entre les terres, sont très-violents.

Il y a une centaine d'années, quand le navigateur approchait de la dangereuse entrée de Saint-Paul, aujourd'hui éclairée pendant la nuit par des phares, il était charmé par la vue d'immenses troupes d'oiseaux de mer d'une espèce particulière, maintenant perdue. Dès qu'il apercevait sur l'eau le grand auk (*alca impennis*) qu'il appelait pingouin par erreur, il savait que la terre était proche, et que s'il pouvait rencontrer d'autres espèces d'oiseaux très-loin au large, le grand auk, son pingouin, ne se trouvait que dans le voisinage de la côte. Non-seulement cet oiseau, dont l'espèce a disparu, annonçait la proximité de la terre, mais si étranges étaient ses habitudes, et si innocente était sa nature, qu'il se laissait prendre par centaines et ravitaillait les navires à peu de frais, sans la moindre peine. De peu de valeur il y a un siècle, un grand-auk empaillé vaut aujourd'hui six mille cinq cents francs en or ; il n'existe plus que soixante-douze spécimens de ces oiseaux dans les musées de l'Amérique et de l'Europe, quelques squelettes et soixante-cinq de ses œufs.

Sous le règne de Jacques Ier, le capitaine Whitebourne écrivait ces simples lignes : « Les pingouins sont aussi gros que des oies, et n'ayant que de courtes ailes, ils ne volent pas ; ils se multiplient en telles quantités, sur une certaine île plate, qu'on les prend par centaines à la fois, comme si Dieu avait voulu que l'innocence d'une si bonne créature devînt un admirable élément pour la nourriture de l'homme. »

Le *Pilote anglais,* dans son quatrième livre, publié en 1761, dont j'ai offert un exemplaire au département hydrographique des États-Unis, publiait sur cet oiseau américain, d'une espèce maintenant perdue, les lignes suivantes : « Ils ne vont jamais, comme les autres, au delà du banc de Terre-Neuve, car ils sont toujours dessus ou dedans, en bande de plusieurs, quelquefois par couples, mais jamais moins que deux ensemble. Ce sont de grands oiseaux à peu près de la taille d'une oie, avec la tête et le dos noirs comme du charbon, le ventre blanc et une tache blanche comme du lait sous un de leurs yeux ; la nature a voulu que ce fût l'œil droit. »

C'est ainsi que la voracité du marin et la chasse au pot ont fait disparaître de la surface du globe un ancien pilote qui rendait de véritables services au navigateur. De nos jours, le phare, le canon de signal et les cartes perfectionnées ont pris la place du pingouin pour venir en aide au voyageur ; et c'est presque à la distance de vingt milles en mer qu'il aperçoit les brillants éclats des phares de Saint-Paul. Après avoir doublé la petite île, le navire entre dans le grand golfe du Saint-Laurent, et, ayant passé les îles Madeleine, il prend pour point de repère, autant que le vent et le temps le lui permettent, les roches si redoutées de la côte d'Anticosti. De l'entrée du golfe à cette île, la route à suivre est le nord-ouest pendant cent trente-cinq milles marins. C'est Anticosti qui divise le bras supérieur du Saint-Laurent en deux grandes passes; elle a cent vingt-trois milles de long et douze à treize de large. A l'entrée du grand bras ou estuaire, à partir du cap élevé de Gaspé, sur la côte sud du continent, la distance jusqu'à Anticosti est d'environ quarante milles; c'est ce qu'on appelle la passe du Sud. De la côte septentrionale de l'île, et près de l'extrémité occidentale jusqu'à la côte du Labrador, la passe nord est large d'une quinzaine de milles. Le passage de Saint-Paul à Anticosti est souvent dangereux; sur ces parages règnent des vents violents, de forts courants et des brumes épaisses. C'est aussi le vent qui amène habituellement les brumes. Alors, des régions glaciales du cercle arctique, de la terre de la Désolation, descendent par le détroit de Belle-Isle de dangereuses montagnes de glace. De bonne heure, au printemps, ces radeaux de glace sont couverts de colonies de veaux marins qui s'y réfugient pour donner naissance à leurs petits. Sur ces berceaux glacés, balancés par l'éternel mouvement des vagues, des myriades de jeunes veaux marins sont allaités pendant quelques jours. Puis, répondant aux bruyants appels de leurs mères, ils les accompagnent dans l'eau salée pour y suivre les impulsions de leurs instincts. Les cris retentissants des vieux mâles restés sur les radeaux de glace peuvent s'entendre, dans une nuit calme, à plusieurs

milles de distance, et ils inquiètent le marin superstitieux qui ignore la cause de ce tumulte.

Souvent d'épais brouillards se répandent sur les flots,
et lorsque le navire avance lentement, guidé seulement
par la boussole, un son bruyant alarme le capitaine qui
veille. Le vacarme des eaux qui se brisent résonne à travers la brume épaisse ; il écoute : le bruit sourd et monotone des vagues qui rencontrent un obstacle se fait
maintenant entendre clairement ; l'atmosphère soudaine-
ment se refroidit : c'est la respiration des bancs de glace !
Alors, l'ordre de : « Tout le monde sur le pont ! » appelle au service tout l'équipage ; les hommes, appuyés
sur le bastingage du côté du vent, plongent des regards
inquiets dans la brume épaisse avec une attention avivée
par la crainte : « Bien sûr, se dit le capitaine, j'ai passé
les Madeleines ; je suis encore loin d'Anticosti, et cependant voilà des brisants ; quelle route faire ? » La difficulté se résout d'elle-même à la vue de murailles blanches, admirables, mais terribles, qui émergent de la
brume ; les marins effrayés suivent avec inquiétude les
mouvements lents de la glace flottante quand elle s'avance
près de leur navire, car ils craignent toujours qu'il ne
soit attiré sur la masse de glace par la puissance d'attraction particulière qu'ils lui attribuent.

Pendant qu'ils contemplent ce spectacle, les flots
battent contre la base glacée de la montagne et *brisent,*
comme s'ils dépensaient leur force sur une côte rocheuse.
Du haut des flancs de la montagne qui se désagrége, des
ruisselets et des cascades tombent et se mêlent aux
eaux salées de la mer. Ce spectre flottant disparaît len-

tement, se perd dans la brume, et le marin remercie son heureuse étoile de l'avoir sauvé une fois de plus du péril. Il faut cependant doubler l'île redoutée d'Anticosti, le tombeau de tant de marins; le navire continue sa route le long de la côte sud, côte inhospitalière, sans port ni abri, hérissée de rochers.

Elle est jonchée d'une multitude d'épaves, mais pourvue de quatre feux qui avertissent le pilote du danger. Dès qu'on a franchi cette île, on est dans l'estuaire du golfe où le Saint-Laurent porte à la mer les eaux des grands lacs du continent. En approchant de la côte nord, le marin superstitieux est encore alarmé, si, par hasard, l'aiguille de la boussole se montre affectée par quelque élément perturbateur, que recèlent, croit-il, les montagnes qui s'élèvent le long du rivage. Il répète alors l'histoire d'anciens voyageurs dont les navires auraient été entraînés hors de leur route par la déviation de l'aiguille aimantée, laquelle aurait cédé à l'influence puissante exercée par le minerai de fer contenu dans ces montagnes; il ne se rend pas compte du fait que l'agent perturbateur est à son bord, et non pas dans l'oxyde magnétique de mines aussi éloignées de lui.

Une fois dans l'estuaire du Saint-Laurent, le navire aura encore à rencontrer beaucoup de difficultés avant d'atteindre la véritable embouchure du fleuve, aux îles de Bic. Les rives de ce bras du fleuve sont sauvages et sombres. Des rochers à pic surplombent les rapides courants de marée qui bouillonnent à leurs pieds. On y trouve cependant quelques petits établissements de pêcheurs et de pilotes : Métis, Father-Point et Rimousky, échelonnés à de longs intervalles sur la côte. Dans ces hameaux du Saint-Laurent et dans le bas Canada, on parle un patois inintelligible aux habitants de Londres ou de Paris ; ces villageois, descendants de colons français, n'ont pas de langue écrite et sont étrangers à toute espèce de littérature.

Jacques Cartier, ayant été commissionné par François Ier, roi de France, découvrit, lors de son premier voyage dans le nouveau monde, le golfe du Saint-Laurent. Au printemps de 1534, le jour même de la fête de saint Laurent, il entra dans le golfe et lui donna le nom du saint. Cartier ne pénétra pas plus loin dans l'ouest qu'au point de l'embouchure de l'estuaire, là où il est partagé en deux par l'île d'Anticosti. Ce fut seulement l'année suivante, dans son second voyage, qu'il explora le grand fleuve ; il a dit des rives désolées de la côte nord du Labrador, qu' « on pourrait tout aussi bien les prendre pour le pays assigné par Dieu à Caïn ».

La distance de Québec au cap Gaspé, mesurée d'après la route qu'un bateau à vapeur est obligé de suivre, est de quatre cents milles légaux (1609 mètres par mille). Le navire entre d'abord dans le courant du Saint-Laurent, aux deux îles de Bic, où le fleuve a une largeur d'environ vingt milles. Si le lecteur consulte le plus grand nombre des cartes, il reconnaîtra que les géographes portent le fleuve presque jusqu'à deux cents milles au delà du point où son cours ordinaire se fait sentir. En fait, ils y comprennent tout l'estuaire qui, par certains endroits, a presque cent milles de largeur, et ils l'appellent un fleuve — un fleuve qui manque de ce qui caractérise les fleuves, dont les courants varient avec les vents et les marées; un fleuve dont les eaux sont aussi salées que celles de la pleine mer.

On peut trouver à l'embouchure du fleuve, aux Bics, un mouillage sûr pour les navires; mais en aval, dans l'estuaire, sur une distance de deux cent quarante-cinq milles environ, jusqu'à Gaspé, il n'existe qu'un seul port de refuge, celui des Sept-Iles, sur la côte nord. En remontant le fleuve, depuis les îles Bics jusqu'à Québec (distance 160 milles), on a à combattre un fort courant. Des îles pittoresques et de petits villages, tels que Saint-André, Sainte-Anne, Saint-Roch, Saint-Jean et Saint-Thomas, rompent la monotonie du paysage; mais en hiver l'aspect du fleuve est très-différent quand il est fermé à la navigation par les glaces, depuis le mois de novembre jusqu'au printemps. De tous les affluents qui contribuent le plus à la puissance du Saint-Laurent et qui en augmentent les beautés, on cite le Saguenay et sessites pittoresques, qui passent pour une des merveilles de notre continent. Il se réunit au grand fleuve sur la côte nord, à cent trente-quatre milles au-dessous de Québec. Sur la rive gauche, à son embouchure, on rencontre le petit village de Tadousac, résidence d'été du gouverneur général du Canada.

Dans l'histoire de l'Amérique, on réclame pour l'église catholique de ce village une ancienneté qui ne le cède qu'à celle de l'antique cathédrale espagnole de Saint-Augustin, dans la Floride. Pendant trois cents ans ses murs ont été battus par les tempêtes de l'hiver, et elle est pourtant restée un monument silencieux et éloquent

du zèle pieux des anciens Pères qui vinrent terrasser
Satan dans les déserts du nouveau monde.

Le Saguenay est devenu la Mecque des touristes du
nord, qu'attirent toujours les sites sauvages et charmants
de ce pays. Les caps Éternité et Trinité gardent l'entrée
de la baie Éternité. Le premier a une hauteur respectable de cent quatre-vingts pieds; l'autre est un peu
moins élevé. Une visite à cette rivière mystérieuse, profonde et sombre, avec ses vues pittoresques, indemni-
sera le voyageur des fatigues d'une exploration longue
et coûteuse. Au point où les eaux turbulentes du
Saguenay se mêlent à celles du Saint-Laurent, on voit
la baleine blanche des aquariums, qui n'est pas du tout
une baleine, mais un véritable marsouin [1], pourvu de dents
et dépourvu des fanons de la baleine. Cette intéressante
créature est très-abondante dans l'océan Arctique, dans
le Pacifique et dans l'Atlantique; elle ne va guère, au
sud, que jusqu'au golfe du Saint-Laurent, bien qu'on en
trouve quelquefois dans la baie de Fundy; on l'a encore
observée dans les parages du cap Cod, sur la côte du
Massachusetts.

Quand le navire approche du premier grand port
du Saint-Laurent et a dépassé l'île d'Orléans, île considérable et bien cultivée, alors, les imposantes fortifi-
cations de Québec, qui dominent les hauteurs de la
pointe Diamand et les jolies maisons de la ville française,
se développent en panorama aux regards du navigateur.
A droite, et au-dessus de la ville qui a été fondée par

---

[1] Le *Delphinopterus Cutodon* des naturalistes.

1.

Champlain et dans laquelle reposent ses cendres igno-
rées, sont les belles chutes d'eau de Montmorency, res-
plendissant de toute la blancheur de leur écume, comme
le voile nuptial d'une géante.

Le navire a fait sa route heureusement, et il vient
mouiller dans le bassin de Québec; les voiles sont
serrées, le cœur du marin est gai, car tous les dangers
qui l'ont menacé aux approches et à l'entrée du grand
fleuve du continent sont maintenant passés.

Le grand auk.

CHAPITRE DEUXIÈME

DE QUÉBEC A SOREL

La navigation dans les cours d'eau intérieurs du continent. — Les routes de l'Ouest et du Sud pour aller au golfe du Mexique. — Le *Mayeta*. — Commencement du voyage. — Remonte du Saint-Laurent. — Lac Saint-Pierre. — La ville de Sorel.

Le voyageur peut remonter en canot le Saint-Laurent jusqu'au lac Ontario, pourvu qu'il évite les rapides et les bas-fonds, en se servant des sept canaux qui représentent une longueur totale de dix-sept milles. Il peut alors longer les côtes du lac Ontario, et entrer dans le lac Erié par le canal qui tourne les célèbres chutes du Niagara. De cette dernière grande mer intérieure, il pourra visiter les lacs Huron et Michigan, et en prenant par un canal de peu de longueur, il ira jusqu'au lac Supérieur, le plus grand de tous. A son extrémité méridionale, il trouvera la ville de Duluth, qui est la dernière station du chemin de fer *Northern-Pacific*. Notre voyageur aura parcouru à la rame, en suivant les contours de la terre, plus de deux mille milles dans l'intérieur du continent américain, depuis l'eau salée, sans avoir été forcé de faire aucun *portage* de sa petite embarcation. Il fera ensuite son premier portage par le chemin de fer, cent quinze milles dans l'ouest, de Duluth à Brainerd sur le Mississipi. Là, il lancera son bateau sur le Père des Eaux, qu'il pourra descendre, presque sans interruption, jusqu'au-dessous des chutes de Saint-Antoine, à Minneapolis ; ou bien, s'il l'aime mieux, il transportera son bateau par la voie ferrée en venant de Duluth (155 milles) jusqu'à Saint-Paul, où il pourra le lancer et suivre les bateaux à vapeur jusqu'au golfe du Mexique. Cet itinéraire est le plus long, et c'est celui qu'on peut appeler la route ouest du canotier qui vent passer des eaux du Nord dans celles du Sud.

Dans le comté de Saint-Louis (Minnesota), les eaux des lacs « Seven Beaver » coulent au S. S. O. et se déversent dans la rivière Flood Wood. Là, se dirigeant à l'est, vers le Duluth, elles se jettent dans le lac Supérieur ; c'est la rivière Saint-Louis, le premier tributaire du grand bassin du Saint-Laurent, et aux îles Bics ses eaux sec onfondent dans l'estuaire. La longueur de cette route navigable, y compris les grands lacs, est d'environ deux mille milles. Les terres ainsi drainées par le Saint-Laurent ont une superficie de presque six millions de milles carrés. Les plus grands navires peuvent remonter le fleuve jusqu'à Québec, et ceux d'un plus faible tirant d'eau peuvent aller jusqu'à Montréal. Au-dessus de cette dernière ville, la navigation est arrêtée par les rapides ; c'est pour remédier à ces obstacles que les sept canaux, déjà mentionnés, ont été creusés pour que les navires aient la faculté d'aller jusqu'au lac Ontario.

La route du sud est la plus courte pour se rendre au golfe du Mexique ; elle quitte la grande rivière

Pl. I.

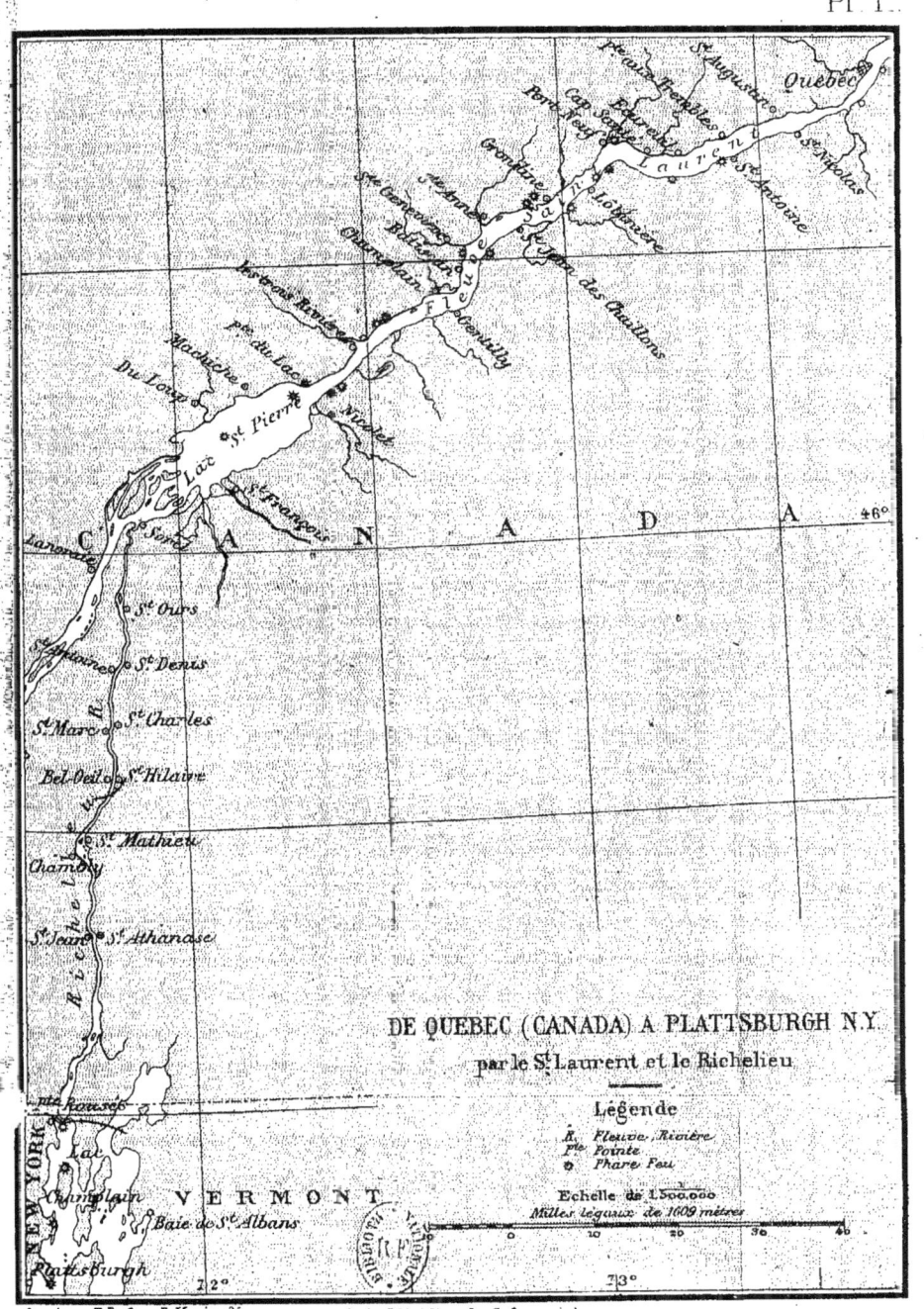

DE QUEBEC (CANADA) A PLATTSBURGH N.Y.

par le St Laurent et le Richelieu

Légende

R.   Fleuve, Rivière
Pte Pointe
⊙   Phare Fou

Echelle de 1.500.000
Milles légaux de 1609 mètres

Gravé par F. Dufour, R. Vavin, 35.   O. du Méridien de Greenwich

à la ville de Sorel, où le paisible Richelieu se jette dans le Saint-Laurent.

Des deux itinéraires qui s'offraient à moi, je choisis celui du sud, réservant le second pour d'autres temps. J'avais devant moi un voyage d'environ deux mille cinq cents milles, comptés avec les sinuosités des rivières, les baies et les sounds. Mon intention était d'étudier les cours d'eau qui se réunissent les uns aux autres en avançant vers le sud, sans faire un seul portage jnsqu'au cap Henlopen, pointe sablonneuse à l'entrée de la baie de la Delaware.

Après quelques petits portages d'un cours d'eau à l'autre, on arrive, en suivant l'intérieur de la côte de l'Atlantique, jusqu'à la rivière Sainte-Marie qui sépare la Géorgie de la Floride. De là, je me proposais de traverser la péninsule de la Floride depuis le sud de la Géorgie, en prenant la rivière Sainte-Marie, jusqu'au marais Okefenokee. Ensuite, par un dernier portage, je voulais me rendre à la rivière Suwanee, la descendre et atteindre le golfe du Mexique, qui devait marquer le terme de mon voyage.

J'avais appris par les plans, les cartes et les avis des personnes qui avaient longtemps pratiqué ces régions, que deux mille trois cents milles du voyage pouvaient se faire sur des eaux fermées, et qu'environ deux cents milles devaient se faire au large, sur l'océan Atlantique. Aujourd'hui, en écrivant ces lignes, je souris au souvenir des avis erronés que je reçus alors de mes amis ; car, tant que dura mon voyage, je ne me trouvai qu'une seule fois en pleine mer, et encore fut-ce par suite d'une

erreur, et seulement pendant quelques minutes. Si j'avais
su alors que j'aurais pu faire toute la route dans un
petit bateau en restant strictement sur les eaux
intérieures, j'aurais ramé, depuis le bassin de Québec,
dans le petit canot de papier que j'adoptai ensuite à
Troy et qui me porta sain et sauf, pendant deux mille
milles, jusque dans les eaux chaudes du golfe du
Mexique.

Les conseils de vieux marins m'avaient fait adopter
un grand bateau de bois, ponté, à clins, long de dix-
huit pieds, large de quarante-cinq pouces, profond de
vingt-quatre, lequel pesait avec rames, gouvernail, mât
et voiles, environ trois cents livres. Le bateau était
effilé à chacune de ses extrémités, et, depuis le milieu
jusqu'à l'avant, comme depuis le milieu jusqu'à l'arrière,
elles étaient complétement symétriques; il avait la caractéristique essentielle des bateaux qui tiennent bien la
mer, c'est-à-dire une tonture fortement accusée. Au
milieu du pont se trouvait une petite chambre longue
de six pieds qui était garnie d'hiloires élevées pour
empêcher l'eau d'entrer dans l'intérieur. M. Lamson, le
constructeur de ce bateau, s'était ingénié pour que le
Mayeta pût aller à la voile et à la rame, combinaison
très-compliquée et de celles qui, ordinairement, réus-
sissent peu.

Le 4 juillet 1874, au matin, j'entrai dans le bassin
de Québec avec mon canot de bois et mon matelot
nommé David Bodfish, originaire du Nouveau Jersey.
Après des semaines de préparatifs et de voyage ennuyeux
par chemin de fer et par eau, grâce à la vapeur nous

avions remonté le golfe et le fleuve du Saint-Laurent jusqu'à Québec, notre point de départ, au nord. En voyant les hauteurs escarpées sur lesquelles apparaissent tant de maisons, nous éprouvâmes un très-vif plaisir, et ce fut avec un empressement extrême que nous gravîmes les abords de ses terrasses à pic, pour explorer cette ancienne et intéressante ville. La marée de vive eau s'élève aux jetées à une hauteur de dix-huit pieds, mais elle ne dépasse pas treize pieds pendant les marées de morte eau. Un peu tard dans l'après-midi, la marée montante promettait de nous aider à remonter le fleuve dont le courant, à la descente, est d'une rapidité torren- tielle, et a devant la ville une profondeur de seize à vingt brasses. Contre ce puissant courant, les bateaux à vapeur, en remontant jusqu'à Montréal, mettent dix-huit heures pour faire cent quatre-vingts milles et quatorze heures à la descente, y compris deux heures d'arrêt à Sorel et aux Trois-Rivières. A six heures de l'après-midi, nous poussons au large dans le fleuve qui, à cet endroit, a environ deux tiers de mille de largeur, et nous commençons enfin notre voyage ; mais de fortes rafales s'élèvent et nous forcent à chercher un abri à la scierie de M. Hamilton, sur la rive opposée ; nous y passons la nuit, dormant sans encombre sur des coussins placés par nous sur le pont étroit de notre bateau. Nous nous proposions de passer le dimanche à ce campement ; mais lorsque parut l'aurore, on nous intima défense de faire du feu sur la jetée en planches, et nous dûmes remonter le Saint-Laurent en quête d'un lieu retiré au- dessus de l'embarcadère de Sainte-Croix, sur la rive

droite du fleuve. La marée était haute quand nous
tirâmes notre embarcation à terre, au pied d'une
petite éminence. Deux heures plus tard, la marée
descendante nous laissa échoués à un quart de mille
du thalweg.

La largeur du fleuve à cet endroit est de deux bons
milles ; son courant était si fort que les bateaux à vapeur
mouillés dans le port furent obligés de recourir à leurs
roues pour soulager la chaîne de leurs ancres. Le lundi,
de bonne heure, nous nous aperçûmes que la marée ne
venait pas jusqu'à notre bateau ; par suite, il nous fallut
beaucoup de travail pour poser des planches aux dépens
d'une palissade du voisinage, construire un chemin de bois,
mettre le *Mayeta* sur des rouleaux au-dessus de la vase
et des rochers, à environ cinq cents pieds de l'eau, et,
une fois rembarqués, nous dûmes suivre le bord du
rivage pour nous soustraire à la violence du courant.
Un épais brouillard nous enveloppa ensuite, et nous
obligea à camper sur la rive gauche du fleuve, près
d'une cataracte qui tombait d'une hauteur de plus de
cinquante pieds. Le mardi, le soleil se montra très-
brillant ; mais le vent, qui d'ordinaire est debout, vint
nous contrarier. La marée continua à monter pendant
trois heures, avant que le jusant amortît le courant
dans le thalweg. Nous ne pouvions compter sur la régu-
larité des marées, car elles sont influencées tantôt par
des vents violents, tantôt par des crues dans les affluents
du fleuve. Au printemps, comme le fait remarquer un
écrivain, jusqu'à ce que les eaux soient écoulées par
les vallées, jusqu'à ce que les grands fleuves aient évacué

le produit des crues causées par la fonte des neiges, le courant, en dépit des marées, se fait toujours sentir dans le sens de l'aval. Pour qui n'a jamais assisté à ce spectacle, il est curieux de voir la marée élever et enfler de huit à dix pieds les eaux d'un grand fleuve, tandis qu'à la surface, elles continuent à descendre rapidement.

Comme le vent s'élève ordinairement avec le soleil et tombe avec lui, nous nous faisons une règle de rester à l'ancre pendant la plus grande partie de la journée et de naviguer la nuit contre le courant. La lune et les aurores boréales rendent cette manière de faire très-intéressante. D'ailleurs, marchant à grande vitesse, nous avons la comète Coggia, dans le ciel, ce qui éveille beaucoup de conjectures bizarres dans l'esprit de mon vieux loup de mer.

Dans cette latitude élevée, l'aurore brillait avant trois heures du matin, et le crépuscule se prolongeait si longtemps que le soir encore, à neuf heures, nous pouvions lire sans efforts les petits caractères d'un journal. Les grandes falaises qui nous serraient de si près à Québec diminuaient graduellement de hauteur, et les marées se faisaient sentir de moins en moins à mesure que nous approchions des Trois-Rivières, où elles semblent expirer. Nous arrivâmes un vendredi à la grande station des Trois-Rivières, sur la rive gauche du Saint-Laurent, et nous remisâmes notre bateau dans des eaux tranquilles, à l'entrée du lac Saint-Pierre. Des grains de pluie nous tinrent enfermés sous le panneau de notre embarcation, jusqu'au samedi onze heures du matin. Le vent devenant alors favorable, nous nous décidons à pousser jusqu'à

Sorel, qui pouvait nous offrir un agréable lieu de campement pour le dimanche. Le lac Saint-Pierre est une nappe d'eau semée de bas-fonds, de vingt-quatre milles de longueur. C'est un mauvais passage à traverser par le vent d'hiver dans un petit bateau. Nous remettons à la voile et avançons gaiement; mais bientôt l'orage nous menace et nous oblige à amener notre voile, et fuir à sec de toile devant le vent, jurqu'à une heure, où nous pouvons rehisser notre voile, mais en y prenant deux ris. Nous nous dirigeons alors vers les eaux clapoteuses du lac, où rafales sur rafales assaillent notre bateau. A trois heures, le vent tombe et nous permet, en larguant nos ris, de marcher librement. Un labyrinthe d'îles ferme le lac à son extrémité ouest; nous y cherchons avec anxiété un passage pour rentrer dans le Saint-Laurent. A cinq heures, les vents hâlent le nord, et les grains augmentent d'intensité; nous gouvernons alors vers une île plate et herbeuse qui nous sépare, croyons-nous, du grand fleuve. Le vent n'étant pas assez bien établi pour nous permettre de nous orienter, nous nous décidons à tirer le bateau sur la plage pour le soustraire à la fureur de la tempête. Mais en approchant de l'île marécageuse, nous devons marcher, à notre grand étonnement, à travers les roseaux qui la couvrent et naviguer ainsi sur un sol inondé jusqu'à l'autre bord, où nous trouvons la pleine eau. Bodfish insiste sérieusement sur la convenance qu'il y aurait à nous arrêter là pour la nuit, et il me dit : « Il fait trop mauvais temps pour continuer. » Mais la tentation que m'offrait la proximité de Sorel me

détermina à courir l'aventure et à pousser plus loin.
Nous passons alors dans des eaux difficiles, poursuivis
par le sifflement de la tempête. Bodfish prend la barre du
gouvernail, tandis que je m'assieds du côté du vent pour
tenir le bateau en équilibre. Traverser des courants qui
pouvaient si facilement faire chavirer le *Mayeta* était une
rude épreuve pour un bateau de ce petit modèle. Mais
le canot était digne de son constructeur ; il fuyait comme
un oiseau effrayé sur l'écume des vagues, jusqu'à une
île boisée, à moitié submergée, que domine un petit
phare à l'abri duquel nous venons nous mettre en sûreté.
Là, nous serrons la voile pour ne plus nous en servir en
mauvais temps. Le vent tomba au coucher du soleil, et
un calme délicieux nous favorisa pour ramer sur cette
étroite rivière, jusqu'à destination, pendant huit milles
encore.

Nous arrivons à Sorel, quelque peu avant neuf heures
du soir ; des lumières brillantes nous éclairent quand
nous passons devant ses quais. A ce moment, nous
avions le cap dirigé au sud, sur le grand golfe du
Mexique, but de notre ambition ; nous allions donc
monter la rivière historique, le pittoresque Richelieu,
d'où Champlain, deux cent vingt-six ans auparavant,
avait pénétré jusqu'au beau lac qui porte son nom et
sur lequel le missionnaire Jogues trouva l'esclavage et
la torture.

Pour remonter le Richelieu, il nous fallut chercher
notre route au milieu des bateaux, des remorqueurs et
des trains de bois, jusqu'à une bordure de roseaux
sortant d'un bas-fond sur la rive gauche de la rivière,

juste en amont de la ville. Là, ayant amarré le canot sur un lit de vase molle, à l'abri de tout danger, nous pûmes jouir d'un bienfaisant repos, pendant le calme de la nuit qui suivit. Ainsi finit le laborieux passage — d'une semaine de durée — de Québec à Sorel.

CHAPITRE TROISIÈME

DU SAINT-LAURENT A TICONDEROGA,
LAC CHAMPLAIN

Québec a été fondé par Champlain le 3 juillet 1680. L'année suivante, il fit sa première expédition dans l'Iroquois ; escorté d'Indiens, Algonquins et Montagnais, ses alliés, il remonta la rivière, à laquelle fut donné plus tard le nom du cardinal de Richelieu, premier ministre de Louis XIII. Cette rivière, d'un longueur d'environ quatre-vingts milles, réunit le lac découvert par Champlain au Saint-Laurent, à cent quarante milles en amont de Québec et quarante milles en aval de Montréal. Les eaux des lacs George et Champlain s'écoulent vers le nord, et elles sont portées au Saint-Laurent par le Richelieu. Après avoir quitté Sorel, cette dernière rivière traverse des terres cultivées, et l'on trouve sur ses rives les petites villes de Saint-Ours, Saint-Roch, Saint-Antoine, Saint-Marc, Belœil, Chambly et Saint-Johns. De petits bateaux à vapeur, dits remorqueurs, et des trains

de bois passent du Saint-Laurent au lac Champlain
(qui est presque complétement dans les États-Unis), en
suivant le Richelieu jusqu'à Chambly ; là il est nécessaire de prendre, pour éviter les rapides et les hauts-
fonds, le canal latéral qui mène, en douze heures, à
Saint-Jean, où est la douane du Canada. Dans cette
ville de sept mille habitants, il se publie un journal
qui a pour titre : *la Gazette de Sorel.* Quelques géographes appellent sans autorité la rivière qui passe dans la
ville la rivière de Sorel ou de Saint-Jean ; cette double
dénomination vient de ce que Sorel est la ville la plus
rapprochée de l'embouchure, et que Saint-Jean est situé
près de la source de la rivière. Une machine hydraulique
américaine fournit aux habitants de Sorel l'eau de la
rivière moyennant la consommation d'une tonne de
charbon par jour (mille kilogrammes).

Le lundi matin, à dix heures, nous reprenons notre
route sur le Richelieu, dont le courant ne pouvait se
comparer à celui des grands fleuves que nous avions
laissés derrière nous. La largeur moyenne du Richelieu
est presque d'un quart de mille ; ses bords verdoyants
sont embellis par de pittoresques touffes d'arbres et de
jolies maisons de fermes.

C'est un sol riche et pastoral, abondamment couvert de beaux troupeaux ; il me rappelait la région aca-
dienne du Grand-Ré, que j'avais visitée au commencement de la saison. Ici, comme là, je voyais des scènes
champêtres charmantes et une végétation luxuriante ;
mais, sur le Richelieu, il y avait encore des paysans acadiens, tandis qu'il ne s'en trouvait plus sur la terre de

la Belle-Évangeline. Aujourd'hui, ce sont les habitants
de la Nouvelle-Angleterre qui possèdent ces vieilles
fermes désertées par les colons.

Notre voyage était fréquemment interrompu par de
lourdes averses qui nous renvoyaient sous l'abri de notre
panneau. Les mêmes grandes églises, avec leurs doubles
clochers de pierre et leur toit de zinc, brillant comme de
l'argent au soleil, signalent ici, comme sur les hautes
falaises du Saint-Laurent, l'emplacement des villages.
Nous ramons ensuite pendant douze milles et nous arrivons à Saint-Ours, où nous passons la nuit, après avoir
un peu erré dans les rues agréables et ombragées de ce
village. Le lendemain, les garçons et les petites filles
viennent nous dire adieu en agitant leurs mouchoirs et
nous souhaitant « bon voyage ». A deux milles plus loin,
nous trouvons un barrage de trois pieds de haut, construit pour donner de la profondeur à l'eau qui coule sur
un bas-fond. Nous le franchissons par une écluse, en
compagnie de radeaux chargés de troncs de pin à destination de New-York. Le gardien de l'écluse nous avertit
qu'un droit de péage de vingt-cinq cents [1] nous sera ré-
clamé au bassin du Chambly. Nous arrivons à Saint-
Denis (six milles), où se montrent les mêmes apparences
d'aisance et de richesse. Les femmes lavaient leur linge
dans de grands chaudrons en fer sur le bord de la
rivière; nous entendions le bruit des rouets venant de
l'intérieur des fermes; dans des jardins bien cultivés,
on voyait des ruches pleines de miel; et ailleurs, des

[1] Un cent = cinq centimes.

granges au toit de chaume avaient leurs portes toutes
grandes ouvertes, comme pour attendre la rentrée de la
moisson. Par intervalle, le long de la route, sur les collines verdoyantes, s'élevaient des croix de bois peintes
en blanc, car cette population, comme les Acadiens des
temps jadis, est toujours très-religieuse. Au cours de
l'eau descendaient des radeaux de pins portant une voile
carrée, mais qui ne peuvent faire bonne route que vent
arrière.

Nous passons Saint-Antoine et Saint-Marc; le pic isolé
de Saint-Hilaire se montre à une hauteur de douze cents
pieds sur la rive droite du Richelieu, vis-à-vis la ville de
Belœil. A un mille plus loin, le *Grand-Trunk railway*
traverse la rivière d'un bord à l'autre, et c'est là que
nous passons la nuit. Des vents violents et des grains de
pluie fréquents arrêtent notre marche. Avant d'entrer
dans le canal, nous séjournons au bassin Chambly jusqu'au 16 juillet au soir. Cette localité est un lieu balnéaire fréquenté par les habitants de Montréal, qui y
viennent aussi pour jouir du plaisir de la pêche, qu'on
dit être très-abondante en cet endroit.

A Saint-Ours se trouve la première des huit écluses
que nous avions à franchir; le *Mayeta* se hissa de
soixante-quinze pieds et un pouce jusqu'au plan du canal, au moyen de ces écluses longues chacune de cent
dix pieds et larges de vingt-deux. Comme à l'ordinaire,
les gardiens étaient polis et nous souhaitaient « bon
voyage ». Le canal a été construit trente-quatre ans avant
ma visite. A dix heures du soir, n'ayant plus d'écluses à
passer, nous campons dans une petite anse creusée sur

la berge du canal. Le lendemain, à trois heures et demie du matin, nous reprenions notre marche, et le trajet de douze milles que nous avions à faire pour nous rendre à Saint-Jean ne fut qu'un charmant exercice; avant midi, nous arrivions sans encombre à la douane de la Confédération canadienne.

Nous nous retrouvions sur le Richelieu, ayant encore vingt-trois milles entre nous et la frontière qui sépare le Canada des États-Unis. Le courant était très-faible; à la brune, nous passons près d'un vieux fort en ruine, situé sur l'île aux Noirs. Nous sommes là dans des régions habitées par de grosses grenouilles (*rana ocellata*); nous y passons la nuit au milieu des mugissements lamentables de ces chanteurs. Le samedi suivant, de bonne heure, nous nous dirigeons vers les États-Unis, éloignés de six milles encore de notre campement. Le Richelieu s'élargit, et nous entrons dans le lac Champlain, en passant devant le fort Montgomery, qui est à un millier de pieds environ de la frontière des États-Unis et du Canada. La construction de ce fort, commencée peu de temps après 1812, fut suspendue en 1818, quand on s'aperçut qu'il était placé sur le territoire du Canada. En conséquence, on lui avait donné le nom de fort Blunder[1]. Par le traité Webster de 1842, l'Angleterre a cédé le terrain aux États-Unis, et l'achèvement du fort a coûté plus d'un demi-million de dollars (2,500,000 francs). A la Pointe-Rouse, qui est située sur la côte occidentale du lac Champlain, à environ un mille et demi au sud de son

[1] Blunder, sottise.

confluent avec le Richelieu, le *Mayeta* fut inspecté par
des douaniers des États-Unis, qui, n'ayant découvert
aucune contrebande, lui laissèrent la liberté de continuer
sa route. A l'extrémité nord de la Pointe-Rouse se trouve
la station commune au chemin de fer d'Ogdensburg et
à celui du Champlain et du Saint-Laurent. Le chemin
de fer de la ligne *Vermont-Central* se soude avec les
deux autres par un pont de deux mille deux cents pieds
de longueur qui traverse le lac.

Partis de la Pointe-Rouse, nous trouvons bientôt une
autre pointe très pittoresque qui s'avance dans le lac au-
dessus de la station de Chazy, lieu ombragé par un bouquet d'arbres, où nous amarrons le *Mayeta*. Le métier
de charpentier avait rendu Bodfish capable de construire
un wigwam [1] avec des perches et des couvertures imperméables, où nous restons tranquillement jusqu'au lundi
matin. M. Trombly, le propriétaire du lieu, nous avait
invités à dîner le dimanche, et il nous montra les échantillons d'une tonne de sucre d'érable extraite d'un millier
d'arbres.

Le lundi 22 juillet, nous mettons le cap au sud ; nous
suivons la côte occidentale du lac Champlain, qui marque
la limite orientale de la grande solitude d'Adirondack.
Plusieurs des ruisseaux tributaires du lac prennent leur
source dans cette région, qui est de plus en plus visitée
par les artistes, les chasseurs, les pêcheurs et les touristes, à mesure que l'on connaît mieux les beautés de
ce pays. Les études géodésiques du désert septentrional

---

[1] Hutte indienne.

de l'État de New-York, connu sous le nom de canton d'Adirondack, finiront, sous l'énergique influence de M. Verplanck-Colvin, par embrasser une superficie de presque cinq mille milles carrés. Dans son rapport, il dit éloquemment : « Le désert d'Adirondack peut être considéré comme la merveille de l'État de New-York; c'est un grand parc *naturel,* une immense et silencieuse forêt, magnifiquement coupée par des myriades de lacs entre lesquels des montagnes de mille formes se développent comme une mer aux flots de granit. Au nord-est, les montagnes couvrent quelques centaines de milles carrés. Des pics sauvages et sans arbres s'élèvent au-dessus de la cime des bois et apparaissent, pressés les uns contre les autres, en dressant leurs crêtes rocheuses au milieu des nuages glacés. Les bêtes sauvages peuvent promener leurs regards du haut des flancs verdoyants des collines sur des bois qui s'étendent au delà de la vue, — plus loin que la ligne de l'horizon bleu et nébuleux. Le voyageur en canot considère les lacs qu'il rencontre dans ces montagnes et dans ces forêts comme une réalité renversée par la réflexion; tantôt étonnantes dans leur grandeur et leur solennité profondes, et tantôt superbes lorsque de magnifiques teintes nacrées viennent les recouvrir de leurs splendeurs. Ici, — le bruit qui fait tressaillir le chasseur — les voix sauvages des chiens acharnés à la poursuite d'un cerf timide éveillent les échos de la solitude ; le cri lugubre du hibou pendant la nuit, et le silence qui envahit presque entièrement la forêt qui se tait peu à peu, ont aussi pour l'amant de la nature des charmes particuliers.

« C'est cette région de lacs et de montagnes, dont l'aspect est si bien rendu par les illustrations qui ont pour titre : *le Cœur des Adirondacks,* que nos compatriotes désirent conserver toujours comme un parc public, non-seulement pour leur agrément personnel et celui de leurs descendants, mais aussi pour de puissantes raisons d'économie politique. Faire d'Adirondack une forêt de l'État est d'une nécessité pressante pour avoir les réservoirs d'eau nécessaires à la navigation intérieure ; pour la régularisation des crues du printemps par la conservation des forêts qui abritent les neiges épaisses de l'hiver ; enfin, parce qu'elle serait notre seule source comme approvisionnement de bois de construction, dans le cas où le Canada et les marchés de l'Ouest seraient ruinés par le feu ou par d'autres causes. Au nombre de ces pics glacés, sources de nos plus importants cours d'eau, j'ai ajouté par le calcul une douzaine de montagnes de quatre mille pieds de haut, qui étaient restées sans nom ou qui n'étaient que vaguement connues par les noms que leur ont donnés les chasseurs et les trappeurs. Il faut remarquer que mes calculs hypsométriques confirment absolument ma découverte d'une autre montagne de cinq mille pieds d'altitude dans les monts Haystack. Peut-être trouvera-t-on quelque intérêt à savoir qu'entre les monts Marcy et Washington et les montagnes blanches du New-Hampshire il y a une différence de huit cents pieds. Les monts Marcy, Mac Intyre et Haystack doivent être cités comme les principaux de l'État de New-York. »

Les quatre pics les plus élevés sont :

Mont Marcy	5,402 65 pieds.
Haystack	5,006 73
Mac Intyre	5,201 80
Skylight	4,977 76

Cette digression, que le lecteur ordinaire voudra bien pardonner, m'a empêché de satisfaire la curiosité de quelques-uns de mes amis les canotiers. Je vais donc extraire du rapport de M. Colvin sur la géodésie de l'Adirondack la description de son singulier canot, un des plus légers qu'on ait jamais construits, car il ne pèse guère plus que le fusil à deux coups d'un chasseur.

M. Colvin ajoute : « J'avais aussi construit un canot de toile de ma propre invention pour l'intérieur du désert, surtout pour les lacs des montagnes dont nous devions lever la carte et qui étaient inaccessibles aux bateaux ordinaires. Sa longueur était de douze pieds, et pour sa membrure il ne fallait pas plus de bois qu'on en pouvait abattre en trente minutes dans le premier taillis venu. L'avant était fait de feuilles de cuivre minces, rivées et disposées de manière à recevoir la quille et la proue. Le canot terminé, on le rendait imperméable avec une couche de caoutchouc, dissoute dans de l'huile de naphte. » M. Colvin nous apprend, par son rapport, combien ce bateau a admirablement répondu aux fins pour lesquelles il avait été construit. « Le 12 septembre fut consacré à un travail de nivellement et de topographie sur le lac Ampersand, lac solitaire enfermé dans les montagnes et rarement visité. N'ayant trouvé aucun bateau sur ses eaux et forcés par la nécessité, nous dûmes essayer, pour compléter notre travail géodé-

sique, de nous servir de notre canot portatif; je l'avais
déjà plusieurs fois expérimenté comme tente et comme
lit. Après avoir coupé des baguettes de bois vert pour en
faire les membrures, les avoir garnies de notre toile et
avoir renforcé celle-ci par d'autres branches qui formaient
les plats-bords, il ne fallut pas grand'peine pour nous
procurer des avirons rustiques, mais suffisants pour nos
besoins. Le bateau se trouva construit en un instant, et
il flotta bientôt, léger comme un bouchon. Les guides,
qui n'avaient pas voulu croire que le petit sac qu'ils
portaient le matin deviendrait un bateau, restèrent en
extase. Bientôt nous glissâmes dans notre canot, du
poids de dix livres, sur les eaux d'Ampersand. Pour les
guides, c'était quelque chose d'extraordinaire; ils ne
pouvaient pas s'empêcher de rire en voyant qu'il était
bien réellement sur l'eau, et ils montraient du doigt
avec étonnement les vagues que l'on apercevait à travers
la toile du canot et qui glissaient sur ses flancs. Je pus
donc, grâce à mon sextant, à mes compas prismatiques
et à mon canot, réussir à dresser une excellente carte.
Puis nous parvînmes presque à nous emparer d'un cerf
qui avait pris l'eau dans le lac, poursuivi par un chien
qui chassait pour son propre compte. Ayant perdu la
piste, le chien arrive au bord du lac, et comme nous
désirions le remettre sur la voie, nous nous dirigeons de
son côté; il saute dans le canot avec un air de satisfaction telle qu'on pouvait croire qu'il n'avait jamais voyagé
autrement. Dès qu'il a retrouvé la piste, il fait résonner
les échos de la montagne de ses aboiements, et reprend la poursuite du cerf dans la forêt sauvage. Nous

continuons notre manœuvre et cherchons une issue pour débarquer, quand nous nous trouvons en face d'une grande panthère qui, évidemment, nous surveillait, mais qui s'enfuit à notre approche.

« Notre bagage fut bientôt paqueté, et la carcasse du bateau ayant été démontée et abandonnée, nous roulâmes notre toile pour l'arrimer au fond du havre-sac. Le même jour, à midi, nous retrouvâmes de nouveau le *navigable Cold-Brook*. En une heure et demie, nous avions remis en place nos couvertures imperméables, emprunté deux avirons à un vieux cèdre, dîné et rechargé le bateau ; tout étant terminé, nous glissons agréablement sur l'eau jusqu'à la rivière Saranac. Le bateau avait trois hommes à bord, les bagages entassés au centre, et encore une fois le fameux chien, qui, assis, la tête haute à l'avant, semblait se considérer comme faisant partie de l'équipage ; le tout, pesant un tiers de tonne, mettait à une sévère épreuve les branches vertes qui formaient la carcasse du canot.

« Remontant le Saranac, nous nous trouvons sur le lac du même nom, long de quelques milles seulement. Quoique battus par le vent et les vagues, les flancs de toile du bateau répondent avec élasticité à l'effort des lames, et nous avancions tranquillement quand, tout à coup, le vent soufflant frais, des vagues à crêtes blanches embarquèrent de l'eau dans le canot. Grâce à l'assistance de nos guides, nous arrivons sur la côte, le soir, à l'abri du vent, et nous débarquons chez Martin. »

Les géographes, les guides et les historiens, en parlant du lac Champlain, lui donnent souvent une longueur de cent quarante à-cent cinquante milles. Ces distances ne sont pas exactes. Le canal Champlain, qui réunit la rivière de ce nom à l'Hudson, a soixante-quatre milles de long; il finit près de l'embouchure du canal Érié, non loin de Troy, à Junction-Lock. De Junction-Lock à Albany, par le canal, la distance est de six milles.

De la frontière des États-Unis au sud, il y a une distance de sept milles jusqu'à l'île La Mothe; cette île a cinq milles et demi de long et trois quarts de mille de large, avec un feu à son extrémité nord. De Montibay, État de New-York, à Saint-Albans (Vermont), la distance est de treize milles. A deux milles au sud de cette île est le phare de la pointe Roche. Ensuite, on rencontre successivement Treadwell, Cumberland et son phare. A l'ouest de Cumberland et à l'embouchure de la rivière le Saranac, est situé Plattsburg, ville de cinq mille habitants. C'est près de là que le commodore Macdonough a eu à combattre la flotte anglaise en 1814. Ces eaux, devenues historiques, ont été les témoins de beaucoup de combats sanglants entre les Anglais, les Français et les Indiens.

Le village de Port-Kent est près de l'embouchure de la rivière Ausable, qui prend sa source dans le nord d'Adirondack. A quelques milles du lac Champlain est une merveille de la nature, l'Ausable Chasm, de deux milles de long environ. La rivière s'est creusé dans des grès de Postdam un canal qui a une profondeur de deux cents pieds dans certains endroits; elle est resserrée entre des murailles de rochers et réduite quelquefois à une largeur de dix pieds seulement, d'où elle s'élance, sous forme de chutes et de rapides, dans le lac Champlain. On dit qu'on peut comparer ces lieux pittoresques à la célèbre gorge du Triant, en Suisse.

L'île de Schuyler, sur laquelle nous avions passé la dernière nuit, est à peu près à la même latitude que Burlington. De Port-Douglas, à l'ouest, jusqu'à Burlington, sur la côte orientale du Champlain, la distance est de presque dix milles. Nous déjeunons avant l'aube, et nous passons de bonne heure à la pointe Ligonier. A un mille et demi est le groupe des petites îles qu'on appelle les îles des Quatre-Frères. Plus nous avançons vers le sud, plus le lac devient étroit, jusqu'à ce que nous ayons passé les forges de Port-Henri et le promontoire élevé de Crown, sur lequel sont les ruines du fort français Frédéric, construit en 1731 ; il a une largeur de deux milles seulement.

A huit heures du soir, nous jetons l'ancre à Ticonderoga, non loin de l'embouchure du lac Georges. Il y a par la route de terre quatre milles environ entre les deux lacs. Le ruisseau qui les unit peut être remonté jusqu'à deux milles seulement de la forge, le reste du parcours étant rempli de rapides.

Aujourd'hui (1867), un chemin de fer réunit les lacs Georges et Champlain, et il fournit un portage facile. Les ruines du fort Ticonderoga sont tout près de la station. En allant toujours vers le sud, le lac devient si étroit qu'on peut le prendre pour une rivière. A son extrémité méridionale (vingt-quatre milles de Ticonderoga), est la ville de White-Hall, où le canal Champlain et Hudson se réunit au lac Champlain. Sa ressemblance

avec un ruisseau avait suggéré aux Indiens l'idée de
l'appeler *Tisinondrosa,* « la quene du lac », et ce nom
est devenu Ticonderoga pour les personnes qui sont
étrangères à la langue des sauvages.

Le mercredi nous amena un temps magnifique. A
trois milles de la station de Patterson, à la queue du lac,
je quittai le *Mayeta* pour explorer à pied les rives du
lac George, en promettant à Bodfish de le rejoindre à
White-Hall, quand mon excursion serait terminée.

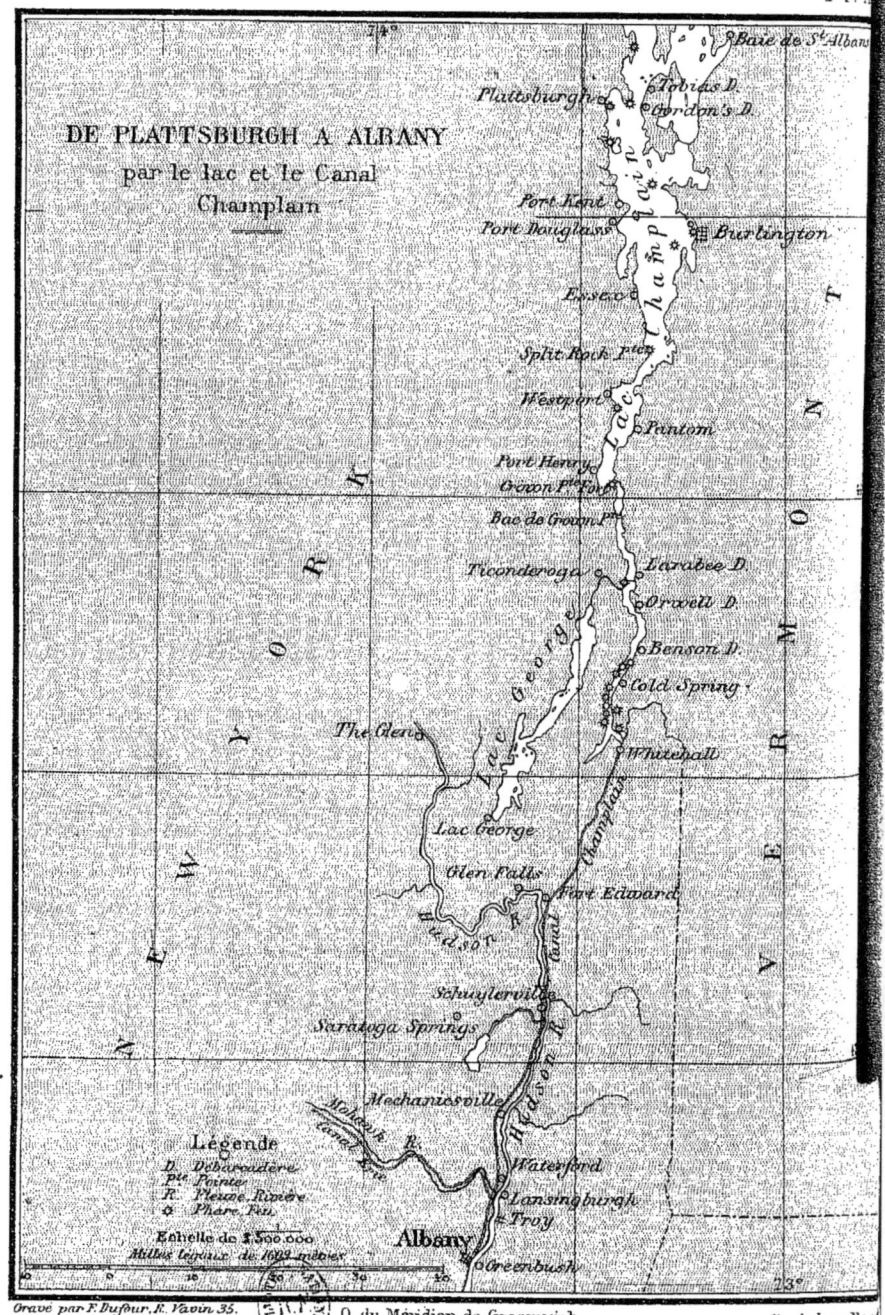

Pl. II

DE PLATTSBURGH A ALBANY
par le lac et le Canal
Champlain

Baie de S.t Albans

Plattsburgh
Tobias D.
Gordon's D.

Port Kent
Port Douglass
Burlington

Essex

Split Rock P.te

Westport
Pantom

Port Henry
Crown P.te fort
Baie de Crown P.t

Ticonderoga
Larabee D.
Orwell D.
Benson D.
Cold Spring

The Glens
Whitehall

Lac George

Lac George

Glen Falls
Port Edward

Hudson R.

Schuylerville

Saratoga Springs

Mechanicsville

Légende
D. Débarcadère
Pte Pointes
R. Fleuve Rivière
Phare Feu

Echelle de 1.500.000
Milles légaux de 1609 mètres

Mohawk Canal

Mohawk R.

Waterford
Lansingburgh
Troy
Albany
Greenbush

Gravé par F. Dufour. R. Vavin 35.

O. du Méridien de Greenwich

Paris, Imp. Bec.

CHAPITRE QUATRIÈME

DES LACS GEORGE ET CHAMPLAIN AU FLEUVE
DE L'HUDSON

La découverte du lac George par le Père Jogues. — Voyage à pied.
— L'ermite des Narrows. — Les Pères Paulistes. — Canal du
lac Champlain à Albany. — Bodfish retourne au New-Jersey. —
La petite flotte au port.

Dans le dernier chapitre, j'ai donné, d'après une
autorité qui paraît être des plus compétentes, le nom
de queue du lac à la partie sud du Champlain. En parlant du lac George, une autre autorité nous apprend que
« les Indiens l'appelaient, pour la couleur de ses eaux,
Horicon (eau argentée); ils lui donnaient aussi le nom
de *Canderi-Oit* ou « la queue du lac », parce qu'il est
en communication avec le lac Champlain ». Cooper,
dans le *Dernier des Mohicans*, s'explique ainsi sur l'op-
portunité de cette dénomination : « Pour moi, le nom
français du lac était trop compliqué, celui des Américains trop commun, et enfin le nom indien était beaucoup trop difficile à prononcer pour être employé fami-
lièrement dans une œuvre d'imagination. » Par suite,
il l'appela Horicon. L'histoire nous donne les détails
qui suivent relativement à la découverte du lac. Remontant le Saint-Laurent avec une flottille de douze canots

pour aller voir ses alliés les Hurons, le Père Jogues et
ses deux confrères, *donnés* par la mission, René Gou-
pil et Guillaume Couture, plus un autre Français,
furent faits prisonniers à l'extrémité ouest du lac
Saint-Pierre par une bande d'Iroquois qui étaient en
expédition de maraudage sur les bords de la rivière
Mohawk, près du lieu où s'élève aujourd'hui la ville
de Troy. Pendant la panique causée par une attaque
soudaine des Iroquois, la portion non convertie des
trente-six Hurons, alliés des Français, se sauva dans les
bois, tandis que les convertis défendirent les blancs
pendant un certain temps. Malheureusement, un renfort
survenu à l'ennemi obligea ces derniers aussi à prendre
la fuite, en laissant les Français et quelques-uns des
Hurons entre les mains des sauvages. Cela se passait le
22 août 1642.

Suivant Francis Parkman, l'auteur des *Jésuites dans
l'Amérique du Nord,* les sauvages mirent à la torture
Jogues et ses compagnons après les avoir entièrement dépouillés de leurs vêtements, puis ils leur
arrachèrent les ongles avec les dents et leur mordi-
rent les doigts avec la fureur de bêtes sauvages. Les
soixante-dix Iroquois revinrent dans le sud, en suivant le
Richelieu, les lacs Champlain et George, *en route* pour
les villages Mohawk. Rencontrant une troupe de deux
cents hommes de leur tribu, sur une des îles du Champlain, les Indiens se formèrent en deux lignes parallèles
entre lesquelles les prisonniers furent forcés de courir,
au risque de leur vie, tandis que les sauvages les frappaient avec des massues et des branches d'épine. Le

Père Jogues tomba d'épuisement et fut soumis au supplice du feu. A la nuit, les jeunes gens recommencèrent à tourmenter les pauvres prisonniers, en rouvrant leurs blessures et en leur arrachant la barbe et les cheveux. Le lendemain de cette nuit de tortures, les Indiens et leurs captifs mutilés arrivèrent au promontoire de Ticonderoga, au pied duquel coulaient les eaux limpides qui forment le réservoir du lac George. Là, les sauvages faisaient un portage à travers les forêts vierges, emportant sur leurs dos canots et cargaisons, quand tout à coup se déroulèrent sous leurs yeux les eaux bleues d'un beau lac que M. Parkman décrit ainsi : « Comme une belle naïade du désert, le lac dormait entre les montagnes qui le protégeaient et respiraient la sinistre poésie de la guerre sur leurs cimes et dans leurs forêts. Alors, tout était solitude. Le bruit du canon, le son des trompettes, le sifflement mortel des balles n'avait pas jusqu'alors éveillé leurs échos. »

Les canots furent remis bientôt à l'eau, et la flottille sauvage glissa encore une fois sur le lac, tantôt à l'ombre des montagnes, tantôt sur les grandes nappes d'eau, tantôt sur les chenaux tortueux des passes entourées d'îlots où l'air tiède était imprégné des émanations des sapins et des cèdres, jusqu'à ce qu'ils arrivassent près de cette côte tragique où, dans le siècle suivant, les paysans de la Nouvelle-Angleterre battirent les soldats de Dieskau, où Montcalm établit ses batteries, où la croix rouge flotta si longtemps au milieu de la fumée du canon, où, à la fin, une nuit d'été fut une longue suite de carnages, où un nom honoré fut entaché d'un souvenir de sang.

Les Indiens débarquèrent dans le voisinage du futur fort William-Henry, et après avoir abandonné leurs canots, ils se remirent en route avec leurs prisonniers pour se rendre au village le plus rapproché des Mohawks.

Le Père Jogues demeura chez ceux qui l'avaient fait captif jusqu'à l'automne de 1643, époque à laquelle il s'échappa sur un navire appartenant à l'établissement hollandais de Rensselaerswick (Albany), où les Iroquois étaient venus pour trafiquer avec les habitants. Il arriva au collége des Jésuites de Rennes, en France, le 5 janvier 1644, réduit à la plus grande détresse. Il y fut cordialement reçu et traité avec les plus affectueuses attentions. Lorsqu'il fut présenté à la reine Anne d'Autriche, elle qui portait une couronne crut que c'était un honneur même pour la Reine de baiser les mains mutilées du martyr. Les lois de l'Église catholique romaine interdisent au prêtre difforme ou mutilé de dire la messe; devant le Seigneur il doit toujours être un homme sain de corps et d'esprit. Le Père Jogues, malgré tout, désirait retourner à sa tâche évangélique; aussi le pape, par une dispense spéciale, lui rendit la permission de dire la messe. Au printemps de 1643, il revint sur les bords du Saint-Laurent pour fonder une nouvelle mission, qui devait s'appeler *la mission des martyrs*. Son supérieur de Montréal lui donna l'ordre d'aller dans le pays des Mohawks. Le Père Jogues partit en compagnie du sieur Bourdon, ingénieur du gouvernement,

et de six Indiens; ils suivirent le cours des rivières le
Richelieu et le Champlain, que les sauvages appelaient
la grande porte du pays. La petite troupe s'arrêta, le
jour de la Fête-Dieu, à l'extrémité nord du lac George,
ce qui lui fit donner, sous l'influence de l'esprit catholique du missionnaire jésuite, le nom de « lac du
Saint-Sacrement », qu'il a conservé pendant toute la
durée du siècle. Le 18 octobre 1646, le tomahawk[1]
des sauvages mit fin à la vie du Père Jogues, qui, après
avoir souffert maintes tortures et de barbares insultes,
mourut au milieu d'eux, poursuivant son œuvre chré-
tienne pour leur salut.

Le droit de donner son nom à un nouveau lac ou à
une nouvelle rivière qu'on vient de découvrir est incon-
testable. Un missionnaire de la croix avait pénétré dans
une solitude inexplorée, et il avait trouvé le plus beau
joyau de la partie basse des Adirondacks, inconnue
jusque-là à l'homme civilisé. Sous l'impression de cet
ouvrage sublime du Créateur, le prêtre martyr lui donna
le nom de lac du Saint-Sacrement.

Cent ans plus tard, des troupes de soldats arrivèrent, vomissant d'épouvantables blasphèmes et mau-
dissant leurs ennemis. Quel respect pouvaient-ils avoir
pour les droits des explorateurs ou des missionnaires?
Aussi le général Johnson, *un Irlandais ambitieux,* re-
jeta-t-il le nom chrétien que portait le lac. Il le rem-
plaça par le nom anglais de George, qu'il ne faut pas
confondre avec saint Georges, le patron de l'Angleterre,

---

[1] Tomahawk, casse-tête des sauvages.

dont l'histoire dit qu'il était originaire de la Cappa-
doce ou de la Cilicie, qu'il s'éleva de rien, par la
courtisanerie vis-à-vis des grands, à la situation de
fournisseur des vivres, et qu'il fut mis à mort pour ses
prévarications avec deux de ses officiers, en l'année 361
de notre ère.

En choisissant le nom d'un roi sensuel, George IV
d'Angleterre, le général Johnson ne songeait qu'à ses
intérêts personnels de courtisan. Pendant plus d'un
siècle, le lac George avait été la grande voie de communication entre le Canada et le fleuve Hudson. Ses eaux
étaient si estimées qu'on s'en servait toujours dans les
églises catholiques romaines du Canada pour les bap-
tèmes et autres cérémonies religieuses. Ce lac était très-
souvent occupé par des armées, et, à son extrémité sud,
les forts George et Henry rappellent les souvenirs historiques les plus intéressants.

Le romancier Cooper a fait du lac George le
théâtre de plusieurs de ses romans. Pour les jeunes
générations américaines qui le visitent chaque année,
c'est un véritable Eldorado. L'air même y est imprégné d'amour, et quand ces touristes de vingt ans
glissent dans de légers esquifs sur des eaux transpa-
rentes, ils ajoutent au pittoresque du paysage ce com-
plément toujours nécessaire, quelle que soit la beauté
de la nature : la présence de l'homme. Je crois même
que le paradis terrestre ne devait pas être parfait jusqu'au moment où se dessina, au milieu des bosquets,
l'ombre de nos premiers parents. Promontoires hardis,
fraîches retraites, rocs couverts de mousse et contre

lesquels les vagues viennent expirer doucement, diraient, s'ils pouvaient parler, comme le *Ruisseau* de Tennyson : *Go on for ever*. La nature semble avoir créé le lac George dans un de ses jours les plus heureux. Le lac a trente-quatre milles de long, et sa largeur varie d'un à quatre milles. Sa plus grande profondeur est à peu près la même que celle du Champlain. Comme tous les lacs américains où il est de mode d'aller prendre des bains, il possède, lui aussi, ses trois cent soixante-cinq îles.

Débarqué du *Mayeta,* je suivis, dans une route côtoyant la montagne, un sentier étroit qui me conduisit au milieu d'une forêt. Dans un vallon désert habitait un certain Levy Smith qui me conduisit à travers les bois jusqu'à Hague ; je dînai à l'hôtel et repris ma route par la côte jusqu'à la pointe Sabbath Day. A quatre heures du soir, le bateau à vapeur qui fait le service de Ticonderoga me ramenait à l'extrémité sud du lac.

Dans cette direction, de hautes montagnes ferment le lac, et l'on est forcé d'avancer dans les « Narrows », au milieu de beaucoup de charmantes îles. Sur l'une d'elles M. J. Henri Hill, artiste ermite, a fixé sa modeste de-meure, où il travaille depuis le matin jusqu'au soir, hiver comme été. Trois chèvres et un écureuil lui tien-nent seuls compagnie dans ce lieu solitaire.

Par un hiver des plus froids, lorsque la glace sur les lacs avait deux pieds d'épaisseur, et que les forêts portaient un manteau de neige, le frère de M. Hill, ingé-nieur civil, vint aussi dans ces régions glacées. Les deux frères étudièrent les « Narrows » et dressèrent une carte de cette partie du lac George avec ses îles parfaitement

dessinées; la carte, terminée et gravée, est entourée
d'une bordure artistique qui représente les objets les
plus intéressants de la localité.

Il était tard, lorsque le bateau à vapeur me débarqua à Crosbyside, sur la rive orientale, et j'allai me
reposer à l'ombre des bosquets, d'où l'on jouit d'une
des plus charmantes vues du lac. Le lendemain, de
bonne heure, je m'installais chez M. Lockhart, cultiva-
teur gai, excentrique, et parent du gendre de Walter
Scott. La petite habitation de M. Lockhart est à un
demi-mille au nord de Crosbyside et près de la haute
colline dont M. Charles O'Conor, avocat distingué de
New-York, a fait présent aux Pères Paulistes qui ont
leur principal établissement dans la cinquante-neuvième
rue de cette grande ville. C'est là que les membres du
nouvel ordre viennent passer leurs vacances d'été avec
leurs élèves.

Les Paulistes sont d'énergiques travailleurs, qui en-
tretiennent des missions au Minnesota, en Californie
et dans d'autres contrées des États-Unis. Ils semblent
sentir vivement la vérité exprimée dans ce passage de
l'*Inspiration de la nature*, livre écrit par le Père Hec-
ker : « L'existence n'est pas un rêve, mais une réalité
solennelle. La vie ne nous a pas été donnée pour être
gaspillée en misérables sophismes, mais pour être em-
ployée à une sérieuse recherche de la vérité. »

M. Lockhart m'offrit gracieusement de me conduire
au monastère de Sainte-Marie, situé sur le lac. Après
avoir suivi ensemble le sentier de la montagne pendant
un quart de mille, nous entrions sur les terres om-

bragées du monastère. Le Père supérieur, le Rév. Hewit, nous accueillit avec beaucoup de bonté, et me présenta à plusieurs autres Pères, parmi lesquels je trouvai des Paulistes qui revenaient tout récemment d'une excursion aux *îles Harbor*, propriété de l'ordre. On m'a dit que le nombre des membres de cet établissement religieux s'élevait à trente environ, et que tous, excepté quatre, étaient des protestants convertis. La valeur des immeubles qu'ils possèdent dans la ville de New-York est d'un demi-million de dollars, et leurs écoles du dimanche reçoivent quinze cents élèves. Je fis entre autres la connaissance du Père D..., qui a abandonné sa position de professeur de l'art de la guerre à l'Académie militaire de West-Point, pour devenir un serviteur de son Maître et prêcher l'Évangile de paix au genre humain. A une petite distance de moi, j'aperçus deux jeunes prêtres qui causaient très-amicalement; peu d'années auparavant, ils avaient combattu dans des camps opposés pendant la guerre civile qui eut pour résultat de consolider la Grande République. J'y vis aussi un astronome mathématicien de Cambridge, qui venait d'un des observatoires du gouvernement; il avait jeté le froc aux orties et me donna beaucoup d'informations précieuses sur la hauteur des montagnes qui bordent le lac Saint-George. Il les avait étudiées et exactement mesurées :

Finch, entre Buck et Spruce	1,595	pieds.
Cat-Head, près de Bolton	1,640	—
Prospect-Mountain	1,740	—
Spruce	1,820	—

Buck, côte est, au sud des Narrows.............. 2,005 pieds.
Bear, entre Buck et Black.................... 2,200 —
Black, le roi du lac George................... 2,320 —

C'est grâce à la courtoisie de ce savant distingué que
je peux publier le résultat de ses travaux. D'après une
autre autorité, je trouve que le lac Champlain est de
quatre-vingt-treize pieds au-dessus du niveau de l'océan
Atlantique, et que le lac George a deux cent quarante
pieds de plus que le Champlain ou trois cent trente-
trois pieds au-dessus du niveau de la mer.

Le son des cloches vint interrompre cette intéressante conversation. Partout aussitôt s'établit un profond
silence, et les prêtres, la tête découverte et agenouillés,
se signaient dévotement en récitant une prière. Je me
sentis très-attiré vers l'un de ces jeunes frères aux traits
fins et délicats. Nous nous rapprochâmes pour causer ; je
m'aperçus bientôt qu'il était très-instruit sur tout ce qui
concerne le canotage ; il aimait le lac, me disait-il, et
n'était jamais plus heureux que lorsqu'il naviguait sur le
miroir de sa surface, sauf, toutefois, lorsqu'il remplissait
ses devoirs parmi les pauvres du neuvième district de
New-York. Fils d'un général distingué, il avait hérité des
rares talents de son père, et il les consacrait au service
de son Sauveur. Son christianisme était si libéral, ses
aspirations si nobles, ses sympathies si chaleureuses,
qu'il m'inspira un très-grand intérêt. « Quand vous re-
viendrez ici l'été prochain, me disait-il d'un ton calme,
pour y construire un cottage, laissez-moi vous faire le
plan de la remise de vos bateaux. » Hélas ! lorsqu'après
avoir terminé mon voyage au golfe du Mexique, je

retournai sur les rives du lac George, je ne trouvai plus personne pour m'aider, car le jeune missionnaire pauliste avait rendu son âme à Dieu, et le Père Rosencranz avait reçu sa récompense.

Quand j'eus rejoint mon compagnon David Bodfish, il se plaignit amèrement à moi de la communauté de White Hall, parce que quelques bateliers peu honnêtes s'étaient approprié sa provision de pipes et de tabac pour les deux ou trois jours qui nous restaient à faire jusqu'à Albany. « La valeur de 60 cents (3 francs) de pipes neuves et de tabac, dit David d'un ton fâché, c'est une grosse perte, et un Bodfish n'a jamais été bon à rien sans son tabac. J'ai toujours eu l'habitude de boire des spiritueux pour tenir mes esprits éveillés ; mais dans ces derniers temps j'ai eu recours au tabac, car les spiritueux d'aujourd'hui ne valent pas ceux d'autrefois, lorsque j'étais jeune et que je travaillais dans le vieux Hawkin-Swamp. »

Voyager sur un canal, après avoir fait d'agréables excursions sur les lacs George et Champlain, c'est véritablement très-monotone ; mais pour suivre les cours d'eau, il était nécessaire au *Mayeta* de traverser le canal Champlain (soixante-quatre milles) et le canal Erié (six milles) depuis White Hall jusqu'à Albany sur le fleuve Hudson, distance totale soixante-dix milles.

Il n'y eut rien de suffisamment intéressant dans le passage du canal qui mérite d'être rappelé, sauf l'effondrement d'une écluse, près Troy, où un bateau fut emporté dans le tourbillon ; il s'ensuivit que cet accident me retint un jour de plus sur les bords du canal. Le

3.

quatrième jour, le *Mayeta* avait fini son service en arrivant à Albany, où, après un voyage de quatre cents
milles, l'expérience m'avait appris que je pouvais voyager plus vite, avec un bateau plus léger, plus commodément et plus économiquement, sans avoir de compagnon.

Le mois d'août venait de commencer, et le délai que
pourrait exiger la construction d'un nouveau bateau, fait
spécialement pour un voyage de deux mille milles, n'était
pas du temps absolument perdu. En attendant quelques
semaines, on donnait à la *malaria* le temps de disparaître
devant les gelées de l'automne, sur les rivières du New-
Jersey, du Delaware et du Maryland, et même encore un
peu plus loin dans le sud.

David retourna chez lui, au New-Jersey, le plus
heureux des hommes, avec toute l'importance qui
appartient à un grand voyageur. Pour ma part, j'avais
contribué à lui donner le goût du merveilleux en lui
lisant le soir, dans nos campements solitaires, le charmant livre de Jules Verne : le *Voyage au centre de la
terre*. Il était ravi de toutes ces étonnantes fictions
qu'il préférait toujours à la vérité. Un jour, sa crédulité fut tellement excitée qu'il s'écria : « Comment
font ces hommes pour apprendre à si bien mentir? Est-
ce un don de nature ou la conséquence de l'éducation ? »

Depuis, j'ai su que lorsque M. Bodfish arriva dans les
régions de bois de pins du New-Jersey, il raconta ses
aventures « dans les pays étrangers », c'est ainsi qu'il
désignait le Canada, et que dans son récit il entremêlait

les événements de la campagne du *Mayeta* avec les fantaisies du *Voyage au centre de la terre;* si bien que pour ses voisins le Saint-Laurent était devenu un lieu d'effroi et de mystère, tandis que les personnes les plus instruites parmi celles que Bodfish honorait de sa conversation, étaient fermement convaincues que le *Mayeta* n'a jamais existé tel qu'il était dépeint par l'imagnation féconde de David Bodfish.

Le récit des aventures de M. Bodfish, racontées par lui-même, représente plusieurs millions de milles parcourus en canot. Il avait pénétré dans les régions de glace du Labrador, il avait daigné visiter le pôle nord, qui n'était, suivant lui, qu'une branche de bois de *pitch-pine,* élevée par les hydrographes pour gemmer les pins du pôle nord. Il accusait vivement les équipages des baleiniers d'avoir mutilé ce noble morceau de l'administration pour en faire du bois à brûler. Heureusement pour M. Bodfish les deux tiers de ses auditeurs n'avaient pas une idée très-exacte du pôle nord ; quelques-uns d'entre eux ignoraient même complétement son existence, si bien qu'ils acceptaient la partie fantastique et rejetaient la partie vraie de ses histoires.

Le *Mayeta* fut renvoyé au lac Saint-George pour n'en plus sortir. Deux ans après, son successeur, le canot de papier, un des plus heureux produits de M. Waters, de Troy, était tranquillement amarré auprès du *Mayeta,* et bientôt j'ajoutai à cette petite flotte un bateau de cèdre, un duck-boat, qui m'avait transporté dans un second voyage jusqu'à la grande mer du Sud. Ici, mouillés tranquillement sous les hautes falaises, bercés par les eaux

charmantes du lac George, reposent ces amis fidèles ; ils
m'ont porté sur une distance de cinq mille milles, en
passant sur des rivières calmes et sur des mers hou-
leuses : ils ont partagé mes dangers, et maintenant ils
partagent mes loisirs.

Au repos.

CHAPITRE CINQUIÈME

LE CANOT DE PAPIER AMÉRICAIN
ET LES CANOTS ANGLAIS

Traits caractéristiques du canot de papier. — Histoire de l'emploi
du papier dans la construction des canots. — Naïveté d'un enfant.
— Comment on construit un canot de papier. — Les clubs des
colléges les adoptent. — Les grandes victoires gagnées par le papier
sur le bois en 1876.

Les renseignements relatifs à l'histoire et à la durée
des canots de papier me parviennent accidentellement
par l'intermédiaire des journaux. Malgré tous les usages
auquel le papier a été' employé pendant les vingt dernières années, le public est encore à peine convaincu
que cette matière délicate — le papier — puisse remplacer le bois avec succès dans la construction de légers bateaux de plaisance, canots et embarcations destinés aux
courses nautiques. Le succès et les victoires des coques
en papier appartenant au *Cornill College*, lesquelles ont
triomphé pendant deux saisons aux régates de Saratoga,
contre des concurrents qui n'étaient pourtant pas sans
valeur — les équipages des colléges des États-Unis —
ces succès et ces victoires prouvent que, pour la force,
la résistance, la rapidité et la finesse de forme, le cano
de papier est sans rival. Celui qui l'aura expérimenté trouvera qu'il possède la supériorité par les mérites sui-

vants : moins de poids, plus de force, de rigidité et de vitesse qu'un bateau en bois du même gabarit et du même modèle. La comparaison de la force des bateaux et canots en bois et en papier a été faite par un écrivain du *Cornill Times,* journal publié par les élèves de ce collége célèbre :

« Prenez deux morceaux de bois et de papier ayant même grandeur et même épaisseur, et soumettez-les aux mêmes épreuves. Le bois aura un huitième de pouce d'épaisseur, ce qui est l'épaisseur des *shell boats* ordinaires[1], et l'autre en carton fort, tous deux de la dimension d'un pied carré.

« Placez-les de champ, frappez à coups de marteau, et jugez du résultat : le bois se fendra, pour ne rien dire de plus, et le carton, en sortant de vos mains, ne sera tout au plus qu'entamé. Ensuite, ployez-les : arrivé à un certain degré de courbure, le bois éclatera, tandis que le carton ne sera nullement affecté. Frappez les deux échantillons avec un couteau : le bois se fendra encore, et le carton ne sera que percé. Placez-les sur l'eau : le bois flottera indéfiniment, tandis que le carton se gonflera et, après un certain temps, coulera au fond. Mais supposons qu'avant l'expérience nous ayons commencé par imbiber le carton avec de la glu marine, alors il deviendra tout aussi imperméable à l'eau que le bois, et il flottera aussi bien que s'il était du même poids; on trouvera qu'il supporte toutes les épreuves mieux que le bois, tout en pesant beaucoup moins.

[1] Bateaux-coquille.

« Maintenant, augmentons nos pièces et faisons deux bateaux d'un poids égal; nous trouvons alors les différences suivantes : le bateau de bois, étant rigide et susceptible de se fendre, ne peut être travaillé que d'après un modèle donné; le papier, au contraire, étant parfaitement flexible, peut prendre toutes les formes désirables; d'où il résulte que, quelle que soit la finesse de lignes du moule, le papier prendra la forme identique pour être ensuite durci, poli et rendu imperméable. En outre, le papier ni ne rétrécit, ni ne se gonfle, ni ne se fend, et par conséquent il ne fait pas de voie d'eau, est toujours en bon état et prêt pour le service. Quant à la dépense, il y a peu de différence dans le prix de ces deux bateaux, qui est de vingt-cinq dollars (cent trente francs) pour chacun. Ceux qui ont employé les canots de papier les regardent comme presque parfaits, et certainement ceux que cette question intéresse doivent savoir, tout préjugé mis de côté, quel est le meilleur. »

Une fissure dans un canot de papier se répare facilement avec un morceau de papier fort et une couche de colle marine appliquée au moyen d'un fer chaud.

Comme un canot de papier est une nouveauté pour beaucoup de personnes, une courte esquisse de son histoire intéressera sans doute le lecteur.

M. Georges Waters, fils du principal associé de la maison Waters et fils, de Troy (État de New-York), avait été invité il y a quelques années à un bal travesti. Le jeune homme commença par aller acheter un masque chez un marchand de jouets ; mais trouvant que le prix demandé (huit dollars) était plus qu'il ne pouvait dépenser pour le plaisir d'une seule soirée, il se contenta de louer le masque et d'en prendre une empreinte aussi parfaite que l'était l'original. Pendant qu'il s'occupait de ce travail, une idée traversa son cerveau, et il se demanda si un canot ne pourrait pas être fait de la même matière et dans des conditions identiques sur le modèle d'un bateau en bois ; si, par exemple, une coque de carton recouverte d'une couche de vernis ne flotterait pas aussi bien et ne serait pas plus légère qu'un bateau en bois.

Cela se passait au mois de mars 1867, époque à laquelle M. Waters était employé dans une manufacture de cartonnage. Ayant réparé des avaries à un *shell boat,* à l'aide de feuilles de papier fort, collées solidement, il fut si satisfait du résultat qu'il s'appliqua immédiatement à développer son ingénieuse invention.

Aidé par son père, M. Elisha Waters, il se mit à l'œuvre de la manière suivante : « Prenant comme moule une coque de bois de treize pouces de largeur et de trente pieds de longueur, il en recouvrit entièrement les fonds et les flancs de petites feuilles de papier de Manille collées ensemble et superposées les unes sur les autres, de telle sorte qu'elles fussent toutes recouvertes par le milieu de la feuille collée immédiatement au-dessus, produisant un carton d'un seizième de pouce d'épaisseur. Le modèle ainsi construit, il le fit sécher avec soin, puis après l'avoir retiré du moule et pourvu d'une car-

Le *Nautilus*.

casse convenable, composée d'une quille, de deux préceintes et d'une cloison, en un mot de toutes les pièces
qui composent ordinairement un bateau de bois, sauf les
membrures, que l'extrême rigidité du bordage rendait
complétement inutiles, tout l'ensemble de la construction
fut rendue imperméable avec des couches de vernis, et
l'œuvre se trouva complète. L'expérience prouva que,
primitif comme était ce premier essai, comparé à
l'élégante embarcation que l'on obtient actuellement avec
le papier, ce bateau avait néanmoins des mérites particuliers, parmi lesquels il faut citer sa rigidité remarquable,
la symétrie de sa coque par rapport à la longueur de
son axe, et enfin l'extrême poli de sa surface, en contact
avec l'eau.

Une personne très-compétente, et qui a une longue
expérience de tout ce qui a rapport aux bateaux de
papier, me fournit les renseignements suivants, qui, je
n'en doute pas, intéresseront le lecteur.

Voici comment il faut s'y prendre pour construire un
canot de papier : Les dimensions étant fixées, la
première chose à faire est de construire un modèle en
bois, ou forme, qui est un *fac-simile* exact du bateau
sur lequel on appliquera l'enveloppe ou la peau en
papier. Pour cela, il faut avoir le dessin du bateau de
la grandeur voulue, et c'est d'après ce croquis qu'on
exécutera le modèle. Sur ce plan, on le construit avec
des planches de sapin bien sèches et soigneusement
soudées ensemble pour former un tout solide ; après
quoi, ayant été amené mathématiquement aux dimensions requises, il est raboté, travaillé avec soin, jusqu'à

ce que sa surface soit rendue parfaitement unie et que sa largeur et sa profondeur soient exactement celles du bateau pris pour modèle. Dans le cours de l'opération, il faut ménager des entailles pour y placer plus tard la quille, les préceintes, l'étrave et l'étambot ; quand toutes ces pièces sont en place, elles doivent être façonnées de manière que leur surface corresponde avec celle du modèle, de telle sorte qu'elles en forment comme une partie intégrante. Il est très-important que toutes ces pièces soient solidement soudées à la peau ; quand le bateau sera complété, il faut que la surface de la construction soit recouverte avec une préparation énergiquement adhésive.

Maintenant, le modèle est prêt à être recouvert de papier ; pour y arriver, on emploie deux espèces de procédés : on se sert, ou du meilleur papier de Manille, ou d'une pâte provenant de chiffons de lin écru, les feuilles étant de la même longueur que le canot, quelle que celle-ci puisse être. Si l'on se sert du papier de Manille, la première feuille sera mouillée et appliquée doucement sur le modèle et bien maintenue en place au moyen de solides attaches appliquées à la surface extérieure. D'autres feuilles sont ensuite superposées sur celle-là, placées l'une sur l'autre et bien collées. Le nombre des feuilles dépend des dimensions du bateau et de la rigidité qu'on veut obtenir. Si l'on préfère le papier de lin, une seule feuille peut suffire, à la condition qu'elle ait l'épaisseur, les dimensions et le poids voulus, quand la peau sera complétement sèche. Si le modèle est concave dans certaines parties, comme l'est un bateau à arrière carré, par exemple, le papier devra s'adapter à ces surfaces, au moyen de formes convexes, qui maintiennent le papier en place jusqu'à ce qu'il ait pris la forme voulue. Ensuite, le modèle, avec son manteau de papier, est mis dans une étuve, et lorsque toute humidité s'est évaporée, que les plis ont disparu, il prend graduellement les contours demandés. Finalement, il devient parfaitement symétrique, d'une extrême rigidité et sans couture. Le papier est ensuite rendu imperméable, et l'enveloppe avec sa quille, ses préceintes, etc., est placée entre les mains du charpentier, qui le termine comme un bateau de bois ordinaire. Les ponts de papier ayant été mis en place, tout est prêt pour recevoir les cuivres, les ferrures et le vernissage. Comme l'épaisseur de ces bateaux (*racing-shells*) varie d'un seizième de pouce pour les canots montés par un seul rameur, jusqu'à un douzième de pouce pour les canots à six avirons, la carcasse en bois est nécessaire pour leur donner de la consistance en les mettant en forme. Si l'on applique cette invention aux yoles, gigs et aux esquifs, il se trouve peu de différence dans la manière d'employer le papier. Ces bateaux étant soumis à un travail très-fatigant, ils doivent être construits de façon à permettre à celui qui les occupe de se mouvoir aussi librement qu'il est possible ; il faut aussi préparer une carcasse de bois légère et solide, composée de membrures, d'un avant et d'un arrière taillés dans des racines de bois noueux. Les formes de ces bateaux ayant été préparées comme celles qui ont été déjà décrites pour les *racing-shells*, et la

carcasse étant laissée dans cette forme, de manière que
la surface de l'étambot, de l'étrave et des membrures
soit conforme à la surface extérieure, la peau de
papier est fixée sur le tout. La peau de papier, faite avec
la pâte de chiffons de toile écrue et non blanchie, est
mise soigneusement en place, et quand elle est séchée,
elle varie d'un dixième à trois seizièmes de pouce
d'épaisseur. Après cela, on l'enlève du moule, on la
rend imperméable ; la forme et les accessoires sont
suffisamment achevés, et le bateau est verni. En
définitive, dans cette classe de bateaux, la forme, le
style et le fini sont les mêmes que pour les bateaux en
bois, dont ils ont exactement les dimensions, si ce n'est
qu'à la coque ordinaire en bois on substitue l'enveloppe
en papier telle qu'elle vient d'être décrite. Les avantages
que présentent ces canots sur ceux de bois consistent
dans l'emploi du papier pour le bordage des bateaux de
courses, où l'expérience a démontré que le poli des
fonds est ce qu'il y a de mieux ; les lignes qui sont sous
l'eau peuvent recevoir le plus grand degré de fini, ce
qui ne peut s'obtenir dans les coques en bois, où les
virures sont tellement réduites d'épaisseur que la force,
la rigidité et la durée sont entièrement sacrifiées ou
grandement diminuées. Dans la variété la plus remarquable des *dugs-out*[1], on peut également obtenir des
lignes très-fines ; mais si délicats sont ces bateaux que,
si les côtés sont réduits à trois seizièmes de pouce, il
est pratiquement impossible de leur conserver longtemps

---

[1] Bateau creusé dans un seul tronc d'arbre.

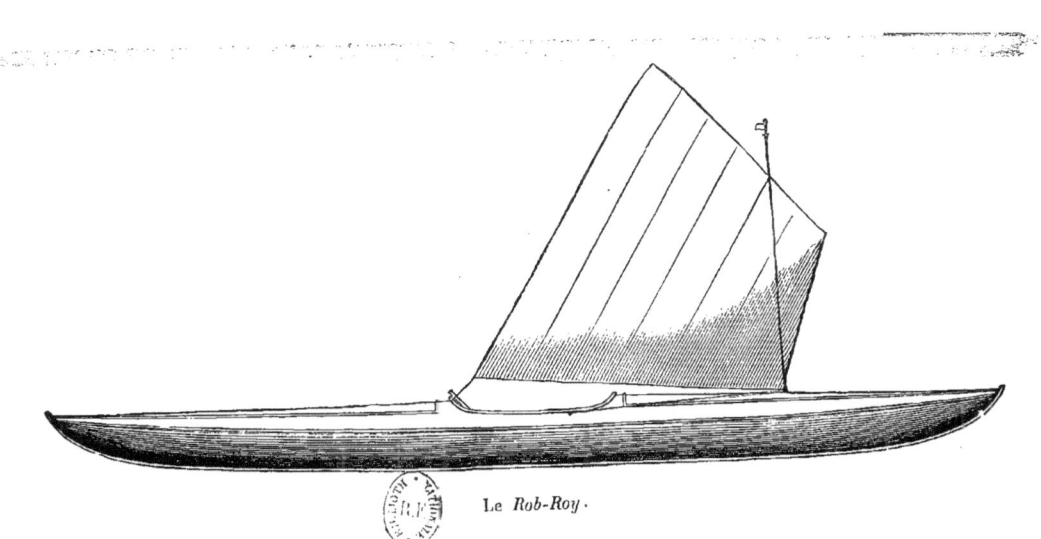

Le *Rob-Roy*.

leurs formes primitives. Alors, en ce qui concerne cette question, il ne reste plus au constructeur qu'à choisir les modèles que la science, guidée par l'expérience, signale comme les meilleurs. L'enveloppe de papier, après avoir été rendue imperméable, reçoit, pour finir, une solide couche de vernis et présente alors une surface solide, parfaitement polie et insensible à l'influence de l'eau. Elle doit être aussi unie qu'un panneau de voiture ou qu'un miroir. Elle n'a pas, comme le bois, de grain qui menace de craquer ou de se fendre; elle ne rétrécit jamais, parce que le papier est un des meilleurs non-conducteurs; aucun degré de la température de froid ou de chaud n'a d'action sur sa solidité ou sa durée, et par suite ces canots s'adaptent admirablement bien à tous les climats. Comme l'enveloppe en papier n'absorbe pas l'humidité, ces canots ne deviennent pas plus pesants par l'usage, et n'ayant pas d'eau à rendre lorsqu'ils ne sont plus à flot, ils ne se fendent pas, comme les bateaux de bois, par l'exposition à l'air; ils sont, par suite, toujours prêts pour le service.

« La force et la rigidité des coques de papier sont des plus remarquables. Pour le démontrer, on plaça sur deux tréteaux séparés par une distance de huit pieds l'un de l'autre, une simple coque de douze pouces de largeur et de vingt-huit pieds de long, la coque ne pesant avec tout son gréement que vingt-deux livres, de telle façon que les tréteaux étant chacun à égale distance du centre, la chambre restait sans aucun support. Un homme pesant cent quarante livres s'assit dedans et resta trois minutes dans cette position. La

flexion causée par ce surcroît de poids ayant été exactement mesurée, elle fut trouvée d'un seizième de
pouce au point central. Or, si le poids de cent quarante livres appliqué dans une condition aussi anormale a produit aussi peu d'effet, nous pouvons assurer en toute confiance que, quand il est chargé et
appuyé sur l'eau, soutenu par elle sur toute sa longueur, avec le chargement également distribué sur
tout l'ensemble, le canot n'a à craindre aucune
flexion.

« La légèreté, quand elle est combinée avec une force
et une rigidité convenables, étant une qualité très-dési-
rable, c'est ici surtout que les canots de papier l'em-
portent sur leurs rivaux de bois. Choisissant deux
coques, l'une en bois et l'autre en papier, de mêmes
dimensions et rigidité, il est prouvé, par des expériences
précises, que la coque en bois sera de trente pour cent
la plus pesante. Si vous comparez deux canots de bois
et de papier, de mêmes dimensions et de poids égal,
vous trouverez que le canot de papier aura sur l'autre
l'avantage, aussi bien au point de vue de la rigidité que
de la résistance à la torsion. Il arrive souvent que, sans
y avoir réfléchi, on affirme que les coques en bois sont
d'une plus grande légèreté que les coques en papier. En
effet, si l'on ne considère que la légèreté seule, le fait
est vrai en théorie; mais quand on vient à la pratique,
il arrive que ces bateaux en bois si extraordinairement
légers sont toujours et seront toujours impossibles en
service, car on ne tient alors compte que d'une seule
des qualités nécessaires pour faire un bateau pratique.

Le kayak du Groënland, photographié à Disco.

Une coque en bois qui pèse vingt-deux livres, loyalement comptées, est toujours très-fragile et ne saurait durer. Une coque en papier de mêmes dimensions et pesanteur durera et fera autant de service qu'une coque en bois qui pèsera trente livres.

« On verra, d'après l'exemple suivant, le degré de solidité que possède ce système de construction. Pendant l'été de 1870, un canot à une paire d'avirons, conduit à toute vitesse en descendant le courant d'un de nos principaux fleuves, fut lancé sur la pile d'un pont en pierre. L'avant frappa perpendiculairement sur l'obstacle, et telle fut la puissance du choc que le canotier fut jeté violemment de la chambre dans la rivière. Les témoins de cet accident, qui ne connaissaient guère que les embarcations de bois, croyaient le canot perdu ; mais après un minutieux examen, on s'aperçut que la pointe de l'avant seule était tordue et les fargues brisées seulement à l'endroit où le rameur était passé par-dessus le bord. Une somme de deux dollars suffit à payer les réparations. Si la coque eût été en bois, le choc aurait sans doute brisé la proue et fendu le bois depuis l'avant jusqu'au centre. »

De vieux et prudents marins essayèrent de me dissuader de m'adresser à M. Waters pour la construction d'un canot de papier. A ce moment le Harvard College n'avait pas encore adopté cette nouveauté, et le Cornill n'avait pas non plus, de son côté, songé à battre les autres colléges aux régates de Saratoga, en se servant de bateaux de papier. L'année 1876, année du centenaire des États-Unis, menaçait de mettre fin à la discus-

sion du problème qui avait coûté tant d'intéressants travaux à MM. Waters ; mais en cette même année la main
d'un incendiaire prit une revanche en mettant le feu à
la manufacture des canots de papier, à Troy. Le dé-
sastre était considérable ; cependant, quelques semaines
plus tard, ces hommes opiniâtres pouvaient se vanter
de nouvelles victoires remportées en une seule saison,
par leurs canots, dans de nombreuses courses. Le droit
de construire des bateaux de papier, au Canada et aux
États-Unis, appartient exclusivement à MM. Waters, et
ils sont jusqu'à présent les seuls constructeurs de canots
de papier dans le monde.

Il n'y a pas bien longtemps que M. Mac Gregor, de
Londres, construisit son petit canot en bois *le Rob-
Roy,* sur lequel il s'embarqua pour aller visiter les
fleuves de l'Europe. Son exemple a été suivi, et maintenant il n'est pas rare de voir des flottes de touristes qui circulent dans des embarcations presque
microscopiques sur nos cours d'eau et à l'étranger.
M. Baden-Powell, aussi d'origine anglaise, a perfectionné
le modèle du canot *le Nautilus,* qui a beaucoup de
tonture et qui, par conséquent, se comporte mieux que
le *Rob-Roy* en mauvais temps. En 1874, le *New-York
Canoe Club* avait adopté comme modèle le *Nautilus.* Il
nous manque encore un type américain original pour
nos fleuves ; il devrait se rapprocher plutôt des canots
indiens que des modèles européens. Ces canots modernes
sont réellement des *kyaks,* et pour leur construction
nous sommes très-redevables à l'expérience des habitants du cercle polaire. Très-peu de ces canots appelés

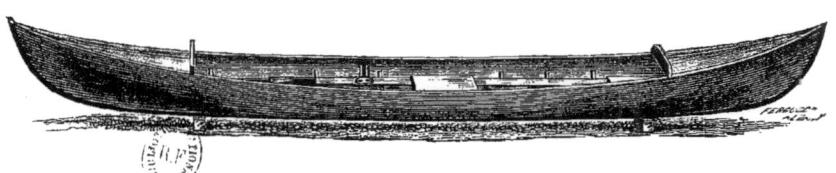

Le Canot de papier. — La *Maria-Theresa*.

« *Rob-Roy* », et que l'on construit aux États-Unis, res-
semblent au type original perfectionné par M. Mac
Gregor, l'initiateur moderne du voyage en canot. Les
dessins que l'on donne des canots anglais viennent de
modèles importés et sont parfaits dans leur genre.

CHAPITRE SIXIÈME

DE TROY A PHILADELPHIE

Le canot de papier *la Maria-Theresa.*—Départ. — Descente de l'Hudson. — Traversée de la baie de New-York. — Passage des Kills.— Le Raritan. — La route par les canaux du New-Brunswick à la Delaware. — De Bordentown à Philadelphie.

Le canot que je fis construire sur le modèle anglais *le Nautilus* était achevé vers le milieu d'octobre, et le 21 du même mois, par une matinée froide et brumeuse, je m'embarquai sur mon petit canot du poids de cinquante-huit livres, la *Maria-Theresa,* à la fabrique des bateaux en papier sur l'Hudson, à deux milles en amont de Troy. M. Georges Waters mit lui-même son canot à l'eau, et me proposa de m'escorter pendant quelques milles, en descendant le fleuve. Si j'avais eu quelques doutes sur la stabilité de mon embarcation, ils furent vite dissipés lorsque je passai devant le magnifique *Club des Lauréats,* lequel contenait presque quarante coques, toutes en papier.

Voici les dimensions de la *Maria-Theresa :* longueur, quatorze pieds ; largeur vingt-huit pouces ; creux au milieu, neuf pouces ; hauteur de l'avant au-dessus de la flottaison, vingt-trois pouces ; hauteur de l'arrière, vingt pouces ; épaisseur du canot, un huitième de pouce ; poids, cinquante-huit livres. Il était garni d'une paire de

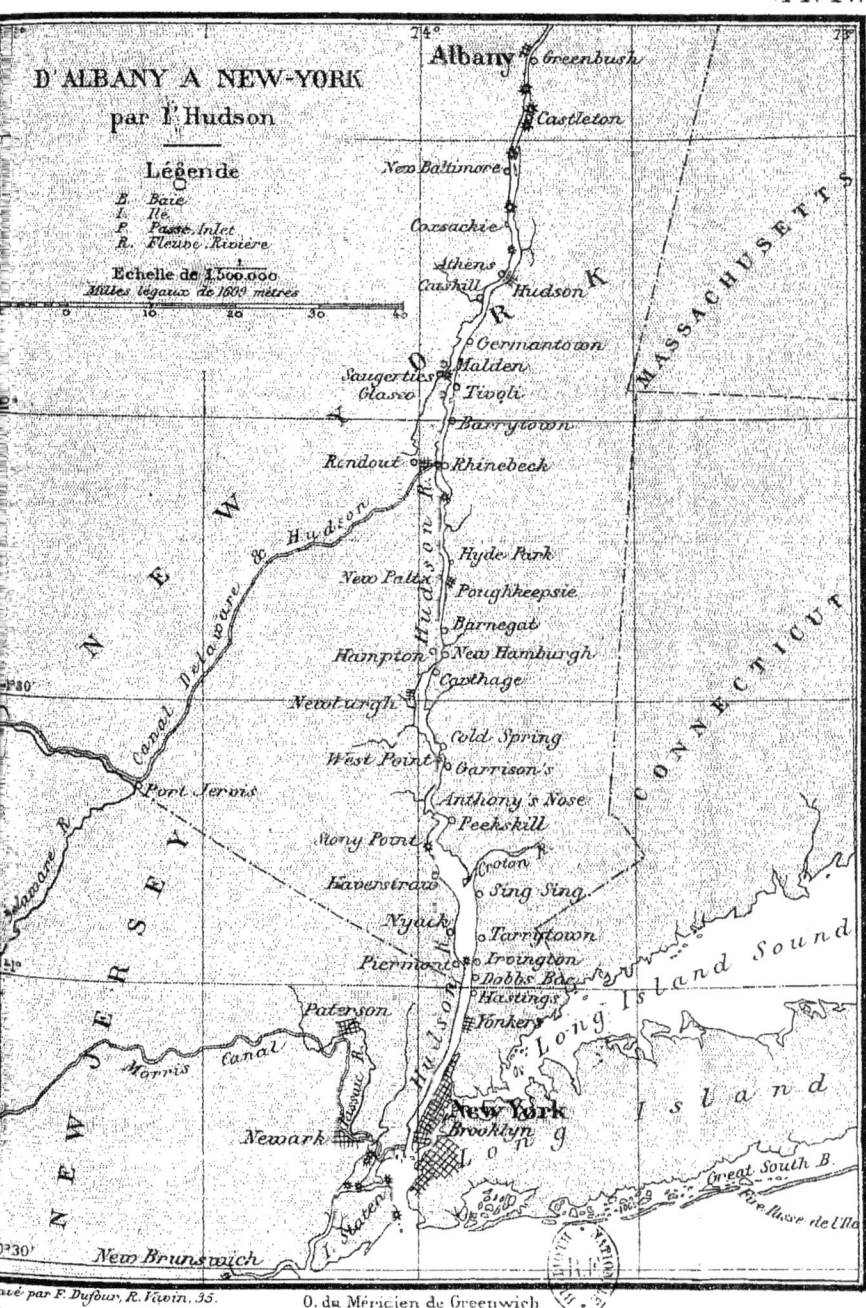

D'ALBANY À NEW-YORK
par l'Hudson

Légende

B. Baie
I. Ile
P. Passe, Inlet
R. Fleuve, Rivière

Echelle de 1.500.000
Milles légaux de 1600 mètres

0   10   20   30   40

Albany   Greenbush
Castleton
New Baltimore
Coxsackie
Athens
Catskill   Hudson
Germantown
Saugerties   Malden
Glasco   Tivoli
Barrytown
Rondout   Rhinebeck
Hyde Park
New Paltz   Poughkeepsie
Barnegat
Hampton   New Hamburgh
Carthage
Newburgh
Cold Spring
West Point   Garrison's
Anthony's Nose
Stony Point   Peekskill
Croton
Haverstraw   Sing Sing
Nyack   Tarrytown
Piermont   Irvington
Dobbs Ferry
Hastings
Paterson   Yonkers

Port Jervis

NEW YORK

MASSACHUSETTS

CONNECTICUT

NEW JERSEY

Canal Delaware & Hudson R.

Hudson R.

Delaware R.

Morris Canal

Passaic R.

Newark   New York
Brooklyn

Long Island Sound

Long Island

Great South B.

I. Staten

New Brunswick

River, Bay de l'Ila

Gravé par F. Dufour, R. Vavin, 35.

tolets en acier, qui pouvaient s'enlever et s'emmagasiner très-aisément. Les avirons, en sapin, mesuraient sept pieds huit pouces de long et pesaient chacun trois livres un quart. La pagaie : sept pieds six pouces de long et deux livres et demie de poids. Le mât et la voile : six livres ; mais comme ils ne pouvaient me servir à rien sur un aussi petit bateau, ils furent bientôt abandonnés.

A Philadelphie, après avoir pris de la toile pour recouvrir le pont et les bandes en caoutchouc qui devaient la maintenir, l'éponge, le panier à provisions, le coussin et une caisse de cartes pesant quatre livres, je trouvai que, mon propre poids compris (130 livres), le bateau et son chargement, avec les provisions de vivres pour une longue campagne, le tout, en un mot, pesait infiniment moins que trois caisses remplies de toilettes simples pour une dame qui va passer quatre semaines à des eaux à la mode.

La pluie cessa, le brouillard se dissipa, et le soleil se mit à briller au moment où nous descendions le courant de l'Hudson jusqu'à Albany ; nous y arrivons en une heure et demie. A ce moment, M. Waters met le cap au nord et me souhaite *bon voyage ;* ensuite il retourne sur le théâtre de ses succès, et moi, je pousse vigoureusement vers le sud. Albany, la capitale de l'État, est à une distance de cent cinquante milles de New-York, et pourtant l'influence de la marée s'y fait sentir ; elle y monte et descend d'un pied.

J'éprouvai un sentiment de plaisir et d'indépendance lorsque je me sentis glisser sur ce noble fleuve avec la conviction que je possédais maintenant le bateau

convenable pour mon entreprise. Connaître les charmes
des eaux les plus pittoresques du continent américain
était un rêve de ma jeunesse. Les sources de l'Hudson
se perdent dans les hauteurs nuageuses de l'Adirondak,
parmi les pics glacés du désert du Nord, et l'on
peut dire qu'il finit dans les flots salés de l'Atlantique,
car ses eaux s'ouvrent un passage assez loin au large
des plages sablonneuses de New-York, pour aller finir
dans le sein de l'Océan. On cultive sur les bords
de l'Hudson les branches les plus distinguées de la
civilisation. De beaux édifices, qui s'élèvent depuis les
bords jusqu'au sommet des rives de ce beau fleuve,
abritent les œuvres d'hommes de talent et les chefs-
d'œuvre du génie mécanique. Les richesses de la grande
ville qui est située à son embouchure, métropole de la
jeune nation, se sont dépensées pour le rendre encore
plus beau et plus fécond. Quel est le fleuve de l'Amérique qui, sur une distance aussi longue que de Troy
à New-York (156 milles), peut rivaliser en beautés natu-
relles ou artificielles avec l'Hudson? « La rivière de
l'Hudson, dit son aimable historien, M. Lossing, a une
longueur de trois cents milles, depuis sa naissance
au milieu des montagnes jusqu'à son mariage avec
l'Océan. »

M. Henri Hudson, un Anglais et un ami du capitaine
John Smith, était au service de la Compagnie des Indes
hollandaises et cherchait avec son navire de quatre-
vingt-dix tonnes, le *Half-moon* [1], un passage vers le

---

[1] La demi-lune.

nord-ouest par le sud de la Virginie. Il jeta l'ancre le 3 septembre 1609 à Sandy Hook, et, le 11 du même mois, passant par les Narrows dans la baie actuelle de New-York, il était tout à fait convaincu qu'il avait trouvé le chemin si longtemps cherché pour gagner le Cathay, et le lendemain il entrait dans l'Hudson, là où se trouve aujourd'hui l'importante ville de New-York. Plus le *Half-moon* remontait la rivière, plus l'eau perdait de sa salure, et lorsqu'il fut enfin arrivé à Albany, toute espérance de Cathay s'évanouit dans le cœur du marin. Les Anglais nommèrent cette rivière Hudson, en l'honneur de celui qui l'avait découverte ; mais les Hollandais lui donnèrent le nom de rivière du Nord, lorsque la Delaware fut découverte et baptisée du nom de rivière du Sud. Ainsi, pendant qu'en 1609 Samuel Champlain exploitait le lac qui porte son nom, Hudson remontait la rivière par laquelle le lac se déverse. M. Lossing a écrit les lignes suivantes :

« La source la plus lointaine de l'affluent occidental de notre beau fleuve est le petit cours d'eau d'Hendricks, ainsi nommé en l'honneur d'Hendricks Hudson. Nous avons trouvé la source Hendricks au bord d'une mare froide, peu profonde, ayant environ cinq pieds de diamètre, ombragée par des arbres, des vignes, et bordée de bruyères et d'élégantes fougères. Ses eaux sortent du Long-Lake ; et, de la même altitude, les unes vont tomber au sud, dans l'Atlantique, après un parcours de plus de trois cents milles ; les autres se dirigent vers le Saint-Laurent et atteignent le même Atlantique à mille milles plus loin, dans le nord-est. »

4.

Ce fut sur l'Hudson que le premier bateau à vapeur qui ait réussi fit un service régulier entre New-York et Albany : il avait été construit par Robert Fulton, et sa machine, venant d'Angleterre, était de Watt et Bolton. Le *Clermont* avait cent pieds de long, douze de large, sept de profondeur. La *Gazette d'Albany* du 1ᵉʳ septembre 1807 publiait le tarif qui suit :

Newburgh.....	3 dollars.	Temps, 14 heures.
Poughkeepsie ..	4 —	— 17 —
Esopus	6 —	— 20 —
Hudson........	5 1/2 —	— 30 —
Albany	7 —	— 36 —

Aujourd'hui les grands paquebots qui font le service sur l'Hudson exécutent le passage de New-York à Albany en douze heures.

En descendant le cours du fleuve, mes yeux charmés s'attachaient aux splendides couleurs de ce feuillage d'automne dont la beauté ne s'aurait s'oublier. A cette époque de l'année, les feuilles absorbent si vite l'oxygène et elles produisent des teintes si éclatantes qu'elles donnent au pays l'apparence d'une contrée recouverte d'un brillant manteau aux mille couleurs. Une lumière pâle et légère remplissait l'atmosphère, tandis que l'air du mois d'octobre excitait doucement le système nerveux. A six heures du soir, le canot arrivait à la ville d'Hudson sur la rive gauche, où se termina mon étape, de trente-huit milles suivant une autorité locale, de quarante-huit milles d'après les cartes plus exactes des ingénieurs hydrographes. La *Maria-Theresa* ayant été remisée sous un hangar, j'allai à un très-modeste hôtel pour y passer la nuit.

Le lendemain, à sept heures du matin, la rivière était couverte d'un épais brouillard ; je partis néanmoins en me guidant sur le bruit des trains du chemin de fer de l'Hudson. Le trafic de la Compagnie est si énorme, que si l'on mettait ses convois de trains de marchandises à la suite les uns des autres, ils composeraient une ligne continue de quatre-vingts milles, de laquelle seize milles sont toujours en marche, la nuit comme le jour. Des bateaux à vapeur et des remorqueurs avançaient prudemment sur la rivière au milieu du brouillard, en sifflant à chaque minute pour avertir que le pilote ne dort pas au gouvernail. Il y eut une grande éclaircie à midi, et le soleil perçant à travers la brume, ces beaux rivages se dessinèrent comme un prisme rouge, jaune, brun et vert. C'était le dernier chant de l'été, qui perd ses feuilles empourprées qui disent un adieu mélancolique au vent en tombant sur la terre, ou en étant emportées brusquement dans l'espace. A quelques milles au sud de la ville d'Hudson, sur la rive occidentale, on rencontre le confluent, du *Catskill*. De là le voyageur peut pénétrer facilement aux pittoresques montagnes des Apalaches ; les Indiens les avaient nommées *Onti-Ora*, ou montagnes du Ciel.

Sur la rive droite de l'Hudson, à une des extrémités du canal de la Delaware et de l'Hudson, est Roundout. Cette ville est le débouché des pays du charbon; j'y passai après midi. Après avoir quitté l'Hudson aux premiers flots de la marée montante, j'eus à lutter contre

elle pendant plusieurs heures; j'atteignis pourtant sans
difficulté Hyde Park Landing (qui est sur la rive gauche
de la rivière et à trois milles de la ville d'Hudson, d'après
des autorités locales) à cinq heures du soir. Le gardien
du quai reçut le canot et le mit à l'abri; un hôtel d'un
village voisin donna l'hospitalité à son propriétaire.

Le lendemain, à sept heures, j'étais sur la rivière;
ce jour-là, le temps était très-variable : grandes rafales
de vent succédant à des calmes. A six milles au sud de
Hyde Park, on trouve Poughkeepsee, jolie ville de dix-
huit cents habitants, et son collége Vassar pour les
femmes. A huit milles en descendant la rivière, et sur
la même rive, est le petit village de New-Hambourg. La
pointe de rochers au pied desquels il est bâti est couverte des plus beaux arbres qui soient au monde. A six
milles plus loin sur la rive occidentale est Newburg, ville
importante, station du chemin de fer de New-York et
Érié. A quatre milles au sud, et encore plus loin, le
fleuve se rétrécit et permet de voir le magnifique panorama de l'entrée nord des Highlands et la montagne de
Storm King, qui s'élève à quinze cents pieds au-dessus
du niveau de la mer. Les premiers navigateurs hollandais donnèrent à ce pic le nom de Boter-Burg[1], mais elle
reçut ensuite celui de Storm King de M. Willis, dont la
résidence, Idlewild, domine la baie de Newburg.

Après avoir passé le Storm King et le Crow Nest, on
aperçoit la colline de Kidd's Plug, qui marque le lieu où
l'on suppose que Kidd a enfoui d'immenses trésors, placés

[1] Montagne de beurre.

comme toujours par la croyance populaire dans des centaines de localités du continent. Maintenant, me voilà
entré dans les Narrows, au-dessus de West-Point, et le
courant ayant à lutter contre un vent debout, le passage devient exceptionnellement difficile. Mon canot dan-
sait sur les eaux bouillonnantes, et il se rapprochait de
la rive droite à presque un mille en amont de l'Académie
militaire des États-Unis, lorsqu'un obus parti de l'école
éclata dans l'eau à quelques pieds du canot. Je venais
d'apercevoir une cible placée sur un petit tertre au pied
de là colline, tout près du bord de l'eau, lorsqu'un second et un troisième obus éclatèrent près de moi ; je
cherchai mon salut dans la fuite, maugréant contre les
exercices de l'école et l'autorité militaire. Le soir, le
canot fut placé sur le pont d'une goëlette qui déchargeait
des escarbilles au fort Montgomery. Je gravis la montagne jusqu'au seul abri qu'on pût trouver ; c'était une
maisonnette que le propriétaire, le capitaine Conk, ad-
ministrait pour en faire les honneurs aux voyageurs. Des
gens vulgaires et des vieilles femmes vinrent me raconter
que des fantômes avaient été aperçus sur les montagnes
voisines ; ce fut tout ce que je retirai de leur conversation.

Le lendemain matin, je quittai ces lieux de légendes
et de montagnes, et je vis sur la côte opposée la pointe
appelée le Nez d'Antony ; elle éveilla mon attention et
me mit en belle humeur. Il faut une puissante imagination, pensai-je, pour vivre dans des régions où les habitants aiment tant les spectres et les légendes. En descendant la rivière sur une distance de trois milles, je

passai devant Dunderberg[1] et la ville de Peekskill, située
sur la rive opposée ; puis j'arrivai à la baie d'Haverstraw,
point où le fleuve est le plus large. « C'est là, dit l'historien, que les eaux douces et salées se disputent la pré-
pondérance avec une invariable égalité ; on voit souvent
sur le fleuve des marsouins, en grand nombre, qui nagent
et jouent au soleil ; au printemps, on prend beaucoup
d'aloses au moment où elles viennent déposer leur frai
dans les eaux douces. » J'avais traversé là baie de Haverstraw, lorsque j'arrivai au pittoresque petit cottage
d'une illustration qui n'est plus de ce monde. De charmants souvenirs de ses récits s'éveillèrent dans mon
esprit lorsque je contemplai Sunnyside, la maison de
Washington Irving, à moitié cachée au milieu d'arbres
toujours verts, avec ses murs de stuc brillant au soleil ;
sur l'arrière-plan, de grandes villas se montraient dans
le paysage. Un peu plus loin en descendant la rivière, à
Irvington, j'allai à terre et passai le dimanche avec des
amis. Le lundi suivant, malgré un épais brouillard, je continuai ma route vers New-York. Au-dessous d'Irvington,
on trouve les célèbres *Palissades,* ou escarpements de
rochers qui apparaissent dans toute leur longueur lorsqu'on les regarde de la rive droite de l'Hudson. Ces sin-
gulières collines présentent, près de Hoboken, une face
perpendiculaire de trois cents à quatre cents pieds de
hauteur. Des morceaux de rocs désagrégés s'étendent à
leurs pieds, sous la double action du soleil et de la
gelée.

---

[1] La montagne du tonnerre.

En me rapprochant de la grande ville de New-York,
de fortes rafales de vent, soufflant en sens inverse du
jusant, envoyaient l'écume des vagues dans mon canot,
dont les flancs ne s'élevaient pas à plus de cinq à six
pouces au-dessus de l'eau; mais la grande légèreté et le
poli de la coque, en ne créant que très-peu de frottement, rendaient le canot capable de naviguer, pourvu
qu'il fût bien observé et bien gouverné, même sans
aucune espèce de pont de toile ou de bois. Tandis qu'il
faisait ainsi tête aux vagues, la brise imprégnée de la
salaison de la mer me frappait par derrière. J'avoue que
l'idée d'atteindre Philadelphie, où je pourrais compléter
mon équipage et augmenter la sécurité de ma petite
embarcation, renouvelait la vigueur de mes coups de
rame, lorsque j'échangeai l'atmosphère tranquille de la
campagne pour le bruit et la fumée de la ville.

Tous mes instincts étaient excités, tous mes muscles
étaient mis en action lorsque j'esquivais les remorqueurs,
les bateaux à vapeur, les yachts et les navires en lon-
geant les quais si encombrés de New-York et Jersey City
de l'autre côté du fleuve. Je trouvais que les cales des
jetées m'offraient le meilleur des ports de refuge lorsque
les bacs, se succédant presque sans interruption, agi-
taient le fleuve et le faisaient bouillonner comme un
tourbillon. Toutefois, cela ne dura pas longtemps, et je
quittai l'Hudson à Castle-Garden pour entrer dans la
baie supérieure du port de New-York. Il était tard, j'aurais été heureux d'aller passer la nuit à terre; mais
une grande ville n'offre pas d'attraits et n'invite pas un
canotier à débarquer comme un étranger sur ses quais.

Une réception beaucoup plus aimable m'attendait à mon arrivée à Staten-Island : un gentleman m'avait fait savoir par la poste que le canot et son propriétaire seraient les bienvenus chez lui. La mer avait cessé de baisser, et la marée se faisait déjà sentir sur le fleuve; aussi, malgré le flux et le vent contre moi, et les ténèbres de la nuit qui s'épaississaient d'une manière lugubre, je donnai un bon coup de rame de cinq milles pour arriver jusqu'à l'entrée du détroit de Kill-van-Kull, qui sépare Staten-Island du New-Jersey et réunit la baie supérieure à celle du Raritan.

Les brillants rayons du phare de Robbin's Reef, à un mille et un quart de l'entrée du détroit, me guidèrent dans ma route. Les crêtes des vagues commençaient à mouiller jusqu'aux chevilles de mes pieds; il n'y avait donc pas de temps à perdre pour vider le bateau, car j'étais tout près d'un courant favorable, et, dès qu'il serait atteint, mon petit bateau voguerait dans des eaux plus propices. La marée, en pénétrant dans l'embouchure du Kill-van-Kull, emporta bientôt mon canot, et la mer, que j'avais contre moi, se changeant en un courant favorable, me porta dans ses bras puissants jusqu'au détroit d'eau salée, et j'arrivai à West-New-Brigton, où je pus reposer. Je pris à l'horizon des points de repère, figurés par trois peupliers, debout, comme des sentinelles, devant la maison du gentleman qui m'avait offert une si gracieuse hospitalité. Le canot fut allégé de son lest liquide et soigneusement épongé. Mon hôte et son fils l'emportèrent dans la plus grande salle de la maison, où tout le monde vint se grouper en

Pl. V.

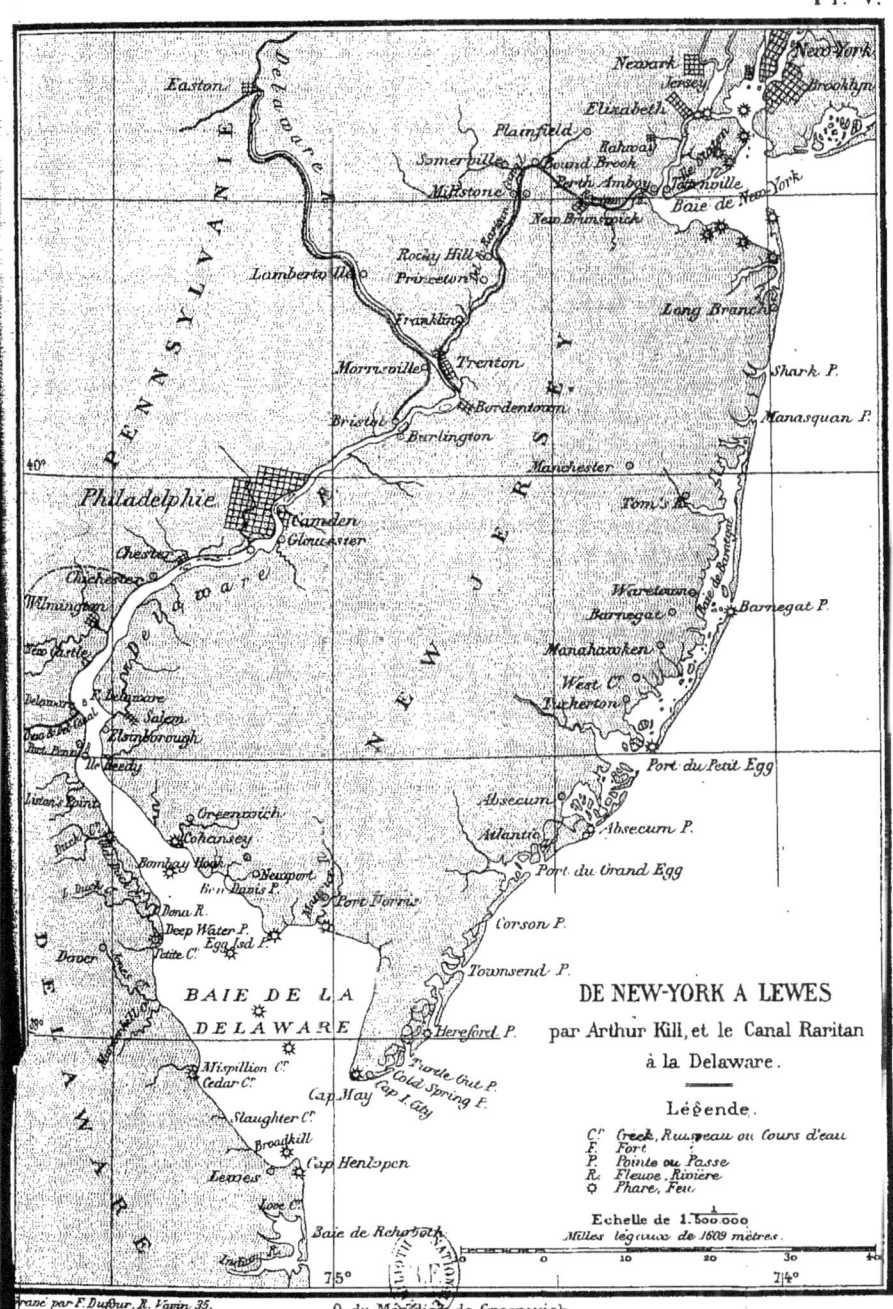

DE NEW-YORK A LEWES

par Arthur Kill, et le Canal Raritan

à la Delaware.

Légende.

C.ᵉ Creek, Ruisseau ou Cours d'eau
F. Fort
P. Pointe ou Passe
R. Fleuve, Rivière
☼ Phare, Feu.

Echelle de 1.500.000
Milles légaux de 1609 mètres.

Gravé par F. Dufour, R. Vavin 35.

exprimant des sentiments d'admiration. Mon pauvre petit canot pouvait être fier d'être pareillement apprécié par une aussi aimable compagnie. Le propriétaire de l'embarcation fut très-touché des bontés de son hôte, et le bien-être du moment lui fit très-vite oublier les épreuves que le canotier avait subies en traversant la baie de New-York.

Le 27 octobre, à neuf heures du matin, je pris congé de M. Campbell. J'eus le courant pour moi jusqu'à la baie de Newark; puis contre moi, lorsqu'il commença à baisser en se retirant par la baie de Raritan. Les rives marécageuses des Kills sont submergées en diverses places par la marée haute, et la monotonie générale est seulement égayée par la vue de quelques fermes sur les hauteurs voisines. A une heure, mon canot doubla les collines sur lesquelles Berth-Amboy est perché, avec ses agréables cottages, résidences de pêcheurs d'huîtres, dont les bateaux étaient mouillés devant la ville. Au-dessus de l'eau, on voyait de curieux abris construits avec des perches, destinés au refuge des bateaux en cas de mauvais temps.

L'entrée du Raritan est très-large, et son embouchure est traversée par un pont de chemin de fer. Suivre en canot le cours tortueux d'une rivière et faire seize milles contre une forte marée descendante, en traversant des marais remplis de roseaux, était dénué d'intérêt. J'arrivai à l'entrée du canal qui relie le Raritan et la Delaware. Comme à six heures du soir il fait déjà nuit dans cette saison de l'année, je remisai mon canot pour aller voir ensuite un vieil ami, M. George Cook, professeur

5

au *New-Jersey geological Survey*, qui demeure à New-
Brunswick. Dans la matinée, il voulut bien m'aider à
emporter le canot sur nos épaules pour remonter la
berge escarpée du canal et le mettre à l'eau au-dessous
de la seconde écluse. J'avais alors à franchir quarante-
deux milles sur la Delaware jusqu'à Bordentown, où finit
le canal.

Cette voie est très-fréquentée par des bateaux à vapeur remorqueurs, par des barges et des goélettes de
toutes sortes, ne dépassant pas un tirant d'eau de plus
de sept pieds et demi. Les navires sont introduits dans
l'écluse par des machines fixes qui cessent de fonctionner
dès que la circulation se ralentit ; alors le batelier y sup-
plée par l'emploi de mules ; il en faut quatre pour remorquer un bateau chargé, et s'il est lége, deux mules
suffisent. Au lieu de déranger l'éclusier et de lui demander d'ouvrir les portes, il me sembla plus convenable et
plus expéditif de le prier de m'aider à emporter mon
bateau le long du chemin de halage jusqu'à l'extrémité de
l'écluse, opération qui ne prit pas plus de cinq minutes.
Par ce procédé, la *Maria-Theresa* franchit sept écluses le
premier jour, et lorsque la nuit approchait, elle fut remisée à côté d'autres bateaux de papier sous un abri
appartenant au club du Princeton-College, situé sur le
bord du canal, à environ un mille et demi de Princeton.
Les élèves, malgré les difficultés qu'offre cet étroit cours
d'eau, y exercent leurs équipages pour les joûtes annuelles
du championnat. Un certain Noah-Reed tient une auberge, où il loge à pied et à cheval, à un demi-mille de la
remise des bateaux, et c'est chez lui que je passai la nuit.

L'étape de ce jour fut de vingt-six milles et demi, par un pays montueux, couvert de belles fermes bien cultivées. Le lendemain, un employé de la banque Princeton attendait mon arrivée sur les bords des eaux tranquilles du canal. Il avait fait à pied une promenade matinale et venait de la ville pour voir le canot. Au bassin de Baker, le gardien du pont, un homme qui n'avait qu'une jambe, me pria de retarder mon départ pour lui donner le temps d'avertir le ministre méthodiste, qui l'avait chargé de lui signaler l'arrivée d'un canot de papier.

Pendant tous mes nombreux voyages en bateau, j'ai remarqué que les hommes de professions intellectuelles prenaient plus d'intérêt aux voyages en canot que les marins eux-mêmes, et presque tous les canotiers de ma connaissance sont des ministres de l'Évangile. C'est une manière innocente de se distraire ; les occasions qui s'offrent ainsi au clergyman fatigué d'étudier la nature humaine dans ses phases changeantes procurent l'apaisement, et doivent être délicieuses quand on est resté pendant des mois en contact journalier avec le monde et Satan.

Les tendances libérales du siècle permettent aux clergymen, dans les grandes villes, de conduire des chevaux fins et de dépenser une heure chaque jour à une inoffensive partie de billard, sans que leur propre congrégation en fasse aucun commentaire ; mais qu'un recteur de village, surmené de travail, cherche avec son ami le canot ce soulagement que la nature offre à l'esprit fatigué, qu'il aille dans des lieux retirés pour vivre plus près de son Créateur en étudiant ses œuvres, alors tout son troupeau le blâmera au retour, et paraîtra scandalisé.

Les gens qui s'attribuent le droit de critique, mais qui ignorent, en général, les lois que Dieu a faites pour donner la santé et le contentement à ses créatures, empoisonneraient plutôt le malade de drogues et de recettes quand ils auraient pu lui procurer les services charmants et presque toujours efficaces du docteur Camp Cure[1], sans avoir à y ajouter le mémoire du médecin. Ce pasteur de village, qui travaille beaucoup tout en étant peu payé, est rarement traité de nos jours comme le chef ou le berger d'un troupeau qu'il est censé conduire, mais bien comme une victime des lubies des membres influents de sa congrégation; posséder un canot devient une croix pour lui, et s'il va passer des vacances dans les magnifiques et anciennes forêts de l'Adirondack, les très-chers frères ne se priveront pas de remarques désobligeantes à l'idée qu'un clergyman dépense son temps d'une manière aussi excentrique et si peu conforme à sa profession.

Partout, sur ma route, l'originalité du canot de papier était l'objet d'un grand nombre de remarques de la part des passants. La première observation qui m'était adressée était que j'avais dû commencer ce voyage sous l'aiguillon d'un pari, et, dès qu'on apprenait qu'il était seulement fait au point de vue de l'étude, la question suivante m'était aussitôt adressée : « Combien cela vous

[1] La vie en plein air.

rapporte-t-il? » En m'entendant répondre qu'il ne s'agissait ni d'argent ni de pari, un air d'incrédulité se pei-
gnait sur tous les visages, et souvent le canotier passait
pour fou de risquer sa vie sans avoir rien à gagner.
A Trenton, le canal traverse la ville, et il fallait porter
le canot pour tourner deux écluses. A midi, il termina
son étape de quarante-deux milles en atteignant la dernière écluse sur la Delaware, à Bordentown (New-Jersey),
où des bras amis reçurent la *Maria-Theresa* et la déposèrent dans les ateliers de M. Lamson, sur les chan-
tiers, qui avaient déjà porté son frère, le *Mayeta*,
et qui sont situés au pied de hautes collines, près
des rochers où un ex-roi d'Espagne avait l'habitude de
se promener en réfléchissant tristement à son exil « de
la belle France ».

Le Révérend John Brakeley, directeur d'un pension-
nat de jeunes filles à Bordentown, me reçut dans son ancienne maison, où Thomas Paine, célèbre au temps des
guerres de l'Indépendance, avait logé. Le moindre
attrait de l'hospitalité de mon ami n'était certainement
pas le groupe des cinquante jeunes pensionnaires qui
eurent l'amabilité, le jour de mon départ, d'aller sur
une hauteur du voisinage pour envoyer au canot leurs
souhaits de bon voyage quand il entra dans la Delaware,
en route pour Philadelphie.

Pendant mon séjour à Bordentown, M. Isaac Gabel
eut l'obligeance de me servir de guide et de me faire voir
le parc Bonaparte, qui est situé dans les faubourgs de la
ville. Les jardins sont parfaitement entretenus. Quelques-
unes des maisons occupées jadis par les amis et les ser-

viteurs de l'ex-roi sont encore dans un parfait état d'entretien. L'élégante résidence de Joseph Bonaparte, le comte de Survilliers, était toujours ouverte aux visiteurs américains de toutes les classes. Depuis, elle a été jetée par terre, et un Anglais, M. Henry Beckett, l'a remplacée par une construction moderne. Les vieux habitants de Bordentown gardent un souvenir de reconnaissance pour les faveurs qu'ils ont reçues du prince et de sa famille, car ils vécurent tous d'une vie très-démocratique dans l'ancien grand parc. Joseph Bonaparte retourna en France en 1838 pour ne plus revenir aux États-Unis. L'État de New-Jersey avait reçu le monarque exilé et lui avait reconnu en matière de propriété certains priviléges que New-York lui avait refusés ; aussi se fixa-t-il sur les rives pittoresques de la belle Delaware et y dépensa sa fortune au milieu des gens qui l'avaient si bien accueilli. Les citoyens des États voisins, devenus quelque peu jaloux de la bonne fortune qui était échue au New-Jersey en captivant le roi d'Espagne, donnèrent à l'État le surnom de *New-Spain,* et par suite le nom d'Espagnols à ses habitants. Maintenant, c'est par les eaux de la Delaware, le Makeriskitton des Peaux-Rouges, que mon canot va se rendre dans le Sud. Ce fleuve prend sa source dans le versant ouest des montagnes Catskill (État de New-Jersey) et reçoit les eaux de deux affluents, le Oquago et le Popacton, qui se réunissent à la frontière nord-ouest de la Pennsylvanie, d'où, pendant soixante-dix milles, il se dirige vers le sud en séparant l'État de New-York du New-Jersey. Quand il est près de Port-Jervis, laquelle ville est reliée à Rondout sur l'Hudson par le canal Hud son-Delaware, le fleuve fait un crochet en tournant au sud-ouest et marque la frontière entre l'État du New-Jersey et la Pennsylvanie. Au-dessous de Easton, le fleuve reprend sa direction vers le sud-est et, passant à Trenton, Bristol, Bordentown, Burlington, Philadelphie, Camden, New-Castle et Delaware, vide ses eaux dans la baie de la Delaware, à quarante milles au-dessous de Philadelphie. Le fleuve a presque la même longueur que l'Hudson (300 milles). La marée se fait sentir sur une distance de cent trente-deux milles, depuis les caps May et Henlopen. La grande navigation pénètre jusqu'à Philadelphie ; mais les bateaux à vapeur d'un faible tirant d'eau vont jusqu'à Briton. A Bordentown, le fleuve n'a pas un demi-mille de largeur ; à Philadelphie, il a trois quarts de mille, et à la ville de Delaware deux milles et demi. La baie de la Delaware mesure vingt-six milles dans sa plus grande largeur, qui est située à quelques milles au-dessus de l'entrée des caps.

Le 31 octobre, temps froid et à grains. La route par eau jusqu'a Philadelphie est de vingt-neuf milles légaux [1]. Je dus faire cette traversée sur des eaux tourmentées et avec une bonne brise debout, qui me firent regretter de nouveau de n'avoir pas fait ponter mon canot à Troy au lieu de Philadelphie. Les fermes si bien cultivées et les jolies propriétés situées sur les côtes de la Pennsylvanie et du New-Jersey témoignent hautement de la richesse du sol et de l'industrie des habitants. Les comtés de ces deux États, placés aux bords mêmes du fleuve,

---

[1] Le mille légal est de 1,610 mètres.

peuvent être comparés à la terre promise, tant ils sont favorisés et produisent d'abondantes récoltes.

L'industrie des quakers et une sage économie dans les affaires agricoles de cette contrée, à l'époque de notre établissement dans le pays, ont porté leurs fruits. Une sincère reconnaissance est due à la mémoire de William Penn, de Pennsylvanie, et à ses dignes descendants. Les anciennes villes de Bristol, sur la rive droite du fleuve, et Burlington sur la gauche, à moitié cachées dans la verdure, ont une apparence tout à fait confortable et patriarcale.

A cinq heures du soir, j'abordai à Philadelphie, vis-à-vis les magasins de MM. Knight et Brother, n° 114, avenue de la Delaware, et, après une lutte de huit heures contre le vent et les vagues, le canot fut déposé dans les magasins de cette maison de commerce; les propriétaires m'offrirent gracieusement de prendre soin de mon bateau pendant que je me promènerais dans « la ville de l'amour fraternel ».

Parmi les lieux intéressants que recommandent les souvenirs du passé, et qui abondent à Philadelphie, il en est deux que les voyageurs ne visitent guère, deux cependant qui méritent d'attirer particulièrement l'attention du naturaliste. L'un est l'ancienne habitation de William Bartram, sur les rives du Schuylkill, à Grey's Ferry, et l'autre le tombeau d'Alexandre Wilson, amis et collaborateurs dans le vaste champ des études de la nature : l'un botaniste, l'autre fondateur de l'ornithologie américaine.

William Bartram, fils de John Bartram, créa le jar-

din botanique situé sur la rive occidentale du Schuylkill;
il était né en 1739. Tous les botanistes connaissent les
résultats de ses patients travaux et ses voyages de découvertes, dans ces temps primitifs, à travers les solitudes dont aujourd'hui se composent les États du
Sud-Est. Un écrivain qui lui rendit visite chez lui s'ex-
prime ainsi :

« Arrivé au jardin du botaniste, nous fûmes reçus
par un vieillard armé d'un râteau et sarclant une plate-
bande de tulipes. Il portait un chapeau à larges bords
tombant sur les yeux; sa chemise de grosse étoffe se
voyait autour de son cou, car il n'avait pas de cravate;
son gilet et ses culottes étaient en peau, et ses souliers
attachés simplement avec des cordons de cuir. A notre
approche, il cessa son travail et se mit à causer avec la
noblesse et· l'aisance d'un gentilhomme accompli. Sa
physionomie portait à la fois l'empreinte de la douceur
et du bonheur. C'était le botaniste, le voyageur et le
savant que nous étions venus voir. »

William Bartram donna des encouragements importants au professeur écossais Alexandre Wilson, qui avait
si peu d'amis à l'époque où il préparait pour la presse
son *Ornithologie américaine*. Ce pacifique botaniste
mourut dans sa maison bien-aimée en 1823, quelques
instants après avoir fait la description d'une plante, à
l'âge de quatre-vingt-cinq ans.

Alexandre Wilson, n'ayant pas assez d'argent pour
réaliser son grand dessein, travailla et souffrit de corps
et d'esprit pendant bien des années, jusqu'au moment
où ses patients efforts lui valurent le succès qu'ils méri-

taient si bien. Son *Ornithologie* était achevée, à l'exception du dernier volume, lorsqu'il succomba à ses fatigues.

L'église des Suédois est le plus ancien des édifices religieux de Philadelphie ; elle est située près des quais, dans le district de Southwark. Les Suédois avaient des établissements sur la Delaware, bien avant que Penn eût visité l'Amérique. Ils construisirent d'abord un édifice en bois en 1677, sur le lieu où se voit aujourd'hui l'église en briques achevée en 1700. Guidé par M. West, sténographe du tribunal, nous arrivâmes, en suivant des rues étroites, à un lieu retiré où, sur l'ancienne démarcation, un clocher fut élevé, comme le doigt de la foi s'adressant au ciel. Peu de chrétiens fashionables, en vérité, doivent venir prier sous cet humble toit ; mais il a un tel air d'antiquité qu'il ne peut manquer d'intéresser tous les visiteurs qui passent sous la vénérable porte de cette église.

Le cimetière est petit ; pourtant il s'y trouve de la place pour laisser pousser des arbres, et les oiseaux viennent quelquefois s'y reposer dans leur vol, depuis le Schuylkill jusqu'à la Delaware. Au milieu des tombeaux, on voit une construction carrée, recouverte d'une tablette de marbre blanc sur laquelle on lit : « Ce monument couvre les restes d'Alexandre Wilson, auteur de l'*Ornithologie américaine*, né en Renfrewshire (Écosse), le 6 juillet 1766, décédé à Philadelphie, de la dyssenterie, le 23 août 1813, à l'âge de quarante-sept ans.

« *Ingenio stat sine morte decus* [1]. »

---

[1] Pour le génie, la gloire est immortelle.

Philadelphie a été appelée la ville des *homes*[1], et elle mérite complétement ce titre, qui fait plaisir à entendre, car ce n'est pas un nom mal donné. Contrairement à quelques autres grandes villes américaines, l'ouvrier et l'artisan peuvent y avoir une maison en devenant membres d'une *Building association* et en payant seulement une souscription périodique très-légère. Sur des milles et des milles, de jolies petites demeures, de cinq à six pièces chacune, sont habitées par une classe de bons et utiles citoyens qui contribuent à l'ordre et au bon gouvernement de la ville.

Le grand parc, de trois mille acres[2], qu'on trouve près de Philadelphie est un des plus beaux, si ce n'est le plus beau du monde, et il appartient au pauvre aussi bien qu'au riche. Je pris congé de cette belle ville, si bien alignée et si agréable, avec un regret ressenti rarement par les canotiers qui aiment mieux, pour leur tranquillité, avoir très-peu de rapports avec la population hétérogène et quelquefois peu aimable d'une ville ou avec les gens excentriques qui grouillent presque toujours sur les quais d'un port.

---

[1] Foyer domestique.
[2] Un acre équivaut à 4,840 mètres carrés.

CHAPITRE SEPTIÈME

DE PHILADELPHIE AU CAP HENLOPEN

Descente de la Delaware. — Mon premier campement. — Le crochet de Bombay. — Le ruisseau Murderkill. — Un orage dans la baie de la Delaware. — Chavirement du canot. — Le petit bois de néfliers. — L'hôtel des Saules. — Les phares des caps May et Henlopen.

Le lundi 9 novembre, jour froid et humide, M. Knight, l'enthousiaste naturaliste de la ville, et M. Krider, m'aidèrent tous les deux à m'embarquer dans mon canot, maintenant ponté, approvisionné et chargé. L'approvisionnement de conserves aurait suffi aisément à ma nourriture pour un mois, et, d'un autre côté, les couvertures et les autres parties de mon équipage pouvaient me durer pendant quatre ou cinq mois. De la jetée, mes amis dirent adieu au canot, qui descendait rapidement la rivière avec un fort courant de jusant, lequel, pendant deux heures, était en sa faveur. Le mouillage des monitors en fer, à l'île League, fut bien vite dépassé, et la grande ville de Philadelphie disparut dans l'atmosphère de sa fumée et dans les nuages de pluie qui l'enveloppaient.

Cette étape fut extrêmement désagréable. Les coups de vent de l'hiver approchaient, et, le long des cours d'eau, entre Philadelphie et Norfolk (Virginie), une glace légère allait bientôt se former sur les eaux peu profondes. Ce n'était pas trop de toute mon énergie pour avancer dans le Sud, jusqu'au cap Hatteras, situé sur la côte de la Caroline du Nord, dans des régions de temps d'orages et de perturbations locales. Le canot, quoique très-chargé, se comporta bien. Je jouissais du bénéfice de mon nouveau pont en toile, lequel, étant attaché aux plats-bords de l'embarcation, la protégea contre les embruns des vagues et les remous, si bien que d'affreux remorqueurs et de grandes goëlettes ne purent ni m'inquiéter ni endommager la précieuse cargaison de mon canot.

A deux heures de l'après-midi, la pluie et le vent m'obligèrent à relâcher à la maison de M. Beach, à Markus-Hook, à quelque vingt milles au-dessous de Philadelphie et sur la même rive du fleuve. Pendant que M. Beach voulut bien vernir la petite coque, un grand nombre de gens vinrent pour faire connaissance avec le canot, et, comme à l'ordinaire, ils le grattaient avec leurs ongles, voulant savoir « s'il était bien de papier ». Un jeune méthodiste vint aussi avec sa jolie femme, pour résoudre la question du papier. Mais le Révérend ne m'offrit aucun mot d'encouragement ; il fit un signe de tête et dit à l'oreille de sa femme : « Folle, folle entreprise. » Markus-Hook vient du nom de Markee, chef indien qui vendit ses droits de propriété à un blanc, pour quatre barils de wisky.

Le lendemain matin, par un épais brouillard, je suivis les rives du fleuve en traversant la ligne frontière de la Pennsylvanie et du Delaware, à un demi-mille au-dessous de « Hook », et j'entrai dans le Delaware, petit État composé de trois comtés seulement. A trente-cinq milles plus bas, l'eau devient salée. Passant à New-Castle qui

contenait déjà la moitié de sa population d'aujourd'hui,
avant que Philadelphie fût fondée, je traversai le fleuve
pour rallier la rive du New-Jersey, et j'arrivai par des
passages marécageux à la petite île de Pea-Peach, sur
laquelle s'élève le mélancolique profil de port Delaware, où le canal de la Chesapeake à la Delaware
(quatorze milles) a une de ses extrémités, l'autre étant
sur une rivière qui se jette dans la baie de la Chesapeake. Une ligne de bateaux à vapeur utilise le canal en
faisant le service entre Philadelphie et Baltimore.

Après avoir traversé Salem-Cove et dépassé sa pointe
sud, Elsinborough, à cinq milles et demi au-dessous du
fort Delaware, les marais inhospitaliers, devenant très-
grands et tout à fait déserts, m'avertirent de chercher
un gîte pour la nuit. A environ deux milles au-dessous
d'Elsinborough, je trouvai de hauts roseaux, divisés par
de petits ruisseaux, où je remisai mon canot, car, sur
ces plages vaseuses, j'avais découvert une cabane de
pêcheur abandonnée et sans porte, dans laquelle je transportai mes provisions et mes couvertures, après avoir
abattu avec mon couteau de poche une ample quantité
de roseaux secs pour en faire mon lit. Du bois flotté,
qu'une marée secourable avait apporté près de là, me
fournit le combustible pour faire le feu qui éclaira
gaiement ce pauvre petit réduit. Ainsi, je fus logé confortablement jusqu'au matin, étant très-satisfait de l'étape
que j'avais faite, en côtoyant les rives de trois États. Les
décharges de fusils de chasseurs à la recherche d'oiseaux
d'eau me réveillèrent avant l'aube, et j'eus tout le temps
nécessaire pour préparer mon déjeuner, avant le lever

du soleil, avec ce qui me restait de soupe à la queue de
bœuf de mon dîner de la veille.

J'étais maintenant dans la baie de la Delaware, qui
prenait de magnifiques proportions. Du lieu où j'avais
campé, je passai à la rive occidentale, au-dessous de
l'île Reedy, où je me trouvai pris par le temps en allant
remplir mes bouteilles d'eau douce à une ferme, ce qui
me retînt à terre le reste de la journée. Le vent s'était
élevé, et il soulevait une mer assez dure, lorsque j'arrivai à Bombay-Hook, où la baie a huit milles de largeur. J'essayai de débarquer sur les marais salés, mais
une longue houle qui brisait sur la plage ne me permit
pas d'accoster la terre avant de m'y être repris à plusieurs fois. Enfin les vagues, qui se succédaient rapidement, déposèrent mon canot sur la rive, dans un
fourré de grands roseaux. Je débarquai vivement,
croyant inutile d'aller plus loin ce jour-là. A la distance d'un huitième de mille s'élevait, au milieu des
herbes et des joncs, une petite hauteur, couverte d'arbres et de buissons, où je portai à dos mes provisions ;
je tirai alors aisément mon léger canot, sur le terrain
plat du marais, jusqu'à mon campement. Un lit de
roseaux fut vite coupé, et j'y plaçai ma petite embarcation pour empêcher qu'elle ne fût entraînée par mon
propre poids, pendant la nuit, car je voulais expéri-
menter la force du canot en tant que lit de camp, les
bateaux construits pour une seule personne étant généralement trop légers pour cette destination, lorsqu'ils sont
hors de l'eau. L'épaisse bordure de roseaux qui entourait
mon canot formait un excellent rempart ; elle me laissait

voir comme plafond le ciel parsemé d'étoiles et me
préservait très-suffisamment de la grande brise qui soufflait. Il était encore de bonne heure quand j'eus achevé
ces préparatifs ; aussi eus-je le temps de descendre
jusqu'à la source, à un mille de distance, et d'y compléter ma petite provision d'eau.

Grâce à la toile qui figurait le pont, et aux couvertures
en caoutchouc que j'avais disposées pour me préserver
contre l'abondance de la rosée, la première nuit passée
dans ce si petit logis pouvait à la rigueur se supporter.
Le brouillard du fleuve n'était pas encore dissipé, à neuf
heures du matin, lorsque, reprenant mes avirons, je descendis vers la baie, qui semblait s'élargir à mesure que
j'avançais. Elle était toujours bordée de grands marais
d'où émergeaient çà et là, sur de petites hauteurs,
quelques habitations clair-semées. Après avoir fait
trente-six milles, et me trouvant au confluent du ruisseau Murder-Kill [1], une rafale assaillit le canot et le
poussa vers un banc d'huîtres, sur des coquilles coupantes où il fut bercé pendant quelques minutes par les
brisants. Craignant que sa coque de papier n'eût reçu
de graves blessures, je remontai le ruisseau, dont le
nom rappelait des souvenirs fort peu engageants,
jusqu'à l'auberge de Jacob Lavey, où je me proposais
de reconnaître les avaries de mon embarcation. A ma
grande surprise, et à ma satisfaction plus grande encore,
je ne trouvai que quelques égratignures superficielles
sur la coque en papier. Appliquer de la colle, à l'aide

---

[1] Le ruisseau du meurtre.

d'un fer chaud, sur les avaries occasionnées par les bancs d'huîtres, fut l'affaire d'un moment, et mon canot se trouva ensuite aussi vaillant que jamais. L'hôtel « Au Rendez-vous des chasseurs » me fournit un excellent souper d'huîtres frites, de saucisson et de poisson. Devant un bon feu de bois, mon hôte me raconta l'histoire suivante sur l'origine du nom de Murder-Kill : « Lors de l'établissement des blancs dans le pays, ceux-ci faisaient tous leurs efforts pour civiliser les Indiens ; mais les méchants sauvages ne prirent pas la chose du bon côté, et ils firent une guerre à mort aux nouveaux arrivants. A la fin, un grand propriétaire, qui avait une importante concession de terre dans ces parages, pensa qu'il pourrait rétablir la paix. Dans ce dessein, il invita tous les Indiens des alentours à venir entendre parler le Grand-Esprit de l'homme blanc. Le rusé propriétaire attira ainsi les sauvages devant la bouche d'un canon, et il leur dit : « Maintenant, regardez là, dans ce trou, c'est la bouche même du Grand-Esprit de l'homme blanc, lequel va bientôt parler comme un tonnerre. » Le bonhomme mit alors le feu à l'amorce du canon et coucha par terre nombre d'Indiens. Les autres furent si effrayés par la grosse voix qu'ils venaient d'entendre que, n'osant plus remuer, ils furent bientôt tous tués par des décharges successives. C'est depuis lors que ce ruisseau a toujours porté le nom de Murder-Kill.

Je découvris ensuite que la même légende était attachée à d'autres localités de la côte. De petits propriétaires habitaient dans le voisinage de cette auberge, mais la poste aux lettres était à cinq milles dans l'intérieur, à Frédérique. Je m'embarquai le lendemain, tenant pour sûr de terminer ma croisière sur la baie de la Delaware avant la nuit, car le calme de la matinée ne faisait pas prévoir que le vent dût s'élever. Lewis, la petite ville des pilotes, près du cap Delaware, est un port de refuge pour les navires qui sont poursuivis par le mauvais temps. De là, je comptais faire un portage de six milles, jusqu'au ruisseau du Love, un affluent du Rehoboth-Sound. Les gelées blanches de la nuit exerçaient une salutaire influence sur les pays malsains où j'étais entré, en sorte que le canotier du nord, non acclimaté, pouvait dormir la nuit en sécurité dans le marais, sur le bord de l'eau, s'il était protégé contre la rosée par des couvertures de toile ou de caoutchouc. Mon espoir d'arriver à la pleine mer, le soir même, devait être noyé, et noyé dans de l'eau très-froide ; le jour, qui avait commencé d'une manière si calme et sous d'aussi favorables auspices, devait se terminer par une rude épreuve, car, avant le coucher du soleil, j'allais avoir à soutenir une périlleuse lutte pour défendre ma vie dans les eaux froides de la baie de la Delaware.

Une heure après avoir quitté Murder-Kill, le vent se mit à souffler du nord en violentes rafales. Mon petit bateau, qui recevait la brise par le travers, tint bon pendant quelques heures. Je restais autant que possible près de la grève sablonneuse des marais, afin de n'être pas éloigné de la terre, en cas d'accident. Le phare de l'embouchure du Mispillion était passé quand le vent et les vagues, prenant mon bateau par bâbord, le firent dériver du côté des marais. Les lames brisant sur la grève dure de cette côte, il était trop périlleux de chercher à prendre terre, car alors le canot aurait couru le risque d'être broyé par des paquets de mer. Il n'avait que quelques pouces hors de l'eau, mais sa grande tonture, son avant bien développé et le poli de sa coque, joints à beaucoup d'attention, le préservèrent contre le danger. J'avais lutté pendant quatorze milles depuis le matin, et j'étais fatigué par les efforts que j'avais dû faire pour diriger mon canot à travers les vagues qui étaient devenues très-grosses. Quand j'eus atteint la pointe de Slaughter-Beach, où la baie a une largeur d'environ dix-neuf milles, le vent faisait rage, menaçait à chaque instant de noyer ma petite embarcation et de me jeter à la côte. Pour comble d'inquiétude, quand le canot montait et descendait avec les vagues, des pilotis pointus montraient et cachaient tour à tour leurs têtes dans les eaux troublées. C'était à ces pilotis que les pêcheurs attachaient leurs filets dans la saison de la pêche *au Tantog*. Le danger d'être empalé sur l'un d'eux me força encore à me tenir à distance de la terre.

Les vagues courant sur des bas-fonds étaient devenues aussi irrégulières que clapoteuses ; à la fin, celle qui m'était sans doute destinée, et que j'appellerais volontiers la mienne, fondit sur le canot, venant du fond, se brisant, se gonflant, formidable ; je fis tous mes efforts pour l'éviter, car il s'agissait de ma vie ; mais ne sachant où elle irait se briser, je lançai le canot sur la grève, où la mer déferlait avec un bruit assourdissant. Il ne fallut qu'un moment pour voir fondre sur moi la grande vague noire qui, soulevant la vase du fond, se

brisa sur mon bateau, le prit par l'arrière, le balayant,
de bout en bout, de l'étambot.jusqu'à l'étrave, et le
remplissant d'eau malgré la toile. Pendant une seconde
la mer sembla presque unie, comme si la grande vague
eût fauché les flots. Le canot disparut au-dessous de
l'eau, d'où la poupe et la proue émergeaient alternati-
vement. D'autres grandes lames suivirent la première,
et l'une d'elles me tomba sur la tête et les épaules, faisant chavirer du même coup le canot et le canotier.
Étant parvenu à me débarrasser de la toile du pont,
je me dégageai de dessous le canot, puis remontai
bien vite à la surface de l'eau. Dans cette situation,
je me rappelai le passage suivant du manuel d'un canotier européen : « Lorsque vous chavirez, redressez
d'abord le canot, puis montez sur une de ses extrémités en laissant vos jambes dans l'eau ; tâchez de gagner
le milieu du canot et videz-le avec votre chapeau. »
Si encourageantes que fussent ces instructions, données
par un canotier expérimenté, lorsque je les lisais à terre
dans mon ermitage, je ne pouvais pour le moment
songer à les appliquer, car mon chapeau, le coussin et
un des tolets d'acier avaient disparu, et en même temps
les avirons flottaient sous le vent avec le canot.

Quoiqu'il eût sa quille en l'air, le canot aurait pu
être facilement redressé, grâce à sa grande tonture, si
ce n'eût été la cargaison qui, en tombant dans la toile du
pont, faisait l'office de lest et maintenait la barque dans
sa position anormale. Essayer de se tenir aux côtés si
bien vernis du canot était inutile, car il roulait comme
un marsouin dans la marée. Après avoir éprouvé par

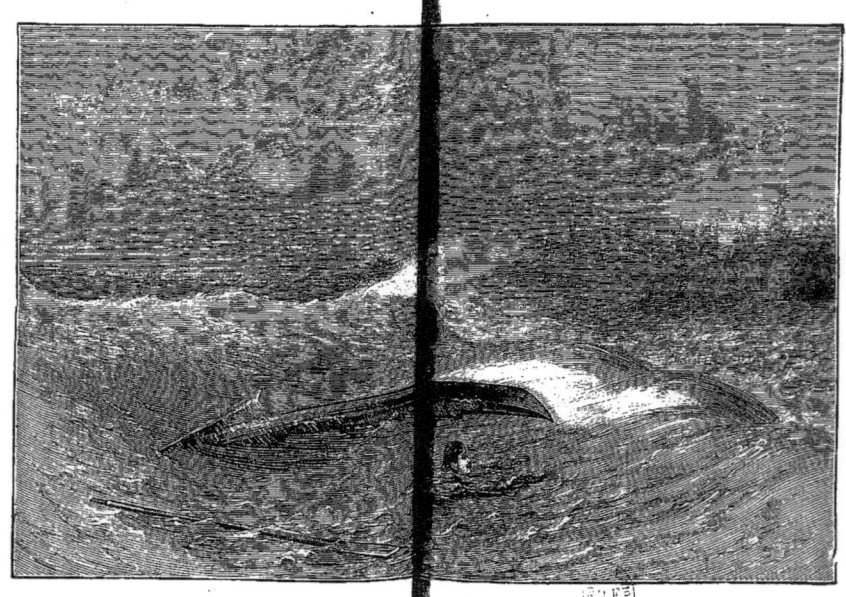

Chaviré dans la rade de la Delaware.

moi-même combien sont futiles tous les bons conseils
des écrivains sur les fortunes de la mer, et me sentant
très-roide dans l'eau glacée, je me dirigeai presque
épuisé vers la côte. A ce moment, une nouvelle
épreuve me donna une intéressante leçon. Les vagues
roulaient par-dessus ma tête et mes épaules avec une
telle rapidité qu'il m'était impossible de respirer, tandis
qu'un sable fin me remplissait les yeux, les narines et
les oreilles, et m'écorchait la figure. Je compris alors, en
sentant la pression des flots qui menaçaient de m'engloutir, pourquoi tant de bons nageurs se sont noyés,
après un naufrage sur les bas-fonds, en tâchant
d'atteindre le rivage, même en ayant le vent pour eux.
La terre n'était pas à plus d'un huitième de mille, autant
que j'en pouvais juger par le bruit peu rassurant des
lames qui déferlaient de tout leur poids sur le sable
de la plage. En entendant les roulements de tonnerre,
qui augmentaient de force, je pus reconnaître que
j'approchais de la terre ; mais, aveuglé par le bouillon-
nement des eaux, je ne pouvais rien voir.

Dans un tel moment, ne songez jamais à faire des
vœux et à promettre de bien vivre à l'avenir avec votre
prochain, mais nagez, combattez comme vous n'avez
jamais combattu encore, avalez le moins d'eau possible
et ne perdez ni le courage ni l'espérance. J'avais enfin
trouvé pied, et j'étais debout, lorsqu'une lame me jeta
à plat ventre. Tantôt sur la crête, tantôt dans le creux
des flots, rampant et nageant, je sortis de la mer ressem
blant, je crois, plutôt à Jonas (lorsqu'il fut jeté à la
côte) qu'à la Vénus de Cabanel, portée gracieusement

sur les crêtes rosées des flots qui reflètent le ciel, au lit d'écume qui l'attend.

Me tirant avec peine du sable et des galets, je me relevai et restai à contempler les petits ruisseaux qui tombaient de mes vêtements. Cependant, un nouveau danger m'attendait, car le vent sifflait sur la grève déserte et sur les marais désolés. Pour me réchauffer, je me mis d'abord à faire des gambades sur la grève, pensant en même temps que mon voyage venait de se terminer d'une façon désastreuse. Triomphant de ce moment d'abattement, je réfléchis que cette épreuve était seulement la première de beaucoup d'autres, auxquelles il était nécessaire de me préparer pour l'heureux accomplissement de mon entreprise. Mais où était le canot avec les vivres qui devaient me nourrir? Où étaient les cartes qui devaient m'enseigner le chemin à travers ce labyrinthe d'eaux que j'avais à franchir? Il était près de la côte, mais non pas à terre. Il n'y avait pas à perdre de temps, ni à délibérer s'il fallait rentrer encore dans l'eau. L'épreuve fut courte et rude, mais je halai mon bateau à terre. Tout était mouillé, excepté ce dont j'avais le plus besoin, c'est-à-dire un costume de flanelle soigneusement enveloppé dans un imperméable. Il était absolument nécessaire de changer mes habits mouillés contre des vêtements secs ou mourir. Ce n'était pas chose facile à faire avec des mains engourdies et des membres paralysés par le froid. O ombre de Benjamin Franklin, un de tes descendants, un voyageur expérimenté n'avait-il pas prévu mes tribulations, lorsqu'à mon départ de Philadelphie il me força à emporter

un antidote, une sorte d'esprit de feu que les principes
de tempérance de la Nouvelle-Angleterre m'ordonnaient
de refuser? « Il est très-vieux, me disait-il en glissant
le flacon dans la poche de mon paletot, et peut-être
vous sauvera-t-il la vie ; ne soyez pas assez fou pour le
refuser ; il est bien bouché, il est de première qualité,
et il a coûté seize dollars le gallon[1] ; moi, je ne m'en
sers que comme remède. » Je retrouvai le flacon ; l'eau
ne lui avait fait aucune avarie. Dès que j'eus bu à peu
près une gorgée du liquide, un changement très-favo-
rable se produisit dans mon système physique et moral.
Grâce à ce cordial, je changeai mes vêtements en dépit
du vent glacial qui, sans ce stimulant, aurait pu mettre
fin au voyage de ma vie.

Je m'étais traité homœopathiquement, à la vieille mode.
Rempli alors de sentiments de reconnaissance envers le
Tout-Puissant, je réfléchissais, en transportant mes
hardes mouillées au delà du marais, sur les merveilleux
effets du remède de mon ami, si ce cordial n'était pris
que comme remède. Debout sur cette côte froide et
regardant la mer fouettée par un vent furieux, je pris
l'engagement de ne jamais me permettre un mot mé-
chant contre de bonne eau-de-vie.

Ayant déchargé ma conscience par cette sage déci-
sion, je portai sur un buisson de néfliers tout mon
bagage précieux, quoique humide, à une place où la
terre ferme s'élevait hors du marais ; là, je me fis un
abri contre le vent en étendant mes imperméables entre

---

[1] Cinq litres pour quatre-vingt-cinq francs.

les arbres. Cela fait, j'allumai du feu en me servant
d'allumettes qui avaient échappé au naufrage dans la
poche de mon caoutchouc et dans un briquet à l'épreuve,
cadeau que m'avait fait M. Epes Sargent, de Boston,
quelques années auparavant, quand je remontai la rivière
le Saint-Johns (Floride).

Un peu avant la nuit, tout ce qui n'avait pas été gâté
par l'eau fut séché et mis en sûreté dans les grands
glaïeuls des marais. Le tertre qui me fournit un si utile
ombrage est connu sous le nom de « l'île Nog ». Les
quelques néfliers qui poussent là pouvaient offrir un
bon goûter au voyageur, car dès que les gelées ont
amolli le fruit de cet arbre, qui se rapproche de celui du
prunier, il devient doux et agréable. Le néflier (*dios-
pyrus Virginiana*) est un petit arbre que l'on trouve ordinairement dans les États du Sud ou du Centre. Les
blaireaux et d'autres animaux mangent ses fruits avec
plaisir. L'obscurité profonde vint m'avertir qu'il était
temps de chercher un gîte pour la nuit. A deux milles
plus loin, on trouve un vieil hôtel de chasseurs, vers
lequel je dirigeai mes pas le long de Slaughter-Beach,
en priant Dieu que je pusse quitter sain et sauf un lieu
qui portait un nom de si mauvais augure.

Un aimable homme, M. Charles Todd, tenait la
taverne de Willow-Grove plutôt pour son plaisir que
pour le profit qu'il pouvait en retirer. Je ne lui racontai rien de l'incident qui m'avait débarqué à Slaughter-Beach; mais aux questions qu'il m'adressa pour
savoir où était mon bateau et comment il avait pu supporter un coup de vent pareil, je lui répondis que j'avais

trouvé la baie trop humide et trop froide pour y rester,
et le temps trop mauvais pour aller jusqu'au cap Henlopen; n'ayant pas d'alternative, j'avais donc pris terre
contre mon gré, ce que faisant, j'avais été mouillé jusqu'aux os; mais avant de me présenter chez lui, je m'é-
tais séché à un feu que j'avais allumé dans les marais.
Pendant ce temps-là, l'excellent homme empilait des
petits fagots dans la grande cheminée de la cuisine et me
racontait l'histoire de sa vie comme professeur dans les
États de l'Ouest, la mort de sa femme et le vif désir
qu'il ressentait de retourner dans son pays natal, le
Delaware, pour y passer en paix ses derniers jours. Il
me fit servir un excellent souper : de la truite, des
huîtres frites, des ignames, etc., etc. Cette localité offre
une excellente retraite aux hommes qui n'ont que peu
de ressources et encore moins d'ambition. La grande
baie est un bon lieu de pêche, et sur les marais on
trouve des oiseaux en grand nombre.

Le sol, léger et chaud, répond généreusement au
travail le plus modéré. Après une journée de pêche et
de chasse, le nouvel arrivant peut fumer sa pipe en paix
au bruit du bois qui flambe et éclate dans le grand vieux
foyer. Là, il pourra vivre confortablement à l'aise et
dans ses derniers jours avoir une vie végétative sans
craindre que ses voisins lui reprochent son affaissement.
Le vent était tombé au moment du coucher du soleil, et
la gelée de la nuit laissa sur les étangs peu profonds une
couche de glace de presque un pouce d'épaisseur. De
mon lit, je pouvais voir par la fenêtre les éclats brillants
des phares des caps May et Henlopen. Si la fatalité ne

m'avait pas poursuivi, quatre heures m'auraient suffi
pour gagner la ville de Lewis. Grâce à la Providence,
j'eus un bon lit à l'auberge de Willow-Grove, et non
pas un lit froid et dur sur le sable de Slaughter-Beach.
Ainsi finit ma dernière journée dans la baie de la Delaware.

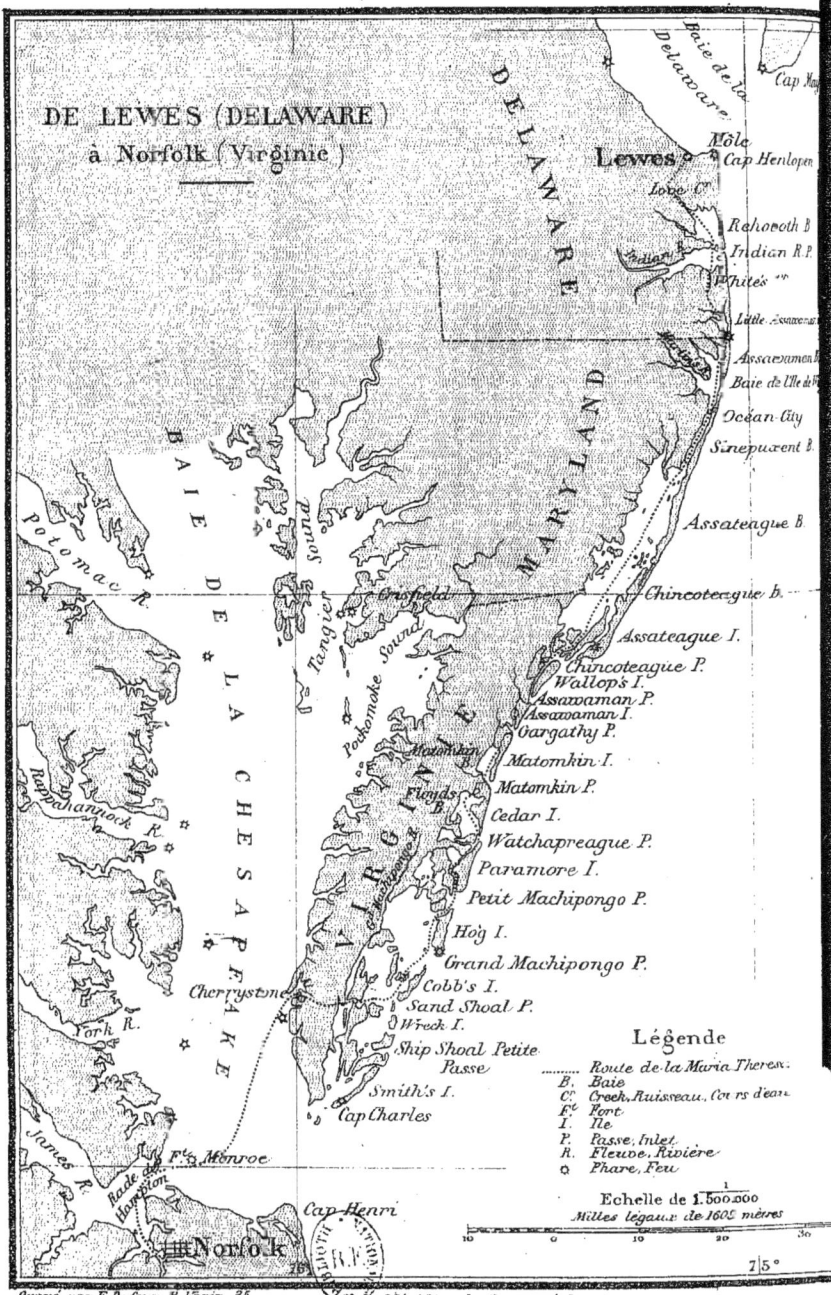

CHAPITRE HUITIÈME

DU CAP HENLOPEN A NORFOLK (VIRGINIE)

Portage au ruisseau Love. — Le fouet dans le Delaware. — Les baies de Rehoboth et de la rivière Indienne. — Portage à la petite baie Assawaman. — Ile de Wight-bay. — Chincoteague. — La passe de Watchapreague. — L'île des poneys. — Cherrystone. — Arrivée à Norfolk. — L'entreprise du Landmark.

Le lendemain matin, ma première pensée fut de remplacer le tolet perdu. Mon hôte résolut bientôt le problème pour moi. Je devais aller jusqu'au lieu du naufrage avec sa voiture légère et couverte, charger le canot avec sa cargaison, en prenant le chemin le plus court pour me rendre au ruisseau Love, à six milles de Lewes, en m'arrêtant sur la route chez un forgeron qui me ferait un nouveau tolet. Nous suivîmes des chemins sablonneux en passant par des forêts de pins et de chênes jusqu'au village de Miston, où une foule de curieux était rassemblée autour de nous, en nous demandant, par forme de plaisanterie, « si c'était dans cet équipage que nous avions apporté le canot depuis Troy ». Sans déplacer le canot de son confortable logement, le forgeron du village fit en une heure un beau tolet, après quoi nous continuâmes notre route par des bois sans caractère. Un peu plus loin, sur un terrain marécageux, nous trouvâmes la maison de M. George

Webb, auquel je fus présenté par mon guide Bob Hazzle. Étant enfin arrivé au ruisseau Love, je déposai mon canot chez M. Webb et je partis pour Lewes, et pour voir la ville et l'Océan.

A l'entrée de la baie de la Delaware, du cap Henlopen au phare du cap May, extrémité sud du New-Jersey, la distance est de douze milles légaux. Je passai la nuit du samedi et la journée du dimanche à Lewes, située à l'intérieur du cap Henlopen et derrière le célèbre brise-lame que le gouvernement y a fait construire.

Ce port de refuge est très-fréquenté par les caboteurs, si bien qu'en mauvais temps on peut y voir rassemblées deux ou trois cents voiles. Le gouvernement a acheté un emplacement à Lewes pour y construire un fort. Dans quelques années, cette ville aura un chemin de fer prolongé jusque sur la jetée, et le charbon pourra être apporté directement des mines dans le port. Les navires se mettront à l'abri du brise-lame, sans avoir à craindre d'être bloqués par les glaces. Lewes deviendra une station de charbon et un refuge sûr et commode pendant l'hiver pour les navires de guerre et autres.

Le dimanche soir, le capitaine Lyons et ses amis me reconduisirent en voiture jusqu'au ruisseau Love, et là, M. Webb voulut bien m'offrir sa gracieuse hospitalité pour la nuit. Un petit groupe de femmes attendaient mon arrivée pour voir le canot. Une dame âgée, ayant entrevu une lampe à esprit-de-vin que je tirais de ma poche, s'écria : « Quel joli objet pour une chambre de malade! C'est la meilleure lampe que j'aie jamais vue. » Après avoir répondu à la curiosité des gens et m'être beaucoup amusé de leurs naïves remarques, je fus installé dans la meilleure chambre de la maison ; si mon esprit ne s'envola pas sur les ailes de l'imagination, ce n'est pas la faute du lit de plume dans les profondeurs duquel j'étais complétement perdu.

Avant de dire adieu au Delaware, je regarde comme un devoir impérieux vis-à-vis du public de faire connaître une des institutions les plus anciennes de cet État. Les personnes qui ignorent le fait croiront difficilement qu'un État de la grande République américaine conserve encore l'usage de fouetter publiquement les hommes, les femmes, blancs et noirs. Le Delaware — un des plus petits États de l'Union, et dont les citoyens sont universellement connus pour leur générosité hospitalière, un État qui a produit un Bayard — est, à sa honte, nous le disons à regret, le coupable qui, dans le dix-neuvième siècle, pèche contre l'esprit de la civilisation, et cela, cent ans après que les fondateurs de la République ont déclaré l'égalité des droits pour tous les hommes. En traitant un sujet aussi délicat, je désire n'être injuste envers personne, et je tiens à laisser la parole à un habitant du Delaware parlant pour son pays :

« Dover (Delaware), 2 août 1873.

« *A l'éditeur du* Camden-Spy[1].

« Comme je vous l'ai promis, je viens vous écrire quelques détails sur le Delaware. Les gens de votre voi-

---

[1] *Le Guetteur de Camden.*

sinage regardent « ce petit bijou d'État » comme un vrai marais dont la boue et l'eau sont les productions princi-pales ; mais, suivant moi, c'est un des plus charmants petits États de l'Union. Quoique petit, il produit, en proportion de son étendue, plus de fruits et de grains qu'aucun autre État de la Confédération et en qualité exquise. Les criminels sont tenus dans une crainte salu-taire par la meilleure des institutions : le *whipping-post* et le pilori. C'est la bête noire de tous les journaux du Nord, et ils ne trouvent rien de trop dur et de trop sé-vère à dire contre ces institutions. Le *whipping-post*[1] est placé dans la cour de la prison ; il a environ six pieds de haut sur trois pieds de circonférence. Le prisonnier y est attaché avec des menottes. Le shérif qui exécute la sentence enlève les vêtements du coupable jusqu'à la taille et lui administre sur le dos trente, quarante et même soixante coups de fouet, suivant la teneur de la sentence. Mais le sang ne coule pas à flots sur le dos du patient, qui n'est, d'ailleurs, ni plongé dans un baril de saumure, ni saupoudré de sel sur les morsures du fouet. Bien loin de là, j'en ai vu plusieurs qui riaient en disant avec sang-froid : « C'est un bon exercice qui « développe l'appétit. » Mais il en est d'autres dont les cris et les hurlements font un tapage du diable. Le fouet s'administre en public, et chaque séance attire un grand nombre de curieux, qui viennent de plusieurs milles à la ronde pour assister à la punition du coupable. Une exécution publique a eu lieu récemment, et malgré le

---

[1] Le poteau du fouet.

grand orage qui éclata ce jour-là, plus de trois cents spectateurs sont restés jusqu'à la fin du supplice. Une personne qui a subi la peine du fouet perd ses droits politiques dans l'État; aussi le condamné quitte-t-il son pays pour retrouver ailleurs ses priviléges de citoyen. Les journaux peuvent crier, jusqu'à extinction, contre cette horrible barbarie et cette punition antichrétienne; mais si elle était généralement adoptée, on verrait certainement diminuer rapidement le nombre des crimes.

« Qu'est-ce qu'un emprisonnement pendant des mois ou même des années? C'est bien vite passé, et les criminels une fois libérés recommencent à mendier, à emprunter et à voler. Mais être fouetté publiquement est une flétrissure ineffaçable et qui préserve les hommes de commettre de nouvelles fautes. Les femmes sont fouettées comme les hommes, et elles trouvent que c'est un peu dur. Autant que je puis me le rappeler, on n'a pas mis depuis longtemps de femmes en prison. Je ne m'attendais pas à faire d'aussi longs commentaires sur le *whipping-post* du Delaware.

« Parlons maintenant de l'autre supplice. Le pilori est une longue planche de bois qui surmonte le *whipping-post* et où il y a des trous pour laisser passer la tête et les bras du condamné en le tenant dans une position très-pénible; il est forcé de rester sur la pointe des pieds pendant une heure, et s'il s'affaisse par excès de fatigue, comme cela arrive quelquefois, il se casse le cou instantanément. Josiah Ward, qui s'était dérobé par la fuite au châtiment qu'il avait dû subir pour avoir assassiné le pauvre Wady dans votre comté, vint dans le Delaware,

vola avec effraction des souliers dans un magasin de
chaussures, fut arrêté, reçut soixante coups de fouet,
resta exposé une heure; il est en ce moment empri-
sonné pour deux ans, et il n'a jamais pu se servir des
souliers! Le pilori est très-sûrement une punition cruelle
et terrible, et tandis que je défends si chaudement le
whipping-post, je pense, au contraire, que le sauvage
supplice du pilori devrait être aboli.

« Ces lignes étaient écrites quand j'ai appris qu'une
femme de couleur avait été condamnée, au mois de mai
dernier, pour homicide du second degré, et que le samedi
17 de ce mois (avril), elle a reçu soixante coups de fouet
et est restée pendant une heure au pilori. Que pensez-
vous de la législation du Delaware après ce que je viens
d'écrire? Je crois en avoir suffisamment parlé pour
aujourd'hui, et je reste votre très-obéissant serviteur.

« P. P. »

Depuis les vingt dernières années, les agriculteurs du
Delaware et du Maryland se sont beaucoup occupés de
la culture du pêcher, qui est en décroissance rapide
dans le New-Jersey et les États plus au nord. Il y a, dit-
on, dans la Péninsule, soixante mille acres plantées en
pêchers, qui produisent cinquante dollars par acre, ou
trois millions de dollars. La récolte de ce fruit emploie
au moins vingt-cinq mille hommes, femmes et enfants.
Une acre de terre plantée en pêchers et en plein rapport
se paye de trente à quarante dollars. Les plus belles
pêches sont presque toutes destinées aux conserves,
soit pour l'étranger, soit pour les marchés du pays.

Les terrains plats et les bords des rivières de la Péninsule sont des causes de malaria qui attaquent les habitants sous la forme de fièvre bénigne. Pendant le printemps, l'été et le commencement de l'automne, un homme prudent ne s'expose pas au grand air jusqu'à ce que le soleil ait dissipé les brouillards du matin. Il faut user de la même prudence dans les pays du Sud, soit qu'il s'agisse des travaux du matin ou du soir. La fièvre est le fléau des États du Sud et du Centre, car cette maladie réduit tellement la force de la constitution qu'elle produit un grand abattement moral. Cependant ceux qui en souffrent, même de deux jours l'un, paraissent considérer la malaria comme quelque chose de peu d'importance, bien qu'il soit reconnu que la fièvre intermittente, en diminuant les forces du malade, le prédispose aux maladies plus sérieuses dont elle est le précurseur.

En partant de la baie Rehoboth, un petit bateau peut suivre les eaux intérieures jusqu'à la baie de la Chesapeake. Les rivières de cette côte sont protégées contre les grandes lames de l'Océan par des îles longues, étroites et sablonneuses, qui constituent des grèves entre lesquelles pénètrent des courants de marée. Ces eaux, venant de la mer, se joignent aux eaux intérieures et portent le nom de passes; beaucoup d'entre elles sont navigables pour les caboteurs d'un faible tirant d'eau. La configuration de ces passes est si changée par l'effet des tempêtes que des troupeaux peuvent paître aujourd'hui dans un tranquille bonheur là où, il y a moins d'un quart de siècle, le marin passait avec son

navire. Au mois de juin de l'année 1821, un orage des
plus violents ouvrit à la passe Sandy un chenal d'un
pied d'eau de profondeur, qui fut fermé en 1831. La
passe de la pointe Green fut ouverte sur la plage, en
1837, par un coup de vent, pour disparaître sept ans
plus tard. La passe de l'ancien Sinepuxent, creusée par
la mer, il y a plus de soixante ans, fut aussi comblée en
1831. Ces trois passes étaient situées sur une distance
de trois milles et toutes au nord du village de Chincoteague. La passe Green-Run, qui avait eu une profondeur
d'environ six pieds pendant presque dix ans, a disparu en
se déplaçant d'un demi-mille vers le sud. La tendance
des passes sur cette côte est de se déplacer vers le sud,
comme font les passes de la côte du New-Jersey.

Les pêcheurs d'huîtres et de poissons et les fermiers
vivent sur les plateaux et dans quelques cabanes bâties
sur les grèves de la côte. De ces baies, les bois de construction et de chauffage, les grains et les huîtres sont
dirigés vers les ports du Nord. Les habitants sont partout
aimables et hospitaliers pour les étrangers. Un climat
doux, une culture facile et peu coûteuse, la chasse aux
oiseaux sauvages, de bonnes huîtres et des pêches gar-
dées sont les motifs qui invitent les gens du Nord et les
Européens à s'établir dans le pays; mais la fièvre d'un caractère bénin qui règne dans la plupart de ces localités peut
paraître une objection sérieuse. Discutant un jour cette
question avec un habitant du pays, il me répondit : «Quoi!
ne faut-il pas toujours mourir de quelque chose, ou de
quelque manière? Si vous n'avez pas de fièvres dans le
Massachusetts, vous avez une foule de choses que nous

n'avons pas ici : des maladies de foie, la consomption, l'aliénation mentale, etc., etc. De plus, vos hivers sont si froids que, chez vous, les agriculteurs doivent rester pendant quatre mois de l'année enfermés dans leurs demeures, tandis que nous autres gens du Sud, nous pouvons circuler presque toujours en plein air. Que le loup me croque si je ne préfère pas vivre ici dans la pauvreté, plutôt que de mourir chez vous en y roulant sur l'or! Comment se fait-il donc que, malgré nos maladies, nous n'allions pas habiter votre pays? Pourquoi est-il empoisonné de tant de drogues? Quand je faisais le cabotage dans le Yankeedom [1] et lorsque j'allais à terre, je voyais partout les rochers bariolés d'affiches de drogues, et toutes les granges des fermiers étaient louées pour des réclames de médecin. »

C'est dans cette partie de l'Amérique que les gens semblent supporter le plus légèrement la nécessité de gagner leur vie; ils jouissent d'une foule d'agréments à très-peu de frais, mais ils estiment beaucoup moins le tout-puissant dollar que ne font leurs compatriotes des États du Nord. La question « De qui est-il fils? » commence à vous être adressée à Philadelphie, et elle a d'autant plus d'importance que vous avancez davantage vers le sud. Les anciens souvenirs de famille ont une grande importance dans toutes les classes. Il y a six milles de l'embouchure du ruisseau Love, par le petit Sound, jusqu'à l'île marécageuse de Burton. La rivière Indienne fournit à sa baie beaucoup d'eaux douces, et

---

[1] Le pays des Yankees.

la petite passe du même nom est alimentée par les eaux
salées de l'Océan. De nombreuses troupes de canards et
d'oies sauvages volent sur les eaux tranquilles du Sound.
Continuant ma route au sud, je traversai la rivière Indienne et entrai dans un petit ruisseau, à ouverture très-
large, qui coule à travers les marais, et est connu sous
le nom de ruisseau White. Je le remontai jusqu'au point
où il devient si étroit qu'il semble se perdre dans ce lieu
sauvage, quand, tout à coup, une clairière dans la forêt
me montra de petits bâtiments construits autour d'une
erme. C'était l'habitation d'un méthodiste, M. Siles-Betts.
Je lui dis que j'avais l'intention de faire un portage pour
me rendre au cours d'eau le plus rapproché de la côte
sud d'Assawaman, qui n'était qu'à trois milles par la
route. Après avoir examiné mon bateau avec calme, il
me dit : « Il est à présent onze heures et demie ; le dîner
préparé par ma femme doit être bientôt prêt ; je vais la
presser un peu, et tandis qu'elle mettra le couvert, nous
nous occuperons de la voiture. » Le chargement ne fut
pas long à faire, et après avoir déposé le canot sur un
lit de copeaux et l'avoir solidement attaché avec des
cordes, nous allâmes dîner.

Peu après, nous roulions sur le terrain plat d'un pays
boisé, coupé çà et là par de petites fermes. La baie
était peu profonde ; à l'est, séparée de l'Océan par
des falaises sablonneuses, et ailleurs bordée par des
marais. La voiture nous amena jusqu'au rivage même,
et, une fois de plus, la *Maria-Theresa* se retrouva
dans son élément naturel. A l'affectueuse poignée
de main que je donnai à cet homme consciencieux

en lui remettant un dollar comme prix de ses services, j'ajoutai beaucoup de remercîments pour son hospitalité; puis le canot repartit à nouveau, suivant un chenal étroit et peu profond dont le fond était couvert de végétation.

La grande tour du phare de l'île Fenwick, placé sur la ligne frontière du Delaware et du Maryland, était maintenant mon point de repère. Elle s'élève sur une côte plate, qui forme une barrière contre laquelle la mer vient se briser. Les habitants de la côte prononcent Fenwick, *Phœnix*. L'île Phœnix, disaient-ils, faisait autrefois partie du continent; mais une femme qui voulait empêcher ses bestiaux de s'égarer offrit en payement une chemise à un homme pour qu'il creusât une rigole entre la grande et la petite baie d'Assawaman. Le flux et le reflux, à force de passer et de repasser dans cette ouverture, lui donnèrent plus de cent pieds de largeur avec une profondeur de dix à quinze pieds dans certains endroits, à marée haute; l'ouverture de ce passage diminua si bien le volume d'eau dans la passe du petit Assawaman, qu'elle se ferma bientôt complétement. Là, l'eau était presque douce, car la passe la plus rapprochée, qui admet l'eau salée à marée haute, se trouvait à l'île Chincoteague, à quelque cinquante milles de distance.

Passant à l'ouest du phare, je pensais à ce qu'une femme peut faire, et je m'attendais presque à entendre sortir des eaux la chanson de la « chemise », qui, dans ce cas-là, eût été plus gaie que celle du « capuchon ». J'entrais maintenant dans la baie du grand Assawaman, dont les eaux étaient unies comme un miroir; devant

7

moi et à environ cinq milles au sud, jusqu'au sud-
ouest, on voyait briller au soleil couchant les grands
bois de l'île de Wight. Une grande quantité de canards
sauvages s'envolaient des eaux tranquilles, lorsque mon
canot glissait trop près d'eux. Si j'eusse emporté un
chargement moins pesant, j'aurais pu me munir d'un fusil
léger; mais comme c'était impossible, je n'avais d'autre
arme qu'un petit pistolet de poche; aussi les canards et
d'autres oiseaux sauvages avaient-ils raison de venir me
saluer au passage. En me rapprochant des rives de l'île
de Wight, j'entrai dans l'embouchure du Saint-Martin,
qui, à son confluent avec la baie Wight, est large de
plus de deux milles. Je n'avais pas alors la belle carte
n° 28, ni la carte générale n° 4 de la côte, avec la topographie des fermes, champs, terres, etc., etc., si bien
figurée qu'elle rendrait facile la navigation sur ces eaux,
même pour un novice. Alors, sans carte de ces passages, je cherchais à travers l'obscurité du crépuscule
l'habitation de mon ami que je savais n'être pas loin;
mais la sombre forêt de pins, sur les hauteurs, ne me
permit pas de trouver ce que je désirais tant découvrir.

Après avoir traversé cette large rivière, j'arrivai à la
pointe de Keiser, où je savais qu'à l'ouest je trouverais le
ruisseau Turval. Tandis que je côtoyais le bord du marais,
je tombai sur deux chasseurs, en observation sur un poste
flottant; mais ils étaient tellement enveloppés par le brouillard qu'il m'était impossible de distinguer rien de plus
que leurs formes. Je m'aventurai pourtant à leur demander où j'étais, quand, à mon grand étonnement, ils me
répondirent en venant de mon côté et en m'appelant par

mon nom : il n'avait jamais résonné plus agréablement à mes oreilles. C'était la voix de mon ami qui, avec un camarade, était occupé à lever les appeaux qu'ils surveillaient depuis le matin. Quel plaisir que cette rencontre inattendue !

Nous tournons bientôt la pointe Keyser, nous remontons le ruisseau Turval, distant d'un couple de milles de la maison de mon ami. Là, sur l'ancienne propriété, dans un petit tombeau de famille, dorment, « chacun dans une étroite cellule » , les représentants de quatre générations. Le soir, autour d'un bon feu de bois, notre conversation roula sur l'étape de la journée : trente-cinq milles environ. Le père de M. Taylor raconta qu'un de ses amis, en une seule semaine du mois de septembre, avait pris en pêchant à la ligne dans les marais de Rehoboth cinq cents *tantogss*, dont quelques-unes pesaient jusqu'à vingt livres. Les huîtres du Rehoboth et de la rivière Indienne avaient péri probablement, dit-il, par suite de la retraite des eaux de la mer, qui autrefois y pénétraient. J'avais passé une excellente semaine avec mes amis de la plantation à Winchester, lorsque la baisse du thermomètre m'avertit qu'il ne fallait pas tarder à prendre la route du Sud.

Le mercredi 25 novembre, je descendis le ruisseau de la plantation et j'allai de la rivière le Saint-Martin dans la baie. Ma route du sud me fit passer au Hommack, monticule fait de coquilles d'huîtres, qui s'élève à sept pieds au-dessus du marais, sur la côte occidentale de la baie Sinepuxent, et où les hautes terres s'approchaient de la plage à moins de huit cents pieds. C'est sur cet empla-

cement que se trouve la station du chemin de fer Wico-
mico et Pocomoke, qu'on a prolongé de sept milles à
l'est de Berlin. Un bac, d'un petit parcours, transporte
les voyageurs jusqu'à la plage d'une île étroite, qui est
considérée par Bayard Taylor comme le plus joli site
qu'il ait jamais vu. Cette station balnéaire s'appelle
Ocean-City, et mon ami M. Jones Taylor était le treso-
rier d'une compagnie qui s'était formée en vue de faire
des améliorations très-désirées.

Les baies peu profondes du voisinage de cette ville
offrent aux baigneurs des plaisirs sans dangers. L'été,
la pêche consiste principalement en perches, en sau-
mons, tandis que celle de l'automne se compose exclusivement de maquereaux. Toutes ces espèces de poissons,
avec les huîtres et les crabes, sont des mets à tenter un
épicurien. Le port, hier encore désert, est maintenant
mis en communication directe, par un chemin de fer,
avec Philadelphie et New-York ; on peut s'y rendre en
neuf et douze heures.

Du Hommack à South-Point, la longueur de la baie
de Sinepuxent se trouve comprise dans cette distance,
selon les hydrographes. De South-Point jusqu'au-dessous
du milieu de l'île Chincoteague, la baie est désignée sous
le nom de *Assateague,* quoique les pêcheurs l'appellent
autrement. Les célèbres bancs d'huîtres, si connus des
habitants de Chincoteague, commencent à environ vingt
milles au sud du Hommack. Chincoteague expédie deux
sortes d'huîtres à New-York et sur d'autres marchés.
L'une est l'huître indigène, l'autre a été transportée
de la baie de la Chesapeake ; ce bivalve est arrondi de

forme et le plus apprécié des deux. La largeur véritable du Sinepuxent est seulement d'un mille. Quand je tournai à l'ouest autour de la pointe sud et que j'entrai dans la baie d'Assawaman, la nappe d'eau s'élargissait entre les marais à l'ouest et la plage sablonneuse de l'île à l'est, jusqu'à plus de quatre milles.

L'entrée du ruisseau Newport est à l'ouest de South-Point. Là, les marais sont très-larges. Je remontai le Newport dans l'après-midi, pour aller faire une visite au docteur Purnell, qui a essayé d'introduire les coqs de bruyère et les perdrix de la Californie sur sa plantation. M. Charles Hallock, éditeur du *Forest and stream*, s'est occupé de ces essais d'acclimatation, et je lui ai promis, si la chose était possible, d'étudier la question sur les lieux. Cette partie du Sinepuxent-Neck a un intérêt historique, car on sait que le régicide Édouard Whalley y est enterré.

A quatre milles de South-Point, j'atteignis les marais qui bordent la grande plantation du docteur Purnell ; et remontant ensuite avec mon canot un bras étroit de la petite rivière, je traversai à gué des herbes en partie submergées, et j'arrivai sur la terre ferme, où le docteur m'attendait. Sa maison était tout près de là ; je passai la nuit sous son toit hospitalier. La propriété a une superficie de quinze cents acres, qui longent les rivages du Newport. Depuis la guerre civile, les terres sont affermées. La plus grande partie se compose de bois et de marais salants. Cinq ans avant ma visite, un habitant de Philadelphie avait envoyé au docteur quelques couples de poulets des prairies, et deux couvées de perdrix, l'une de la montagne et l'autre de la vallée. Maintenant je vais aborder les choses pratiques. Les grouses étaient venues d'un État de l'Ouest, et les perdrix de la Californie. Les perdrix furent tenues en cage pendant quelques semaines, puis mises en liberté. Elles ne tardèrent pas à disparaître dans les bois, à l'exception d'un couple qui revenait tous les soirs, à la porte de la cuisine, demander à manger. Ces deux oiseaux avaient fixé leur domicile dans un jardin, tout près de la maison; ils élevèrent une belle couvée, qui ensuite s'éloigna et dont on n'entendit plus parler depuis, qu'une seule fois. Ces oiseaux avaient pris leur vol du côté de la rivière, où probablement ils ont péri sous les coups des chasseurs. Les poulets des prairies s'acclimatèrent d'eux-mêmes dans leur nouvelle demeure, d'une manière satisfaisante, et ils s'apprivoisèrent très-facilement. Leurs nids, bien remplis d'œufs, se trouvaient dans les clôtures des champs, et près des marais, pour lesquels ils paraissent avoir une grande prédilection. Ils se multiplièrent rapidement. On les rencontrait dans les écuries et dans les granges de la plantation. La législation du Maryland avait voté une loi pour favoriser l'introduction des grouses dans l'État. Mais un nouveau danger vint menacer ces malheureux oiseaux. Une bande de chasseurs aux tortues arrivèrent du New-Jersey par la passe Chincoteague et battirent les rigoles et les petits fossés du marais. Pendant cette chasse, les jolies grouses qui picoraient tranquillement dans le voisinage se laissèrent découvrir facilement par les chasseurs, qui les prirent presque toutes. Un fermier de la plantation me raconta qu'il avait vu dix-huit de ces

oiseaux dans un champ de blé, quelques jours auparavant, et c'était tout ce qui en restait.

La grouse à manchette (*bonasa umbellus*), si abondante
au New-Jersey, ne se montre pas dans la péninsule. Les
premières expériences du docteur avec les coqs de
bruyère (*cupidonia cupido*) ont encouragé d'autres personnes à les importer sur la côte orientale du Maryland.
L'oiseau si difficile à approcher, le chanteur incompa-
rable du Sud, l'oiseau moqueur américain (*mimus poly-
glottus*) est aussi devenu très-rare dans ces régions, parce
que les oiseleurs expédient les jeunes dans les villes du
Nord; il n'est qu'un oiseau de passage dans les États de
la Nouvelle-Angleterre. Ainsi, dans le New-Jersey, pendant un séjour de neuf ans sur ma plantation, je n'ai
aperçu qu'un seul de ces oiseaux, mais j'ai entendu dire
qu'on en voyait parfois au cap May.

Mon temps étant limité, je ne pus pas jouir plus d'une
nuit de la bonne hospitalité du docteur. Le lendemain
matin, toute la famille, maîtres et serviteurs, blancs et
noirs, m'aida à m'embarquer. Au crépuscule, j'avais
franchi la frontière des deux États et j'étais entré en Virginie, près de la pointe de l'île Chincoteague, localité
des plus intéressantes pour celui qui en étudie le caractère.
La marée descendante n'avait laissé que peu d'eau autour
de la jetée massive qui donne accès dans la ville; des
bancs d'huîtres, qui émergeaient de la vase, menaçaient
de compromettre la coque de mon bateau. Je cherchais
à reconnaître à travers la brume le feu de la jetée, placé
au-dessus de moi, appelant pour avoir de l'aide, lorsque
deux hommes appuyés sur le parapet me répondirent :

« Que demandez-vous à cette heure, étranger? — Je veux débarquer mon petit bateau sur votre jetée ; comme il est fait de papier, il a besoin d'être traité avec ménagements. » Pendant un instant, les pêcheurs d'huîtres ne dirent mot, et ils s'éloignèrent en ayant l'air de réfléchir. J'entendais leurs grosses bottes qui résonnaient sur le quai du côté de la taverne. Un murmure sourd, suivi bientôt de cris bruyants, se fit entendre, et une avalanche d'hommes et de gamins se précipita sur le quai; cette foule me criait : « Passez-nous l'avant et l'arrière, et nous allons le hisser. » Quelques marins me prirent par les épaules, d'autres me soulevèrent si bien qu'en un tour de main le capitaine et son canot étaient déposés sur la terre ferme.

Des gens arrivaient en foule pour tâter le canot en papier, et, après cet examen, la plupart furent convaincus que ce n'était pas une mystification. Quelques hommes emportèrent la *Maria-Teresa* sur leurs épaules, d'autres se chargèrent de sa petite cargaison, et en me laissant libre de les suivre à ma guise, ils se précipitèrent dans la direction de l'hôtel, en enfoncèrent les portes et déposèrent le canot sur une longue table, sous un abri à l'entrée de la cour, croyant qu'ils avaient bien gagné un pourboire. Telle fut la façon dont les habitants de Chincoteague me souhaitèrent la bienvenue. « Si vous ne voulez pas boire, étranger, passez votre chemin ; qu'est-ce qui soutient mieux l'union de l'âme et du corps que la boisson? » dit un pêcheur grand et fort. Une dame m'avait donné, le matin, une provision de belles pommes, de sorte qu'au lieu de boisson, je les leur distri-

buai. Tous m'adressèrent des questions et semblaient
fort gais, sauf un individu au teint bilieux qui, au lieu
d'être habillé comme les autres pêcheurs d'huîtres, portait sur lui, pour me servir de l'expression de ses camarades, toute une boutique de friperie.

Au lieu de se réunir aux autres personnes dans la salle
commune, cet autre saint Thomas, dès que tout le
monde fut occupé à jouer aux cartes, alla s'installer près
du bateau et l'examina minutieusement. Il commença
par gratter la coque au-dessous des plats-bords où la
vase avait laissé une petite couche de dépôt qui était
déjà sèche; puis, la physionomie de cet individu s'ani-
mant, il me dit : « Voyez si le bateau ne semble pas avoir
été construit pour être transporté sur le pont d'un navire
et mis à l'eau dans le port d'une ville, afin que les ba-
dauds croient qu'il a fait toute la route à la rame. Tenez,
voyez plutôt s'il n'y a pas sur la coque de la poussière,
et de la poussière très-sèche; elle n'est donc pas restée
dix minutes dans l'eau ce matin; j'en jurerais! » Il ne
me fallut qu'un moment de conversation avec cet incré-
dule de Chincoteague pour lui démontrer que ce qu'il
appelait de la poussière n'était autre chose que de la
vase desséchée. Ses prétentions attirèrent sur lui les
railleries de ses voisins, et il dut s'esquiver, poursuivi
par des huées unanimes.

Dans cette réunion de bateliers, je n'en trouvai qu'un
seul, ce soir-là, qui fût allé jusqu'au cap Charles, en
suivant les eaux intérieures, et c'était le plus jeune de
la bande. J'ai couché par écrit les amusantes instructions
qu'il voulut bien me donner. « Veillez au **Cat-Creek**, en

avant des quatre bouches; c'est là où il faudra le
prendre. — Oui, ajoutèrent ses camarades, oui, le Cat-
Creek est dangereux à traverser, à moins que vous ne
vous y preniez à marée tout à fait basse; les bateaux
pour la pêche aux huîtres y ont toujours maille à
partir. » Dès que la séance du conseil tenu par mes
amis de Chincoteague fut finie, la route que je devais
suivre le lendemain était dans mon esprit « aussi limpide que de la vase ». Les habitants de cette île ne
sont pas tous des pêcheurs d'huîtres, et il y en a
beaucoup qui trouvent de l'occupation et du profit à élever des poneys sur les plages d'Assateague où l'herbe
pousse sans culture et fournit aux animaux une nourriture rustique. On appelle ces petites bêtes *marsh
tackies* [1]; on les trouve répandues par groupes, çà et
là, sur les grèves en descendant jusqu'aux Sea-Islands
des Carolines. Tous les ans il se tient une foire à Chincoteague où les *poneys-penners* [2] amènent les animaux
qu'ils ont à vendre. Le prix moyen est d'environ quatre-
vingt-dix dollars pour une bonne bête, bien qu'il s'en
vende jusqu'à deux cent cinquante dollars (1,250 francs)
Tous ces chevaux, au moment de la vente, sont à moitié
sauvages et pas du tout dressés. Le lendemain matin,
M. Caulk, l'ancien percepteur du port aux huîtres et une
cinquantaine de personnes m'escortèrent jusqu'au quai
en me souhaitant un adieu amical et « bonne chance ».
Il y avait trois milles trois quarts jusqu'à l'extrémité sud

---

[1] Chevaux de fiacre.
[2] Marchands de chevaux.

de cette île ; elle a sur chacune de ses extrémités une communication avec l'Océan, appelée : celle du nord, Assateague ; celle du sud, Chincoteague. Heureusement, je traversai cette dernière passe en calme, jusqu'aux Ballast-
Narrows, dans les marais, et bientôt j'atteignis les quatre
bouches ; mais là, j'en trouvai cinq, ce qui m'embarrassa
très-fort, car les pilotes de Chincoteague n'avaient-ils pas
nommé ce déploiement de bouches « quatre bouches » ?
Je m'en rapportai à l'autorité du savoir local, et je fus
bientôt dans un labyrinthe de ruisseaux qui venaient se
jeter dans le marais, près de la plage. Retournant sur
mes pas, je me retrouvai en face des cinq bouches, et
prenant une nouvelle direction en entrant dans la
plus voisine de celle que j'avais explorée avec si peu de
succès, j'entrai bientôt dans Rogue's Bay par le travers
de laquelle on pouvait voir l'embouchure du Cat-Creek,
point où je m'attendais à rencontrer les difficultés pré-
dites par mes amis de Chincoteague. Mais le ruisseau me
fournit suffisamment d'eau pour mon canot, à demi-
marée, et je n'éprouvai pas la moindre peine à le traverser. Les pêcheurs d'huîtres, en me parlant comme ils
l'avaient fait, pensaient à leurs barques gréées en sloops,
et ils n'avaient pas songé que mon petit canot ne
tirait que cinq pouces d'eau.

Le Cat-Creek me porta jusqu'à la plage, où j'eus le
plaisir d'apercevoir, à travers une brèche, l'Océan au
bleu profond et aux vagues coiffées de crêtes blanches.
Il y avait encore une passe à traverser, et là encore je
fus favorisé par le calme. C'était la passe d'Assawaman
du sud.

Il me paraissait étrange que les deux baies d'Assawaman fussent à quarante-cinq milles au nord de la passe du même nom. En suivant le ruisseau à travers les marais situés entre l'île d'Assawaman et la grande terre, je franchis un autre passage peu profond par lequel je pus encore une fois voir l'Océan. C'était la passe Gargathy. Avant de l'atteindre, comme je voyais la nuit approcher, je pris une autre route, et, mes avirons aidant, je ralliai le continent et j'abordai au gîte d'un fermier très-obligeant, M. Martin Kelly. Dès le lendemain matin, je traversai le Gargothy.

Nous étions alors au samedi 28 novembre. Encouragé par le succès avec lequel mon petit bateau se tirait de toutes les passes, je poussai en avant et j'entrepris d'explorer celle qui était la moins séduisante de toutes, située à l'extrémité de l'île Matomkin. Le temps me favorisait, et je pus traverser le fort courant de marée qui se précipitait dans cette passe, sans embarquer de mer. Assawaman et Gargathy déplacent constamment leurs thalwegs, ayant tantôt six pieds d'eau ou seulement deux. Aussi ne faut-il pas trop se fier à l'île Matomkin. Il suffirait du vent du nord pour déplacer des bouées qui seraient établies dans les eaux de ces passes; aussi n'a-t-on pas songé à les baliser. La passe de Watchapreague, au-dessous des dernières que je viens de nommer, est d'un caractère plus stable; mais, par le mauvais temps, elle est aussi beaucoup plus dangereuse. De la passe Matomkin, je suivis les passes intérieures de l'île du Cèdre, jusqu'à ce que l'obscurité m'eût forcé à chercher un refuge chez le capitaine William Burton, dont la confortable habitation était sur le continent, à cinq milles environ de la passe Watchapreague. Il m'invita à passer le dimanche avec lui, et j'appris par lui beaucoup de choses intéressantes.

Le lundi, jour à grains et à rafales, mon canot talonna à diverses reprises, en allant à la passe Watchapreague. La marée était très-basse, mais elle commença à remonter dès que je fus arrivé devant la plage. La brise soufflait très-fraîche du nord-est, et je cherchais un abri sous le vent du côté de la terre, quand tout à coup le canot, touchant une pointe sablonneuse, eut à se défendre d'une perte presque certaine contre la violence des eaux. La marée arrivait du large avec la force d'un rapide, et les rafales, qui se succédaient à intervalles irréguliers, soulevaient les vagues affolées. Il était inutile de chercher à virer de bord; c'était plus que je ne pouvais demander à mon canot; mais pour le mantenir sur la crête des vagues, j'employai tout ce qui me fut possible de dépenser de force musculaire, et je le dirigeai vers la pointe sud de la côte, en traversant la passe dangereuse de Watchapreague. Quoique je n'eusse qu'un demi-mille à faire, je ne parvins à le franchir qu'avec de très-grandes peines. Les vagues passaient sur mon canot, mais la brave petite coque se relevait légère comme un oiseau, obéissant à l'action de la rame plus sûrement que ne l'eût fait au mors le cheval le mieux dressé.

Dès que je fus entré plus avant dans les eaux du sud, je reçus le vent de l'arrière, et les vagues, en s'abattant sur et par-dessus le canot, me jetèrent directement à la côte. Comme nous fuyions au plus vite, le vacarme des

flots me donna le vertige ; aussi, pour prévenir toute
erreur de mon esprit, je tins constamment les yeux attachés sur mes avirons, qui, c'est étrange à dire, ne me
firent pas faire un seul faux mouvement. Un coup de
vent violent ayant abattu la mer pour un moment, je
regardai par-dessus mon épaule et derrière les dunes
basses et sablonneuses de la côte sud de la passe voisine.
Mon canot, après une énorme secousse, prit terre au
loin sur l'estran. Je sautai à terre et je tirai ma précieuse
petite embarcation hors de l'atteinte de la marée ; ensuite,
je fis une prière d'action de grâces pour avoir échappé
au danger, en y ajoutant mentalement des vœux pour
qu'à l'avenir je pusse faire traverser à mon canot les
passes traîtresses sur un sloop de pêcheurs. J'allai camper
dans un creux de la côte où les falaises de sable me
protégèrent contre la fraîcheur de la brise. Toute l'après-
midi, je surveillai, de mon terrier, les éléments qui
faisaient rage, et, vers le soir, je fus heureux de constater
un apaisement général de la mer et du vent. Alors le
canot fut encore remis à l'eau, et il avait franchi un ou
deux milles au sud lorsque le jour, court dans cette
saison, venant à baisser, je restai près d'une île marécageuse bordée par un banc d'huîtres à coquilles aiguës.
Sautant par-dessus le bord dans l'eau et dans la vase, je
mis les rames et la pagaie sur le banc d'huîtres, afin de
protéger le canot, que je tirai ensuite par le marais.
A mesure que le vent baissait, le froid augmentait. Le
marais était humide, et je n'y pus pas trouver de bois
sec pour faire du feu. J'enlevai la toile qui figurait le
pont, et j'empilai mes bagages sur une plate-forme con-

struite avec mes rames et des coquilles d'huîtres, pour les mettre à l'abri de la prochaine marée ; ensuite, je m'enveloppai doucement et non sans peine dans l'étroite coque du canot, où je devais passer la nuit. Je boutonnai la toile du pont à sa place, puis j'essayai de dormir en rêvant que je n'étais ni sardine, ni prisonnier dans quelque cachot inhospitalier. Me retourner sans déboutonner un côté de la couverture était chose impossible, même en me livrant à une gymnastique d'acrobate de première classe : je n'avais jamais pensé que pour me retourner dans mon lit, il faudrait commencer par en sortir.

A minuit, les canards sauvages (*anas boschas*) arrivèrent en bandes tout près du marais. Le doux chant du mâle, qui, dans cette espèce particulière de palmipèdes, n'a pas la voix criarde de la femelle, affirme d'une manière authentique son identité. Puis des rats musqués et des blaireaux qui mangent les huîtres vinrent bientôt dans le voisinage de mon campement, attirés, sans doute, par l'odeur de mes provisions. Le bruit que je faisais avec mes jambes dans la coque du canot étonnait ces animaux et éveillait leur curiosité, car ils restèrent jusqu'à l'aube à m'ennuyer.

Quand je sortis de mon lit, l'air froid me prit à la figure, et l'humidité glaciale du marais me gela les pieds. C'était le temps perdu à la passe Watchapreague qui m'avait ainsi retenu sur ce marais inhospitalier ; je voulus utiliser ce qui me restait de patience, et j'achevai ma toilette en titubant dans mes souliers humides. L'eau glacée dans laquelle je dus marcher jusqu'à la cheville

me rappela que cette froide matinée d'hiver était le
1er décembre, et que le tempétueux Hattéras, au sud
duquel je devais trouver un climat plus doux, était encore
bien loin. La vigueur des coups de rames que je donnai
en suivant l'île Paramore (que les gens du pays appellent
Palmor), pour arriver jusqu'à l'entrée si large de la passe
du petit Machicongo, rendit la chaleur à mes membres
engourdis. Cette large porte de l'Océan me laissa passer
en paix par son chambranle occidental, car le jour était
calme.

Du petit Machipongo au grand Machipongo, la
plage s'appelle l'île Hog. Le passage de l'intérieur est
borné à l'ouest par l'île Rogue, où s'élève une maison
solitaire. A l'extrémité sud de cette île, on trouve un
petit magasin dans une crique et un phare sur le rivage;
un peu plus loin est établie une exploitation dans une
forêt de pins.

A midi, j'avais traversé sans danger la passe du grand
Machipongo et longé quelques milles de l'île Cobb jusqu'à
Sand-shoal, où l'on voit l'hôtel des Trois Frères Cobb, qui
donne un aspect riant à ce vaste désert de sables arides.
A la pointe sud de l'île Cobb, la passe de Sand-shoal a
une profondeur de douze pieds d'eau sur sa barre, à
marée basse.

Le lendemain, je traversai la large baie (8 milles) sur
un bac à rames qui fait régulièrement le service avec le
continent; le canot fut mis sur une voiture et transporté
par terre à cinq milles de Cherrystone, le seul point près
du cap Charles où un bateau à vapeur de Norfolk amène
les voyageurs.

Il y a quarante bons milles pour traverser la baie de la Chesapeake, depuis Cherrystone jusqu'à Norfolk, et il était inévitable de faire le portage en partant de Cherrystone, et non pas du cap Charles, lequel, bien que situé à quinze milles plus au sud, ne m'offrait pas le moyen de transport dont j'avais besoin. Le lent véhicule à un cheval arriva à Cherrystone une demi-heure après le départ du bateau à vapeur dont l'obligeant capitaine, qui savait, me dit-on, ma prochaine arrivée, avait bien voulu m'attendre et m'appeler avec le sifflet de sa machine jusqu'au moment où il perdit patience.

La seule maison bâtie à l'extrémité du quai appartenait à M. Powers; c'était heureusement un hôtel qui offrait des logements commodes. J'y restai jusqu'au plus prochain passage du paquebot, qui était le 4 décembre. Arrivé le soir même à Norfolk, je remisai mon canot dans les magasins du *Old Dominion steamship Company*, et je me réfugiai dans un asile pacifique, qui me promettait un repas servi le lendemain de bonne heure. Je me félicitais beaucoup d'avoir échappé à la curiosité qui accueille d'ordinaire les canotiers aux quais de toutes les petites villes, et par-dessus tout d'avoir évité l'inévitable reporter. Mais, hélas! ma satisfaction était prématurée; car, au moment où j'allais me coucher, mon nom fut prononcé, et un véritable reporter du *Norfolk-Landmark* me coupa la retraite.

« Quelques mots seulement, monsieur; je vous cherche par toute la ville depuis sept heures du soir, et il est bientôt minuit. »

Puis, saisissant mon bras d'une main, de l'autre il m'offre une chaise ; ensuite, il s'assied bien en face de moi et m'entreprend, d'une façon insinuante, jusqu'à ce qu'il m'ait soutiré l'histoire du voyage du canot de papier ; puis, se renversant sur le dos de son fauteuil, il passa la revue de ma personne et s'écria :

« Monsieur Bishop, vous êtes un homme d'énergie ; nous aimons les hommes d'énergie, nous admirons les hommes d'énergie, et je peux dire que nous baissons pavillon devant les hommes d'énergie ! Je suis charmé de faire votre connaissance ; si vous voulez bien vous arrêter ici un ou deux jours, toute la ville viendra voir votre canot. »

Je refusai absolument cette offre aimable, et nous allions nous séparer quand, d'un ton de doux reproche, il ajouta :

« Vous avez songé à nous fausser compagnie, n'est-ce pas vrai ? Eh bien ! je vous assure que ce sera complétement impossible : vigilance éternelle, telle est notre devise. Maintenant, vous ne pouvez pas nous échapper ; bonsoir, monsieur ; agréez, je vous prie, la bienvenue que vous souhaite le *Landmark !* »

Six heures après, en entrant les yeux à moitié ouverts dans la salle à manger de l'hôtel, j'entendis un petit marchand de journaux qui criait dans le crépuscule du matin :

« Voilà le *Landmark,* avec l'histoire complète du canot de papier, etc., etc. », et avant que le soleil fût levé, j'avais lu une colonne et demie sur « l'arrivée du *voyageur solitaire* à Norfolk ».

Tant d'empressement de la part de M. Perthuis, du *Landmark*, est une bonne preuve de l'esprit d'entreprise des journaux américains. Craignant de devenir une fois de plus l'objet de la curiosité publique, je me préparai vivement à battre en retraite.

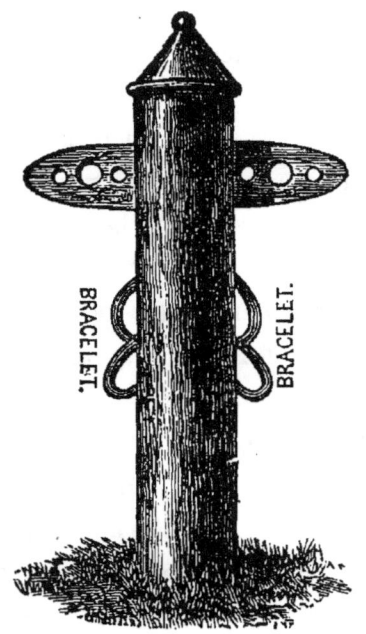

Le poteau du fouet et le pilori au Delaware.

CHAPITRE NEUVIÈME

DE NORFOLK AU CAP HATTERAS

La rivière Élisabeth. — Le canal. — L'embarcadère de la rivière du Nord. — Le Currituck-Sound. — L'île Roanoke. — Visite au phare de l'île. — Le Pamplico-Sound. — Le canot de papier arrive au cap Hatteras.

Le samedi matin 5 décembre, je quittai la jetée de Norfolk (Virginie) et je ramai vers Portsmouth, en commençant par remonter la rivière Élisabeth qui est très-large à cet endroit et qui ressent l'action de la marée. L'ancien arsenal de la marine, avec ses navires condamnés, occupe les deux bords de la rivière. A environ six milles de Norfolk, on trouve le canal Dismal-Swamp, sur la rive gauche du fleuve. Cet ancien canal traverse le grand marais Dismal et donne accès aux paquebots à vapeur d'un faible tirant d'eau, jusqu'à la ville Élisabeth, par la rivière Pasquotank, laquelle se déverse dans l'Albemarle-Sound, au sud. On exporte par ce canal de grands cyprès et des bois de genévrier ; les goëlettes sont remorquées jusqu'au débarcadère, où elles déposent leur chargement.

Dans l'intérieur du Dismal-Swamp est le lac Drummond, nom qu'on lui a donné en l'honneur de celui qui l'a découvert ; un embranchement long de sept milles sur cinq de large relie ce lac au canal ; les petits na-

Pl. VII

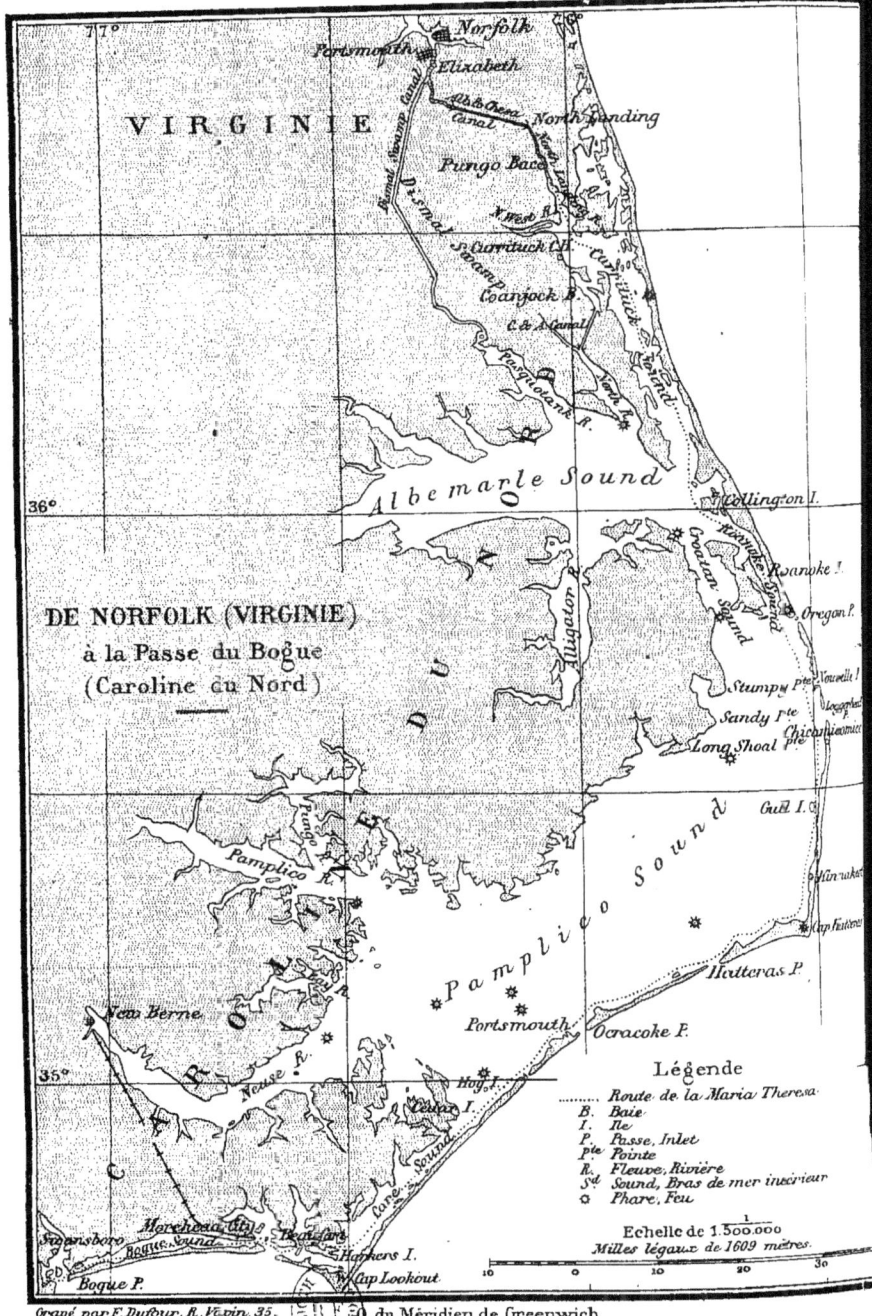

VIRGINIE

DE NORFOLK (VIRGINIE)
à la Passe du Bogue
(Caroline du Nord)

Légende

...... Route de la Maria Theresa.
B. Baie
I. Ile
P. Passe, Inlet
Pte. Pointe
R. Fleuve, Rivière
Sd. Sound, Bras de mer intérieur
Phare, Feu

Echelle de 1.500.000
Milles légaux de 1609 mètres.

vires peuvent traverser le lac pour aller prendre leur
chargement de planches et de madriers. Des pratiques
du pays me disent que les grands coups de vent soulèvent
une mer terrible dans ces nappes d'eau et en rendent la
navigation très-dangereuse. On rencontre des ours dans
les profondeurs de ces marais. Le canal Dismal-Swamp
a été creusé autrefois à la pelle et à la pioche.

Le canal Albemarle et Chesapeake, dont l'entrée est à
seize milles de Norfolk, sur la rive occidentale de la
rivière Élisabeth, est généralement connu sous le nom
de *nouveau canal;* il a été commencé vers 1856 et fini
en 1859. Il a huit milles et demi de longueur; il fait
communiquer les rivières Élisabeth et Nord-Landing.
Ce canal a été creusé à l'aide de dragues; il est tenu en
bien meilleur état, en ce qui concerne la navigation, que
l'ancien canal, qui, faute d'entretien, s'est peu à peu
ensablé. Aussi les paquebots qui font un service régulier
entre les villes d'Élisabeth et de Norfolk, de même que
les bateaux à vapeur qui vont plus loin dans le nord,
ont-ils complétement abandonné le canal Dismal. Ils
passent maintenant par l'Albemarle-Sound, remontent la
rivière du Nord, s'engagent à six milles dans la passe
de Currituck, gagnent la rivière Élisabeth par le nouveau
canal et entrent dans la baie de la Chesapeake. Les rives
de l'Élisabeth sont bordées de marécages, tandis que des
forêts de pins offrent dans le lointain une perspective de
verdure. A peu de milles au-dessus de Norfolk, la culture
cesse, et le canotier traverse une solitude.

Vers midi, j'arrivai aux écluses du canal Chesapeake
et Albemarle. L'employé du télégraphe me reçut avec la

bonne nouvelle que l'agent de Norfolk avait télégraphié
à l'éclusier de laisser passer le canot de papier exempt
de droits. C'était la première fois qu'il m'était fait un
pareil honneur. La marée montante et descendante varie
d'environ trois pieds et demi aux écluses. Lorsque je les
passai, la différence aux extrémités n'atteignait pas deux
pieds. Le vieil éclusier me conseilla d'abandonner immédiatement mes projets de voyage, en prétendant que « je
ne pourrais jamais franchir les Sounds avec un si petit
bateau ». Quand je lui appris que j'en étais à mon
second millier de milles de navigation en canot depuis
Québec, il poussa un long soupir et un grognement peu
encourageant.

Dès qu'on a franchi les écluses, on se trouve dans un
marais tout couvert de cyprès. Des terres enlevées par
les dragues et rejetées sur les bords du marais les ont
relevées de sept pieds au-dessus de l'eau. Des pins
malingres croissent sur ces rivages, et des petits oiseaux
volaient et chantaient en se préparant à leur émigration
vers le sud.

Quand un paquebot ou un remorqueur me dépassait,
il forçait le canot à se rapprocher de la rive ; mais la
vitesse de ces bateaux était si réduite en naviguant dans
le canal, que le remous de leurs hélices ne causait aucun
ennui au canotier. Des noirs libres conduisaient à la
perche des radeaux chargés de planches et de bois de
construction ; en passant près de moi, ils fredonnaient de
gaies chansons. Le canal aboutit à la rivière du Nord-Landing sans écluses. Un peu plus loin se trouve Nord-Landing, petite ville qui donne son nom à la rivière. A une

courte distance, on voit un magasin et les indices d'une exploitation. La rivière est sinueuse et laisse bientôt le marais derrière elle ; à la forêt de pins succèdent d'autres marais sur l'une et l'autre rives d'un courant peu rapide.

A trois milles de Nord-Landing, on peut apercevoir une petite maison solitaire, puis, pendant à peu près cinq milles en descendant la rivière, rien ne fait reconnaître la présence de l'homme jusqu'au bac Pungo qui apparaît sur le marais, sur la rive orientale de la rivière. Ce bac, ainsi qu'un magasin situé à trois quarts de mille du débarcadère et une ferme de presque deux cents acres, appartiennent à M. Charles Dudley, qui fait tous ses efforts pour décider les hommes du Nord à se fixer dans son voisinage. Il y a beaucoup de propriétaires sur les plateaux qui vendraient volontiers une partie de leurs terrains à des gens du Nord pour les engager à s'établir près d'eux.

Il faisait déjà presque nuit lorsque j'atteignis le magasin situé près du bac Pungo ; et, comme le dimanche a toujours été un jour sacré pour moi, je me décidai à camper jusqu'au lundi. Un noir difforme tenait le bac à bail et faisait mouvoir le bateau en avant et en arrière par une chaîne et un treuil. Il fut très-poli pour moi, et il voulut bien mettre son logis à ma disposition, jusqu'au moment où je serais prêt à partir pour le Currituck-Sound. Nous enlevâmes d'abord le canot et nous le passâmes par une fenêtre dans un petit hangar, où il fut placé sur un comptoir inoccupé. Le noir monta dans le grenier et me jeta deux bottes de joncs secs pour m'en faire un lit, sur lequel j'étendis mes couvertures. Un vieux poêle, placé dans un coin, fut bien vite allumé avec du bois menu qui flambait bien. Pendant que je préparais mon souper, le petit bateau à hélice le *Cygnet*, qui faisait le service entre Norfolk et Vanslyck, mit à terre une femme âgée qui venait de passer deux ans dans sa famille. Elle accosta gracieusement le nain noir, en lui disant : « Charles, pouvez-vous me donner une allumette pour ma pipe ? — Oui, madame, répondit-il poliment en lui passant du feu. — Bon, très-bon, se dit-elle à elle-même en tirant quelques bouffées de tabac de sa pipe à petit tuyau. Quel bonheur de n'avoir plus rien à démêler avec les gens de la ville et d'être à l'abri de leurs manières roides et de leurs façons étranges ! Ils vous font des observations s'il vous arrive de mettre votre couteau dans votre bouche à la place de votre fourchette, et vous donnent du thé de Chine au lieu du bon vieux *yaupon*. Charles, vous ne pouvez pas savoir combien je désire boire une tasse de bon *yaupon*. »

Comme le lecteur va entrer avec moi dans des pays où les classes laborieuses demandent exclusivement à la nature la boisson qui « excite sans enivrer », je décrirai l'arbuste qui la produit.

Ce succédané, qui remplace le thé de Chine, est une variété de houx (*ilex*); il est nommé *yaupon* (*cassine*, Linn.) par les indigènes. C'est un bel arbuste qui s'élève à quelques pieds de hauteur, aux feuilles alternes, vivaces, qui produit de petites graines rouges. On le trouve dans le voisinage de l'eau salée, dans les sols légers de la Virginie et des Carolines. Les feuilles et les bourgeons sont séchés par les femmes du pays et vendus ensuite au marché, un dollar le boisseau. On ne peut pas comparer le *yaupon* avec le thé de Chine, et il n'approche pas non plus comme goût et qualité de l'*yerba maté,* autre espèce de houx qu'on trouve au Paraguay, et qui constitue la boisson favorite des habitants de l'Amérique du Sud.

La bonne vieille ayant continué sa route, nous restâmes seuls dans cette petite baraque, et le noir, après m'avoir raconté sa propre histoire, termina par ces mots : « Ah ! quel beau jour pour moi que celui où massa Lincoln m'a donné la liberté ! » Le noir avait beaucoup trop de dignité, me dit-il, tout disgracié de la nature qu'il fût, pour se faire entretenir comme un mendiant, aux dépens de la charité publique. « Je peux gagner presque douze dollars par mois avec ce bac, s'écria-t-il; je ne demande rien, je n'ai pas de femme, et aucune femme ne voudra de moi ; je veux me suffire à moi-même et vivre en honnête homme. » Vers sept heures, il me quitta pour regagner une petite maison située à presque un mille sur la route. « Il y a là un autre homme de couleur, dit-il, qui est mon associé. » Il ne pouvait pas croire que je n'eusse pas peur de passer la nuit tout seul dans une cabane des marais; il retournait chez lui pour avoir la compagnie de son associé; car, « au jour d'aujourd'hui », il ne se souciait pas de coucher seul dans une maison abandonnée.

Malgré le vent froid qui entrait par les carreaux cassés de la fenêtre et par-dessous la porte mal ajustée, je dormis confortablement jusqu'au lendemain. Avant le retour de Charles, mon déjeuner était cuit et mangé.

8

Avec le soleil du matin arriva un nouveau visiteur. J'avais fait la connaissance d'un homme qui avait été esclave, maintenant je recevais la visite d'un homme qui avait été un maître. C'était un personnage agréable et distingué, propriétaire de terres dans le voisinage. On apercevait sa grande maison blanche à un quart de mille sur la route. « J'ai appris, me dit-il, qu'un étranger arrivant du Nord est à camper ici, et j'espère qu'il voudra bien venir déjeuner avec moi. » Ce fut de cette façon aimable qu'il se présenta lui-même. Je lui répondis que j'étais établi en lieu sec, et que je me faisais scrupule d'abuser de son hospitalité en acceptant sa gracieuse invitation, lorsqu'il me restait encore tant de bonnes choses parmi mes provisions. M. Dudley n'admit aucune excuse, et il m'emmena à sa maison, où je passai la journée du dimanche ; j'assistai au service religieux dans une petite église du voisinage. Mon aimable hôte me présenta à plusieurs de ses amis, dont quelques-uns revinrent même dîner avec nous. Je trouvai les habitants du Pungo-Ferry, comme tous ceux que j'avais rencontrés en suivant les côtes du Maryland et de la Virginie, de sentiments pieux, des gens de bon cœur et hospitaliers.

Le lendemain, jour de pluie, mon hôte m'entretint de la vie qu'il avait menée dans l'armée confédérée, où il avait servi comme lieutenant. Il avait été prisonnier à l'île Johnson pendant vingt-deux mois. Il ne gardait pas rancune aux gens du Nord d'être venus dans le Sud, s'unir aux hommes du pays et travailler avec eux aux vrais intérêts de la patrie. Les habitants du Sud étaient fatigués des déchéances politiques qui leur avaient été

infligées par la population flottante accourue du Nord.
Actuellement, ils avaient besoin de vrais colons, et non
pas de politiciens. Partout on m'exprima le même sentiment. Le mardi, je dis adieu à mes nouveaux amis, puis
je descendis la rivière du Nord-Landing, en route pour
le Currituck-Sound.

La frontière de la Caroline du Nord est à quelques
milles seulement au sud du bac. La rivière débouche à
six ou huit milles au-dessous du *Pungo-Ferry*. Une brise
fraîche soufflait du nord, et comme la rivière s'élargissait
à mesure qu'elle se rapprochait du Sound, jusqu'à avoir
un mille et plus, les baies devaient être traversées d'une
pointe à l'autre ; il fallait donc dépenser beaucoup de
patience et de travail musculaire pour empêcher la mer
de prendre le petit bateau par le travers. Je m'efforçais
de gagner l'abri d'une pointe de terre, quand l'anneau
d'un de mes tolets se détacha de son point de jonction
avec la toletière ; il était urgent de chercher au plus vite
la pointe sud du marais pour y trouver un refuge.

Le côté sous le vent présentait une nappe d'eau unie.
Il ne fallut que quelques minutes de travail pour dé-
charger et haler le canot dans de grands joncs qui
m'offraient une bonne protection contre la fraîcheur de
la brise ; pendant trois heures encore, le vent ne tomba
pas. Le canot fut remis à flot et manœuvré à l'aide de la
pagaie que j'avais toujours réservée en cas d'accident
aux avirons ou aux tolets ; je continuai à avancer sur les
eaux du Currituck.

Les cygnes se laissaient voir par troupes de vingt à
cinquante ; mais ils étaient excessivement défiants, et ne

permettaient pas au canot de les approcher à portée de fusil. Des nuées de canards, quelques oies du Canada et des oies sauvages ne cessaient pas de se faire entendre, en s'élevant bruyamment de la surface de l'eau. Au loin, dans le sud-est, s'étendait le Sound dont quelques petites îles égayaient la monotonie. Trois ou quatre maisons, deux petits magasins et le palais du tribunal, qui est bâti en briques, composent tout ce village, situé sur la rive occidentale ; vis-à-vis, et à huit milles dans l'est, est l'étroite chaîne de petites îles qui servent de barrière aux envahissements de l'Océan. Au coucher du soleil, je fis lever la dernière troupe de cygnes, et j'abordai dans les eaux peu profondes du débarcadère. Il n'y a pas là d'hôtel proprement dit, mais une brave femme, madame Simmons, se charge de recevoir le voyageur qui arrive par hasard ; le canot fut vite remisé dans le local même du débarcadère. Heureusement, on put trouver un forgeron qui promit de réparer le tolet le lendemain matin. Avant que la chaleur d'un bon feu de bois se fût répandue hors d'une grande vieille cheminée, je reçus une très-agréable visite : c'était le médecin de la localité. L'ennui de trois heures de campement sur le marais fut bien vite oublé, par suite de l'intérêt d'une conversation sur le pays et ses ressources, qui nous tint éveillés assez tard dans la nuit.

Le docteur Baxter s'était occupé de la culture de la vigne, et il me donna beaucoup de renseignements sur le vin du pays. En 1714, Lawson décrivit six variétés de vignes croissant à l'état naturel dans la Caroline du Nord. Les trois plus belles espèces de vigne américaine nous viennent de ce pays. Ce sont le *Scuppernong*, le *Catawba* et l'*Isabella*. Le scuppernong a été découvert sur les bords du ruisseau de ce nom, dont l'embouchure est près de l'extrémité orientale de l'Albemarle-Sound. Le catawba a été trouvé sur les bords de la rivière Catawba et tout près de sa source dans le comté de Buncombe. Les premiers ceps de l'isabella ont été introduits à New-York par madame Isabelle Gibbs, d'où le nom qu'ils portent.

Des six variétés de raisin de la Caroline du Nord, cinq ont été découvertes dans le comté de Tyrrel, par Amadas et Barlow. La tradition rapporte que ces voyageurs ont importé de l'île Roanoke une petite vigne qui existe toujours et qui couvre un grand espace de terrain. On trouve sur les côtes de l'Albemarle-Sound cinq variétés de ceps qui poussent à l'état sauvage ; tous sont connus sous le nom de scuppernong ; mais le véritable scuppernong est un raisin blanc, gros et doux, qui donne un vin assez semblable, dit-on, pour le goût au Malmsey, produit du mont Ida, dans l'île de Crête.

La réparation du tolet retarda le départ du canot, presque jusqu'à midi, le lendemain, et un peu avant cette heure il poussa au large ; à quatre milles de Currituck, il s'éleva un violent coup de vent du sud ; mais, ayant remarqué sur la pointe de l'île Bell un gentleman âgé près de sa maison, qui me faisait signe d'approcher du rivage, j'obéis et me réfugiai chez ma nouvelle connaissance, le capitaine Peter Tatum, propriétaire de l'île Bell. « La guerre m'a laissé sans domestique, me dit-il en me présentant à sa femme ; mais si vous voulez bien accepter notre hospitalité, nous ferons de notre mieux pour vous bien recevoir. » Le capitaine attira mon attention sur les troupes de cygnes qui tachetaient les eaux au large, et il ajouta : « Il est très-difficile d'attraper un de ces cygnes, quoiqu'ils soient de très-gros oiseaux et qu'il y en ait beaucoup sur le Sound ; il faut avoir un bien bon fusil pour abattre un de ces oiseaux. Vo là de quelle manière on les prend. Après un grand coup de vent du nord, quand les cygnes se sont beaucoup fatigués près de la pointe Goose-Castle, les chasseurs peuvent, si la brise tourne subitement au sud, approcher ces oiseaux entassés dans la baie et les tirer au moment où ils s'élèvent au vent. »

Depuis plus de quarante ans, la passe Currituck est fermée, et les bancs d'huîtres naturels qui s'étendaient de la rivière Nord-Landing jusqu'à la pointe Green ont péri dans l'eau douce. Maintenant, les vents ont une grande influence sur les marées qui entrent par la passe Oregon à presque cinquante - cinq milles au sud de Court-House. La différence entre les plus hautes et les plus basses marées à Currituck-Court-House est de trois pieds. Le Sound est rempli de bancs de sable avec quelques endroits vaseux çà et là. C'est la localité favorite des chasseurs du Nord. Les meilleurs tirés, comme dans la baie de la Chesapeake, appartiennent à des sociétés particulières, et le public n'en a pas la jouissance.

Il faisait froid le jeudi 10 décembre, et le temps était aussi mauvais que la veille. Le vent avait tourné au nord, et je m'embarquai au milieu des eaux clapoteuses qui me prenaient du travers, mais avec l'espérance d'atteindre

le débarcadère Van-Slyck, à Currituck-Narrows. La brise
du nord finit cependant par devenir dangereuse pour ma
sécurité. La route que je voulais prendre portait d'abord
à l'est, jusqu'à ce que j'eusse dépassé l'embouchure
Coandjock et la pointe Goose-Castle ; mais le vent souleva
une mer si forte que je fus obligé de tourner dans le sud
à la baie du Coanjock, de la remonter pendant cinq milles
et de chercher par terre, jusqu'au Sound, un point que
je trouvai à l'entrée d'un canal sans écluse ; les paquebots
le prennent ordinairement pour aller de la rivière Nord-
Landing à l'Albemarle-Sound.

J'eus bien vite allumé du feu sur lequel je plaçai des
perches longues et menues que j'avais ramassées flottant
à la dérive, et les brûlant par morceaux de la longueur
voulue (n'ayant pas de hache à ma disposition), je fus
en état d'effectuer le portage. Je halai le canot jusqu'à
la côte de Currituck-Sound ; ensuite, je transportai à
dos tout mon bagage, en déposant chaque objet au point
d'embarquement, placé juste à l'intérieur d'une petite
crique.

Le passage jusqu'à Currituck-Narrows ne me fut pas
difficile, car le vent du nord m'était favorable. Le long
de la rive occidentale du Sound, il y avait beaucoup de
petites maisons éparses sur les plateaux, et un moulin à
vent remplaçait un moteur hydraulique pour moudre le
grain. Les améliorations faites par M. Van-Slyck, de
New-York, offraient un heureux contraste avec tout ce
que j'avais vu depuis Norfolk. Ici, un hôtel confortable
reçoit les chasseurs du Nord, et il en est bien peu qui,
n'étant pas satisfaits du confort qu'offre cet hôtel, s'en-

foncent plus loin encore dans le sud pour chasser les
oiseaux sauvages. La largeur moyenne du Currituck-
Sound est de quatre milles, sur environ trente-cinq de
longueur. Aux Narrows est un groupe d'îles marécageuses qui divisent le Sound en deux sections ; celle du
nord est la plus longue. L'air froid et vif du lendemain
rendit agréable l'exercice de la rame. Après avoir traversé
le chenal sinueux, j'aurais pu me rapprocher de la plage
et la suivre ; mais la partie occidentale de la baie était
plus profonde. La matinée était délicieuse ; aussi ren-
contrai-je des chasseurs à l'affût dans *leurs postes,* petites
tonnelles de branches de pin, qui ressemblaient à des
bouquets d'arbres de conifères, sortant de l'eau. Les
oies criaient, et les canards nasillaient, tandis qu'à tout
instant un coup de fusil se faisait entendre. Des oiseaux
dressés au leurre étaient postés près du marais ; chaque
chasseur me disait un mot d'encouragement lorsque le
canot glissait sur les eaux calmes et à la surface desquelles on voyait çà et là se lancer l'hirondelle au dos
violet, comme si nous eussions encore été au milieu de
l'été.

Vis-à-vis de l'île Dew's Quarter, je fus hélé de loin
par plusieurs voix d'hommes, placés dans un hangar
nouvellement construit ; le plus âgé de tous, qui n'avait
sans doute jamais vu de coque en papier, examina mon
bateau, secoua la tête d'un air sentencieux, et lorsque je
lui eus dit que je voulais arriver ce jour-là à Nag's Head,
il s'écria : « En ce cas, filez vite et vite ! Traversez la
baie au-dessous de Bald-Beach, dès que vous pourrez,
puis serrez la côte, traversez le Sound avant que le

vent s'élève. Un bateau comme le vôtre n'est pas ce qu'il faut pour des eaux comme les nôtres. »

Profitant de cet avis donné à si bonne intention, j'allai chercher la rive de l'est où il y avait à cette heure une bonne profondeur d'eau pour le canot. Les hauteurs du rivage étaient couvertes de pins jaunes parmi lesquels on voyait de très-beaux vieux arbres. Sur une pointe étroite de la côte est située la maison de M. Hodges Gallup, ministre baptiste, vieillard généreux et aimé de tous les pêcheurs du Sound ; il a la réputation d'avoir l'humeur aussi gaie qu'hospitalière. Son domaine s'étend à plusieurs milles sur le rivage, et les daims, qui broutaient tranquillement dans ses grands bois, formaient un joli tableau.

La côte devenait maintenant plus habitée ; pendant que je ramais, j'aperçus, sortant de chacune de ces petites cabanes, quelques baguettes qui servaient à exciter le canard aveugle, tandis que le chasseur avec son bateau, caché dans l'intérieur, attendait impatiemment les oiseaux pendant que le faux frère qui les trahissait nageait tranquillement à la surface de l'eau. A quelques milles au-dessous de la propriété de M. Gallup, le canot entra dans les grandes eaux de l'Albemarle-Sound, et à la brune je pus arriver à l'île Roanoke. Les grands bâtiments des hôtels de Nag's Head s'élevaient sur la plage, aussi fiers qu'une fortification.

Il était déjà tard quand je traversai le petit Sound entre l'île Roanoke et la plage, et je débarquai à la première jetée de Nag's Head après de grandes difficultés. Je fus bientôt rejoint par M. Rutter, qui tient l'hôtel des bains, désert dans cette saison, et qui m'aida à porter mes bagages dans une chambre du vieil hôtel.

Nag's Head est un lieu très-désolé, avec de hautes falaises de sable fin, dont les formes sont constamment modifiées par l'action de vents secs, violents et variables. Quelques pêcheurs habitent cette triste côte, et le village, qui n'a qu'un seul magasin, est complétement délaissé. Le brillant feu de l'île Body (dix milles), sur la côte nord de la passe Oregon, m'indiquait ma prochaine station.

La plage, depuis Nag's Head jusqu'à la passe Oregon, est complétement dépourvue d'arbres, et le vent qui la balayait, de l'Océan au Sound, avec une grande violence, refoulait les eaux peu profondes et laissait le fond à sec jusqu'à trois milles de distance.

Le lendemain, temps à grains. Les côtes sablonneuses qui s'étendent dans le Sound, jusqu'à un ou deux milles, étaient seulement couvertes de trois à huit pouces d'eau. Je ne pouvais pas me mettre à l'abri de cette côte, et j'étais forcé de me tenir à distance. Souvent je dus sauter par-dessus le bord et traverser à gué, en poussant mon canot devant moi. Ensuite j'eus à franchir un passage assez profond entre les bancs de sable, si bien que, tantôt marchant, tantôt ramant dans le Roanoke-Sound, avec le vent qui envoyait l'eau par-dessus le canot et baignait son capitaine, cette course de douze milles jusqu'à la passe Oregon fut une très-grosse épreuve.

Le phare de l'île Body a été construit en 1872, sur la côte nord de la passe Oregon, pour remplacer la vieille tour qui était sur la côte du sud. Il est par 35° 48′ de latitude et 75° 33′ de longitude. Le capitaine Hatzel, de la Caroline du Nord, en est le principal et très-vigilant gardien. La température se refroidissait rapidement lorsque je me traînai dans les joncs élevés des marais, près du phare, pour chercher un abri contre le vent qui soufflait grand frais. Comme cet endroit n'a ni arbres, ni combustible, ni refuge d'aucune sorte, la nécessité me fit recourir à d'autres moyens pour me tirer d'embarras. J'avais dans ma poche un talisman qui devait m'ouvrir toutes les portes des phares depuis l'État du Maine jusqu'au Rio-Grande, depuis la Californie du Sud jusqu'à l'Alaska, dans le voisinage du pôle arctique, partout enfin où les États-Unis ont construit une tour ou élevé un phare. Tandis que je frissonnais dans mes vêtements humides, sur ces rivages désolés, je me rappelai avec reconnaissance mon excellent et prévoyant ami, M. Spencer Baird, qui, grâce à son influence toute-puissante, m'avait pourvu de ce *Sésame, ouvre-toi!*

Depuis ma jeunesse, ses conseils m'avaient guidé dans beaucoup de mes voyages d'exploration; il ne m'avait pas abandonné même dans cette aventure, que mes amis appelaient « folle et excentrique ». Il avait obtenu pour moi une lettre circulaire adressée aux gardiens des phares des États-Unis, signée par le ministre de la marine, M. Walker, autorisant ses subordonnés à me donner l'hospitalité quand j'en aurais besoin. Pendant mon voyage, je n'eus que deux fois occasion de faire usage de cette lettre. Après avoir remisé mon canot en lieu sûr dans les herbes épaisses de la plage, je marchai péniblement dans le sable avec ma lettre à la

main, jusqu'au phare où le capitaine Halzel me reçut
avec une grande cordialité; il prit note sur son journal
de la date et des circonstances de mon arrivée; il me
conduisit dans une chambre confortable, bien chauffée,
et égayée par les sourires de sa femme, ménagère modèle. Chaque chose indiquait l'ordre et la propreté, tant
à l'intérieur de cette maison que dans la tour du phare.
La plus blanche des nappes se couvrit d'un repas b en
préparé, à la fin duquel le père, la mère et les deux fils,
avec l'étranger qui était leur hôte, remercièrent le Dis-
pensateur de tous les biens de sa miséricorde.

En allant me joindre au gardien en chef du phare,
qui faisait le quart de nuit, je partageai aussi l'enthousiasme de l'excellent homme pour « son admirable feu
blanc et fixe », dont les rayons versaient sur les eaux
d'alentour une brillante lumière qui charmait le cœur
des marins en leur disant même à vingt milles de distance : « Voilà l'île Body, tenez-vous au large. » Qu'il
était beau de se promener sur la galerie du phare et de
voir le ciel! de voir à l'est l'infini de l'Océan, à l'ouest
les eaux du Grand-Sound et les côtes marécageuses qui
s'étendaient à plusieurs milles de distance! Au-dessous
de moi, j'entendais le doux gloussement de l'oie du
nord (*anser hyperborus*) qui, ayant abandonné son nid
sur les terrains désolés de l'Amérique polaire, verait
maintenant prendre sa pâture dans ses quartiers d'hiver,
sur les étangs salés et peu profonds, tandis que le murmure des vagues se perdait sur le rivage. Au-dessus le
ciel se parsemait d'étoiles dont les merveilles resplen-
dissantes semblaient presque m'appartenir.

Ainsi perché sur ce frêle édifice, sur une étroite langue de sable qui se perdait au large, toutes les pensées qui naissent dans la solitude remplissaient mon esprit, lorsque ma rêverie fut interrompue subitement par une exclamation du capitaine Hatzel qui, en ouvrant la porte et plongeant dans l'Océan la puissance de ses regards, s'écria :

« Je le vois, oui, c'est lui ! c'est le feu d'Hatteras, à trente-cinq milles d'ici ; ce soir 13 décembre, c'est la première fois que je l'aperçois. Dites-le au gardien d'Hatteras quand vous irez au cap. »

Je reçus du capitaine Hatzel divers renseignements du plus grand intérêt sur les habitants du Sound. Quelques-uns d'entre eux, me dit-il, ont du sang indien dans les veines, et pour me prouver la vérité de cette assertion, il me montra un livre bien fatigué de l'*Histoire de la Caroline du Nord,* par D. D. Hawks ; j'y ai trouvé des faits qui ont tout l'intérêt d'un roman. Sir Walter Raleigh avait rêvé de coloniser la côte de la Caroline du Nord, comprise alors dans le *dominion* de Virginie, et quoique plusieurs expéditions eussent été entreprises dans ce dessein, aucune d'elles n'avait réussi. Une de ces expéditions envoyées par sir Walter à l'île Roanoke se composait de cent vingt et une personnes, dont dix-sept femmes et six enfants. De tout ce monde, il n'était revenu que deux hommes dans la mère patrie ; le sort des autres restait inconnu, enveloppé dans les teintes sombres du mystère. L'Angleterre ne pouvait pas cependant abandonner ses enfants et les laisser périr sans faire au moins quelque effort pour venir à leur secours.

Le 20 mars 1590, trois navires partirent de Plymouth :
le *Hope-Well*, le *John-Evangelist* et le *Petit-John*, prenant à la remorque deux embarcations qui se perdirent
plus tard à la mer. Dans ce temps-là, les plus grands
navires ne jaugeaient pas plus de cent à cent cinquante
tonnes. Cette expédition était sous le commandement de
l'amiral John White, gouverneur pour sir Walter Raleigh
de la colonie de Roanoke Island, celui qui avait laissé la
petite troupe sur l'île, en 1587. Il fallut trente-six jours
et huit heures à ces navires pour arriver à Hatorask,
plage d'Hatteras. Ils jetèrent l'ancre à trois lieues du
rivage, et ils envoyèrent un canot bien armé dans le
Pamplico-Sound.

Il existait alors des passes créées par l'Océan, qui
permettaient d'entrer dans les Sounds, mais qui ont été
comblées depuis par l'action de la mer. L'ancienne passe
Roanoke, fermée aujourd'hui, qui était à quatre milles
au nord de la passe actuelle Oregon, est, suppose-t-on,
celle que prenaient les navires envoyés par sir Walter Raleigh. A l'entrée sud de la baie, près de Ballast-Point
(*pointe du lest*), plusieurs de ces navires ayant fait côte
jetèrent leur lest de pierres par-dessus le bord, d'où
le nom de la pointe. Le capitaine Hatzel a étudié ces
pierres, et dans son opinion de vieux pilote, elles sont
d'origine étrangère. Jamais il n'en a vu de pareilles, et
il croit que ce lest a été laissé à Shallowbag-Bay par
quelques-uns des navires des expéditions de sir Walter
Raleigh.

Comme l'équipage du canot dont il a été fait men-
tion plus haut se dirigeait sur le nord de l'île Roanoke,—

rendue célèbre, deux cent soixante-douze ans plus tard, par la guerre de sécession, — les marins sonnèrent de la trompette et chantèrent des airs populaires, espérant qu'ils se feraient entendre de leurs compatriotes, sur la côte; mais les marais et les dunes ne leur envoyèrent aucune réponse.

Dès le matin, de bonne heure, les explorateurs prirent terre sur l'île Roanoke; elle a douze milles de long sur deux et demi de large. Ils retrouvèrent la place même où l'amiral White avait laissé la colonie en 1587; faisant les recherches les plus actives pour découvrir les souvenirs de ceux que l'on avait perdus, ils rencontrèrent bientôt sur le sol de l'île l'empreinte de mocassins de sauvages; mais ce fut en vain qu'ils cherchèrent des traces de l'homme civilisé. Qu'était-il arrivé à leurs compatriotes?

A la fin, l'un d'eux découvrit sur une plage sablonneuse un arbre qui avait été incendié et gravé; il ne portait que ces trois lettres : C. R. O., mais elles représentaient un monde d'hypothèses. Trois ans plus tôt, au moment des tristes adieux, et quand les navires étaient prêts à mettre à la voile pour l'Angleterre, la petite troupe, destinée à lutter dans les déserts du nouveau monde et ayant le pressentiment du malheureux sort qui peut-être l'attendait, était convenue d'un certain repère avec l'amiral White, lui promettant que si elle était réduite à la famine sur l'île, elle transporterait la colonie à cinquante milles dans l'intérieur des terres, près d'une tribu d'Indiens amis. La vérité, c'est qu'avant même le départ des navires pour l'Angleterre, elle avait déjà fait

ses préparatifs d'émigration. Il avait été arrêté avec
l'amiral que l'on graverait sur un arbre le nom du lieu
où l'on devait se rendre, et que, en cas de détresse, il
serait ajouté une croix au-dessus des lettres. Se réunis-
sant avec anxiété autour de cet intéressant souvenir de
compatriotes perdus, ils reconnurent ces caractères, mais
ne découvrirent aucun vestige de croix. Le petit détachement, poussant plus loin ses investigations, vit bientôt dans
le sentier même où il était engagé, un arbre magnifique
dont la tête touchait au ciel, comme pour lui rappeler les
épreuves de ceux que l'on cherchait. En se rapprochant
de ce géant des forêts, qui avait bravé les ardeurs de tant
d'étés et les tempêtes de tant d'hivers, ces hommes virent
qu'il portait un message pour eux. Dépouillé de son écorce
à cinq pieds au-dessus du niveau du sol, on pouvait lire
sur le tronc dénudé, et écrit en grandes lettres, « Croatan », et là, comme dans l'autre cas, il n'y avait pas de
croix. On en conclut que les colons avaient exécuté leur
premier projet, et qu'ils étaient maintenant au milieu
de la tribu amie des Croatans. L'équipage du canot se
décida, quel que fût alors le lieu de campement de
la tribu, à retourner tout de suite à bord, pour
recommencer, dès le lendemain, de nouvelles recherches.

Un des navires, en changeant de position dans le
mouillage où il ne trouvait pas un abri suffisant, avait
été obligé de larguer son câble en laissant son ancre au
fond de la mer; c'était la seconde que l'on perdait. Le
vent poussant les navires à la côte, une troisième ancre
fut mouillée; mais la petite flotte se trouvant trop

près des brisants, les marins durent encore larguer le câble et manœuvrer pour trouver un chenal dans des eaux plus profondes où l'on pourrait se mettre à l'abri.

En discutant la question de savoir si l'on tiendrait bon, car les provisions se faisaient rares, vu qu'il n'y avait plus qu'une pièce d'eau à bord, et qu'enfin il ne restait plus qu'une seule ancre pour toute la flotte, on décida de faire route au sud, en quête d'un lieu où l'on pût trouver de l'eau. Le conseil avait l'espoir de capturer des navires espagnols dans les parages des Indes occidentales, et il fut résolu que si l'on réussissait, on retournerait avec les prises chercher les compatriotes exilés. L'un des navires retourna en Angleterre, pendant que l'amiral se rendit avec les deux autres à l'île de la Trinité; telle fut l'issue de la dernière tentative faite pour retrouver les colons.

Plus d'un siècle après que l'amiral eut abandonné sa colonie, Lawson disait, en parlant des Indiens d'Hatteras : « Ils assurent que plusieurs de leurs ancêtres étaient blancs, et qu'ils savaient lire et écrire dans un livre, comme vous et moi; l'exactitude de cette assertion se trouve confirmée par la couleur exclusivement grise de leurs yeux. Ils sont extrêmement fiers de leur parenté avec les Anglais, auxquels ils sont prêts à rendre toutes sortes de bons services. Il est probable que l'insuccès de la colonie tint au manque de secours de l'Angleterre, ou bien qu'il résulta de la mauvaise foi des indigènes, car nous devons raisonnablement supposer que les Anglais avaient été forcés de cohabiter avec eux, et qu'ils se sont conformés avec le temps aux mœurs de leurs familles indiennes. »

Le docteur Hawks dit aussi que « ceux qui survécurent perdirent, hélas ! en se fondant avec les tribus à Croatan, toute tradition du christianisme et de la civilisation ; car ceux qui étaient allés répandre la lumière dans les ténèbres du paganisme y retombèrent à leur tour ». C'est une triste peinture de la nature humaine !

Il n'était pas besoin des violentes rafales qui s'abattaient sur la tour massive et la faisaient osciller de telle sorte qu'un seau d'eau placé sur la plate-forme de la lanterne se vidait en partie, pour m'indiquer que j'étais près du cap des Tempêtes.

Ne pouvant rester plus longtemps avec mes nouveaux amis, le canot fut mis à l'eau le 16, et les deux fils du capitaine Hatzel me précédèrent, dans un bateau solidement construit, pour me ménager un passage dans la glace qui s'était déjà formée sur les eaux tranquilles de ces parages. Nous fûmes bientôt dans le Sound, où les jeunes gens me laissèrent. Je doublai la pointe sud de Roanoke, et je me trouvai lancé sur la grande nappe du Pamplico. Afin d'éviter les bas-fonds, et comme il faisait calme, je restai à une distance d'environ trois milles de la plage, par trois pieds d'eau, jusqu'au delà de l'île Duck, où alors les arbres de l'île Roanoke tombèrent lentement au-dessous de l'horizon. Ensuite, me rapprochant graduellement du rivage, j'aperçus les deux bouquets d'arbres qui sont au nord et au sud de Chicamicomico. Un poste de sauvetage avait été dernièrement établi au nord du premier groupe d'arbres, et il y en a un autre

à quatorze milles plus loin dans le sud. Les deux établissements de Chicamicomico ne se composent que de
quelques maisons, et ils sont séparés l'un de l'autre par
une plage de sable élevée et dénudée, d'un mille de longueur environ. Autrefois elle était couverte de bois,
mais le vent a emporté le sable sur la forêt et l'a détruite.
Dans un de ces villages, un moulin à vent tendait ses
ailes à la brise.

A trois milles au-dessous se rencontre Kitty-Mitget's
Hammock, où quelques cèdres rouges et des chênes
verts indiquent au voyageur l'étendue de la forêt, qui
autrefois couvrait la plage. C'est la résidence du capitaine Abraham Mooper; il est à la tête d'une pêcherie
de maquereaux qui sont ensuite salés et envoyés sur les
marchés de l'intérieur. Je venais de haler le canot dans
les joncs pour m'assurer un abri pendant la nuit; mais
le vieux capitaine, dans sa ronde, me fit son prisonnier.
Changer un lit dans un marais de joncs humides contre
une bonne place auprès de la plus grande cheminée que
j'eusse jamais vue, c'était à coup sûr une chose bien
agréable. Le manteau de la cheminée occupait presque
tout un côté de la salle. Tandis que le feu flambait,
j'allai m'asseoir sous le manteau même de cette cheminée
avec les enfants de mon hôte, et je jouis avec eux du
bon effet produit par les épaves d'un navire perdu sur
l'estran, tout près de Kitty-Mitget. Avec quelle curiosité
ces enfants regardaient celui qui était venu de si loin
dans un bateau de papier!

« Comment fait le bateau de papier pour ne pas
se fendre? » disaient-ils; toutes les explications que je

leur donnais ne semblaient qu'augmenter leur étonnement, et je me trouvai à mon tour dans la même condition d'esprit, lorsque je voulus obtenir quelques renseignements à propos de Kitty-Mitget, qui devait
pourtant avoir dû habiter quelque part sur la place
Clark, longtemps avant la naissance du propriétaire
actuel. Nous passâmes le lendemain à pêcher le maque-
reau sur la plage où il était encore possible de le rencontrer, avant qu'il disparût pour gagner le large.
Pendant ce temps-là, les troupes nombreuses de mouettes
qui le suivent pour pêcher les débris de poisson échap-
pés à sa voracité, s'enfuyaient rapidement à la recherche
de nouvelles victuailles.

Le jeudi, départ pour le cap Hatteras. L'ancienne
chanson du marin, où il est dit que « Hatteras a toujours un grain en réserve pour qui passe au vent de sa
porte », est plus vraie que poétique.

Je n'avais fait que peu de chemin, lorsque la brise
souffla en tempête et qu'un jeune pêcheur dirigea son
bateau à voiles de mon côté, et m'invita à passer à son
bord. Nous essayâmes de remorquer le canot; mais
il se remplit d'eau, ce qui nous obligea à le prendre
avec nous. Comme nous fuyions devant le vent, passant
par-dessus les bas-fonds avec une témérité folle, je
découvris que ma nouvelle connaissance, Burnett, était
un marin aussi audacieux qu'imprévoyant. Il me raconta
comment il avait fait chavirer la goëlette de son père, en
portant trop de toile :

« On est ici d'une lenteur désespérante et que je
déteste », me disait-il.

Son histoire, qu'il me raconta, caractérise l'homme.

« Voyez-vous, monsieur, nous étions en route pour Newbern, sur la rivière Neuse, et comme nous donnions en plein dans le Sound avec toutes les voiles dehors, et que nous marchions grand train, papa me dit :

« — Lorenzo, je crois qu'un petit coup de yaupon ne me ferait pas de mal ; aussi je vais descendre et activer le feu sous la marmite.

« — Comme il vous plaira, lui dis-je.

« Alors il descend, et je prends le commandement de la goëlette. Un gros grain noir fond bientôt sur le cap Hatteras, venant du Gulf-Stream ; ce nuage ressemblait à une orfraie. Maintenant, me dis-je, je vais t'en faire voir, ma bonne vieille ! Là-dessus, je lançai en plein la goëlette dans le grain, et avant que j'eusse eu le temps de lofer, la rafale nous prit par le travers. C'était à en mourir de rire, monsieur, si vous aviez vu papa, émergeant de l'écoutille pendant que l'eau tombait en cascade par le panneau.

« — Eh bien, me dit-il avec colère, qu'est-ce qui se passe là-haut ?

« — Il ne s'agit pas de ce qui se passe là-haut, mais de ce qui arrive en bas ! On dirait, père, que nous avons chaviré.

« — Mais certainement, répondit mon père ; car, le lest ayant donné à la bande, la goëlette s'en allait la quille en l'air. Nous tournions dans l'eau, autour d'elle, comme des marsouins, et nous étions enfin parvenus à nous mettre à cheval sur son épine dorsale, lorsque papa me

9.

regarda avec une sorte de mépris et s'écria vivement :

« — T'imagines-tu par hasard, fils, être un marin prudent?

« — Prudent, peut-être pas; mais je crois être un fin matelot; on se fait plus d'honneur à perdre son bateau comme il convient à un marin, qu'à ramper et à flotter comme une tortue.

« Maintenant, étranger, vous saurez que ce vieux père prudent ne voulut plus me permettre de reprendre le gouvernail; aussi, aujourd'hui, je vais voir ma tante au cap. » Je m'aperçus que le bateau sur lequel nous marchions était un dug-out, fait de deux troncs d'énormes cyprès. Les bateaux plus grands que celui-là se composent de trois troncs, et il en est de plus petits qui sont faits d'un seul arbre.

Burnett me dit que les bateaux de charpente se démolissent si facilement sur les bas-fonds, qu'on leur préfère les bateaux dug-out, parce qu'ils sont plus durables.

Nous passâmes bientôt le hameau de Kinnakeet-Nord, ensuite Scarsborough avec ses maisons à un seul étage, puis Kinnakeet-Sud avec ses deux moulins à vent, près desquels s'élève le phare Hatteras, à l'ouest, sur une plage stérile et dénudée. Nous nous approchâmes de la côte basse et remontâmes un petit ruisseau où nous laissâmes nos bateaux pour gagner le cottage de la tante de Burnett. Après les rivages désolés que je venais de côtoyer, cette petite maison, dans son nid de verdure, était comme une étoile qui scintille dans la profondeur de la nuit. Elle était encadrée dans un épais fourré de chênes verts, de cèdres, et bordée de yaupons, dont les fruits, d'un beau rouge, brillaient sur le vert tendre des feuilles. Une bonne vieille était sur le pas de sa porte, pour faire une affectueuse réception à sa « mauvaise tête de neveu », heureuse de le revoir une fois encore chez sa vieille tante. « Oui, ma tante, dit mon ami Lorenzo, me voilà de retour comme une méchante pièce ; mais je ne reviens pas les mains vides, car, dès que j'aurai vendu ma pêche, ma vieille tante aura soixante ou soixante-dix dollars. — S'il a mauvaise tête, il a bon cœur », murmura la vieille dame sur un ton maternel, en essuyant une larme et en jetant un regard fier sur le brave garçon à l'air viril ; ensuite, elle nous invita à prendre du thé (yaupon).

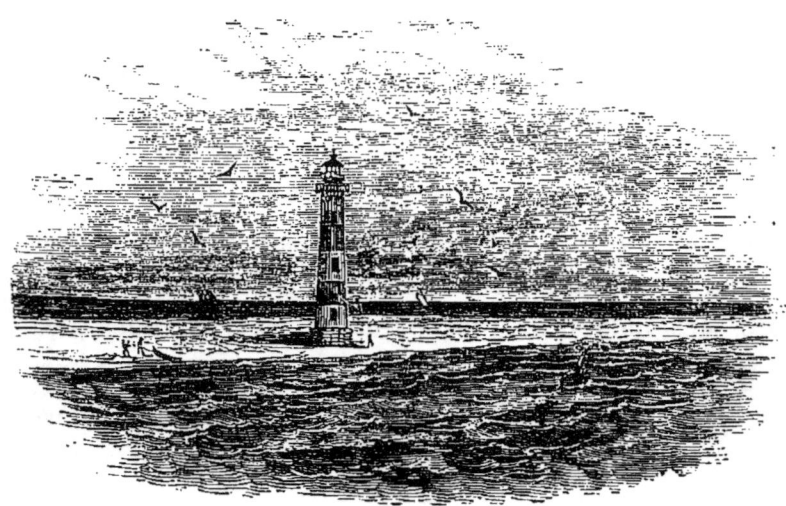

Phare de l'île Body.

CHAPITRE DIXIÈME

DU CAP HATTERAS AU CAP FEAR
(CAROLINE DU NORD)

Le phare du cap Hatteras. — Les oiseaux. — Coup de vent à la passe
Hatteras. — Des milliers d'épaves. — Le yacht *Julia* à la recherche
du canot de papier. — Chassé par les marsouins. — Le marais des
écureuils. — La passe Ocracoke. — Un cimetière absorbé par les
mers. — Core-Sound. — Trois mariages à Hunting-Quarters. —
La ville de Morehead. — Newbern. — Swansboro. — Une plantation de noix d'Amérique. — Jusqu'au cap Fear.

Le cap Hatteras occupe le sommet d'un triangle. C'est
le point le plus oriental de l'État de la Caroline du Nord,
et il pénètre plus loin dans l'Atlantique qu'aucun des
caps des États-Unis. Il forme une pointe basse, large et
sablonneuse; jusqu'à la mer et à plusieurs milles dans
l'Océan, se trouvent les dangereux écueils Diamond,
l'effroi du marin.

Le *Gulf-Stream*, dont le courant venant du golfe du
Mexique se dirige vers le nord, approche souvent dans ses
oscillations de l'est à l'ouest, à dix-huit ou vingt milles du
cap, remplissant de sa chaleur une grande étendue de l'atmosphère, mais produisant aussi de fréquents désordres
dans ces parages. Le temps n'y reste jamais à l'état
stable. Comme un grand nombre de navires cherchent
à reconnaître le feu d'Hatteras pour savoir leur vraie

Pl. VIII.

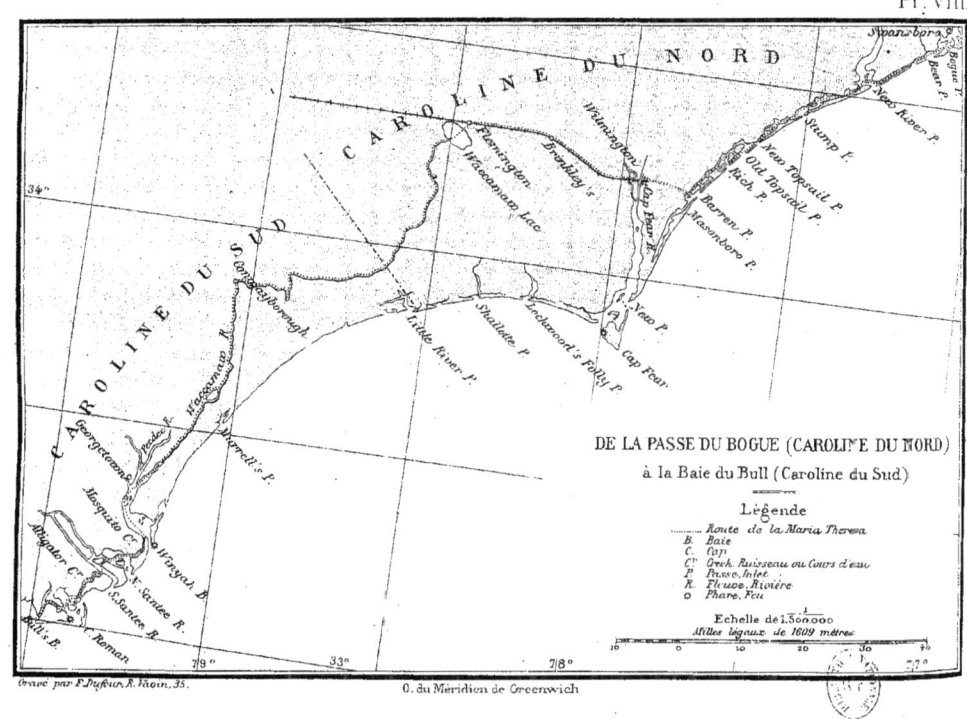

CAROLINE DU NORD

CAROLINE DU SUD

DE LA PASSE DU BOGUE (CAROLINE DU NORD)
à la Baie du Bull (Caroline du Sud)

Légende

.... Route de la Maria Theresa
B. Baie
C. Cap
Cᵏ Creek, Ruisseau ou Cours d'eau
P. Passe, Inlet
R. Fleuve, Rivière
O. Phare, Feu

Echelle de 1,500,000
Milles légaux de 1609 mètres

Gravé par F. Dufour, R. Vaoin. 35.

O. du Méridien de Greenwich

position, et parce qu'il s'avance fort loin dans l'Atlantique, le cap est devenu le théâtre de beaucoup de naufrages, et la plage, jusqu'à la passe Hatteras (quatorze milles), est jonchée d'épaves.

Au-dessus du cap, la côte court nord et sud; au sud, est et ouest. L'ancien phare a été remplacé par la plus belle tour que j'eusse jamais vue, et qui a été terminée en 1870. Elle a cent quatre-vingt-dix pieds de hauteur et un feu blanc à révolution. Le phare de l'île Body, quoique moins élevé de quarante pieds, est souvent aperçu par le gardien d'Hatteras, tandis que le splendide feu d'Hatteras n'a été vu qu'une seule fois par le capitaine Hatzel, de l'île Body. A un mille marin au sud du phare Hatteras, il existe une petite tour avec un feu, laquelle rend de grands services aux caboteurs qui le passent en suivant la ligne de sonde de dix-huit pieds, à deux milles de la terre, jusqu'aux bancs Diamond.

Puisque je parle des phares, il sera peut-être intéressant pour les naturalistes qui habitent dans l'intérieur des terres, de savoir, s'ils ne le savent déjà, que si des milliers d'oiseaux viennent se faire tuer tous les ans sur les fils télégraphiques, il y a également beaucoup d'oiseaux sauvages qui se perdent en se précipitant sur les lanternes des phares pendant la nuit. A l'île Body, j'appris du capitaine Hatzel que pendant le premier hiver qui suivit l'achèvement du nouveau phare, les oies du nord, qui passent l'hiver sur l'île, venaient souvent s'abattre sur les lames épaisses de la lanterne, et tombaient sans mouvement sur la plate-forme de la galerie. L'hiver suivant, cette erreur de leur part ne se renouvela plus, car elles semblaient connaître le danger.

Une lanterne ainsi endommagée n'a pas coûté à réparer moins de cinq cents dollars. Une oie avait brisé un des panneaux du cristal précieux en se précipitant sur les lames qui entourent la lampe. Les gardiens se postent quelquefois sur la galerie, et suivent du regard le rayon lumineux qui perce l'obscurité; ils aperçoivent alors au-dessus de leur tête quelques points noirs qui s'approchent en suivant la ligne du rayon lumineux. Ce sont des oiseaux éblouis par l'éclat de la lumière, qui s'offrent comme une proie facile aux vigilants gardiens, lesquels, braquant vivement leurs fusils et visant le nuage opaque et mobile, font bientôt, en déchargeant leur arme, tournoyer dans l'air et rouler à terre leur déjeuner du lendemain.

Au phare du cap Hatteras, je fis la connaissance de M. W. R. Jennett et celle de M. Simpson, son aide, deux hommes intelligents. Celui-ci a consacré ses loisirs à étudier les habitudes des poissons comestibles du Sound, et a adressé à la commission des pêcheries des États-Unis plusieurs notices sur cet intéressant sujet.

Là aussi je trouvai M. George Onslow, du service télégraphique des États-Unis, qui venait d'achever la construction d'une ligne de communication depuis Norfolk jusqu'à la pointe Hatteras, en suivant la plage au sud, où cette ligne télégraphique se termine aujourd'hui. Avec un bon télescope, M. Onslow pouvait reconnaître les navires à quelques milles du cap, et télégraphier

leur position à New-York. Il avait dernièrement sauvé
un navire échoué sur la côte d'Hatteras et qui, par suite
de cet avis opportun, reçut l'aide d'un bateau de sauvetage qui remit la goëlette en bonne position. Une
chaîne de petites montagnes commence au cap, tout
en arrière du phare, et s'étend presque jusqu'à la passe
Hatteras; elle est abondamment couverte de chênes
verts, de yaupons et de cèdres. Les pêcheurs et les sau-
veteurs vivent dans des maisons rustiques abritées par
ces arbres assez épais pour les protéger contre les vents
violents qui soufflent de l'Océan et du Sound.

Je fis une promenade d'une douzaine de milles dans
cette charmante et verte retraite, et passai le dimanche
avec M. H. Styron, qui tient un petit magasin dans le
voisinage de la passe. C'est un astronome qui n'a eu
d'autre maître que lui-même, et qui s'est fabriqué un
ingénieux télescope pour étudier les cieux.

Au bureau de la poste, dans son magasin, je trouvai
une lettre à moi adressée par des amateurs partis de
Newbern (Caroline du Nord) sur un yacht, pour mettre
l'embargo sur le canot de papier et imposer à son capitaine l'hospitalité des habitants de la ville de Newbern,
sur la rivière Neuse, à cent milles du cap. Le juge,
M. E. West, propriétaire du yacht *Julia*, et ses amis
avaient fait une croisière à ma recherche depuis le 11 du
mois, entre la passe Ocracoke et l'île Roanoke. Le juge
West, dans sa lettre, m'adressait une invitation très-
pressante pour célébrer le jour de Noël avec sa famille.
J'appréciai cette aimable proposition d'un étranger avec
reconnaissance, et je me décidai à aller d'abord à la ville

de Morehead, puis ensuite par le chemin de fer à Newbern, sans rien changer à la route que je voulais faire
au sud, comme il serait arrivé si j'eusse suivi la voie ordinaire par eau depuis le Pamplico-Sound jusqu'à la
rivière Neuse.

Pendant la nuit de ce samedi dépensé à la passe Hatteras, il éclata sur nous une des tempêtes les plus
épouvantables dont j'eusse été témoin, même dans les
tropiques. Ma promenade sur la côte était à peine finie,
lorsque la tourmente se déclara dans toute sa force.
S'étendant le long de la côte, des milliers d'acres de terre
furent bientôt submergés par la mer et par des torrents
d'eau qui tombaient du ciel. Pendant un instant, les ténèbres étaient sombres comme celles de l'enfer, tandis que
les éclats du tonnerre nous faisaient voir les forêts ployées
par la violence du vent, et par les flots menaçants du
Sound. La mer s'élançait sur le rivage comme si elle voulait reprendre possession du vieux Pamplico, et elle semblait dire dans sa fureur : « Je veux une nouvelle passe »;
puis, comme pour réaliser son projet, tantôt elle envoyait de grandes lames qui remontaient sur les galets
jusque par-dessus les dunes, tantôt elle faisait écrouler
les petites falaises de sable, comme si elles eussent été
de complicité avec elle pour faire disparaître cette frêle
barrière, cette étroite bande de terre basse qui sépare
l'Atlantique de la grande nappe d'eau intérieure.

La mer phosphorescente, couverte de milliers de
millions d'animalcules qui ressemblaient tous à autant de
petits phares en miniature, changeait de couleur depuis
le noir de l'encre jusqu'à l'éclat de l'argent. L'Océan s'ap-

propriera-t-il jamais ce frêle marchepied? nous demandions-nous. Nous engloutira-t-il un jour dans sa mâchoire insatiable, comme la baleine fit de Jonas? Sans trêve et sans relâche dans la tempête, elle mugissait, hurlait, gémissait, semblable à une légion de démons, si bien que, dans ce vacarme, on avait peine à distinguer le bruit des arbres déracinés et le craquement des solides chênes verts. Néanmoins, pendant cette épouvantable nuit, mon hôte se tenait à côté de sa jolie femme, près de la grande cheminée, aussi calme que si nous eussions été à l'abri derrière une montagne; il discourait des orages, des naufrages et des terribles épisodes dont cette côte désolée a été le théâtre, avec un calme qui me faisait palpiter d'horreur.

Dans l'après-midi, en parcourant cette plage, en voyant tant de débris, qui sont les pierres tombales des navires perdus, j'essayai de calculer le nombre de ceux qui avaient laissé leurs membres desséchés sur la plage d'Hatteras, depuis le temps où les navires de sir Walter Raleigh avaient mouillé au-dessus du cap, et il résulta de mes supputations qu'une ligne non interrompue de bateaux, épave sur épave, couvrirait la plage, sur des milles et des milles de long. On aurait pu construire des centaines de milles de murailles avec les débris recueillis sur la côte; les habitants de ces parages auraient été enrichis par le profit de tant de cargaisons.

Pendant cette terrible nuit, tandis que le canot était remisé en sûreté dans les joncs des marais du cap, et que son propriétaire se chauffait au bon feu du jeune astronome, dans la passe, à moins de vingt milles de nous,

sur les dangereux bas-fonds d'Ocracoke, les passagers
du yacht *Julia* étaient en danger imminent de som-
brer dans le Sound. Le brave bateau tint bon ; sa force
de résistance était grandement augmentée par tout le
lest de fer que l'on avait pu attacher à son câble. Les
lames passaient à tout instant par-dessus le bord, au
point que pas un homme ne pouvait risquer la tête par
les écoutilles. Puis, comme le bateau roulait sur les
vagues, le grand panneau céda sous le poids de l'eau, qui
envahit l'étroit espace occupé par la petite bande d'amis.
Pour un moment, le péril fut menaçant, car le navire
chassait sur son ancre, et, en se rapprochant de la côte,
il donna un violent coup de talon. Toute espérance de
revenir jusqu'à Newbern sembla être perdue, quand le
changement de la marée renvoya le yacht dans des eaux
plus profondes où il put étaler le coup de vent.

Avant le matin, le vent avait changé, et à neuf heures
je m'acheminai vers le cap ; le mardi, je m'embarquai
pour la passe Hatteras, que j'atteignis un peu après
midi. Avant d'essayer de traverser cette porte dangereuse de l'Océan, je longeai la côte de très-près, et je
m'arrêtai un moment pour reconnaître les dunes de
sable de la rive opposée, à un mille au large, lesquelles devaient me servir de repères dans la passe.
Combien de fois, pendant mes insomnies, n'avais-je pas
pensé aux dangers de cette passe redoutée et de mauvais
présage ! Elle avait déjà bien tourmenté mon imagination. Maintenant, j'y étais !

A ma droite s'étendait le grand Sound ; à ma gauche,
la plage étroite de l'île, et à travers la passe ouverte,

émergeait et mugissait le vieil Océan, qui, maintenant sous un ciel de plomb, semblait me gronder et me dire : « Attends, mon petit, que les vagues de la passe te jettent dans mes serres, et je t'ajouterai à mes autres victimes pour te punir de ta témérité. »

Après avoir étudié le courant, je ne lui trouvai pas trop mauvaise apparence ; quoique un fort jusant se précipitât à la mer, je pensai que si je traversais tout de suite, avant que la brise fraîchit, il n'y avait pas de risques trop désagréables à courir. J'attachai soigneusement la toile du bateau autour de ma taille, et je passai une sérieuse inspection des rames et des tolets. Puis, me promettant de réserver mes forces pour toutes les éventualités qui pourraient bientôt se produire, je me lançai d'une allure résolue dans la passe Hatteras. Il n'y avait aucun secours à espérer avant d'être arrivé à Styron, à deux milles de la grande terre, tandis que la côte de laquelle je me rapprochais était inhabitée, sur une distance de presque seize milles, jusqu'à un village situé à son extrémité sud, près de la passe Ocracoke.

En entrant dans les remous, je pensai aux requins, qui, au dire des pêcheurs d'Hatteras, venaient bien souvent s'en prendre à leurs rames, et les mettre en pièces ; et je me demandais en même temps si mes avirons, blancs et brillants dans l'eau, auraient la même puissance d'attraction que les hameçons argentés exercent sur les maquereaux. Ces aimables souvenirs me causaient une sensation particulière, qui m'envahissait malgré moi ; mais, pour me rassurer, j'essayai de me persuader que les requins avaient suivi les maquereaux dans les eaux plus profondes, où ceux-ci se garent du froid.

Le canot traversa d'abord le fort du jusant et entra dans des eaux où, venant du côté opposé, la marée prit le canot par le travers. J'arrivais à la jonction des deux courants, lorsqu'une rafale vint à souffler par l'ouverture de la côte, et quoiqu'elle ne fût pas très-violente, elle produisit cependant une grande agitation dans les flots. La périlleuse expérience que j'avais faite à la passe Watchapreague m'avait enseigné que dans une mer pareille, on doit ramer avec toute sa force, et qu'une augmentation momentanée de vitesse pouvait donner une p us grande légèreté au canot ; soumis à ce traitement, il bondissait d'une vague irrégulière à une autre, avec une sûreté qui calma mon anxiété. Le danger semblant diminuer, je lançai un regard furtif, par-dessus mon épaule, vers les dunes basses du rivage, afin de savoir à quelle distance la marée m'avait entraîné dans la passe. Sous le vent, l'écume des flots me révéla la présence d'un bas-fond, et me força à ramer vigoureusement afin de rentrer dans le Sound et de n'être pas jeté sur les brisants. Ce danger était à peine passé, lorsque tout à coup les flots qui m'entouraient entrèrent en ébullition ; de petites vagues s'entr'ouvraient et se refermaient en clapotant. En même temps, de grandes créatures s'é.e-vaient du fond de l'eau à plusieurs pieds en l'air, et retombaient lourdement dans la mer. Ma mince petite barque roulait et tanguait à l'aventure, lorsque ces animaux apparaissaient et disparaissaient en s'élançant du sein des vagues, plongeant sous le bateau et réappa-

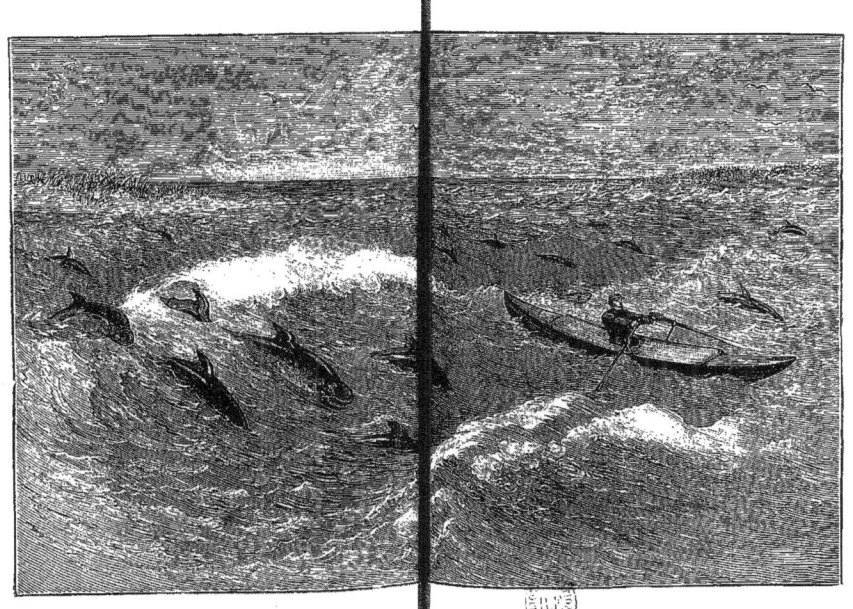

Chassé par les marsouins.

aissant sur l'autre bord ; ils fouettaient le courant de
eurs queues puissantes, et soufflaient ou lançaient de
l'eau d'une façon très-désagréable. Au premier moment,
a surprise et mon inquiétude furent si grandes que
as un de mes muscles n'obéissait à ma volonté ; le canot
ommençait à être entraîné par le courant vers la pleine
er... Cet effroi ne fut que momentané, car, ayant dé-
ouvert que mes compagnons n'étaient que des marsouins
t pas autre chose, je manœuvrai pour les éviter, aussi
ite que possible. Plus vite j'avançais, et plus ils se mul-
ipliaient, sillonnant la mer dans leurs courses folles.
ls étaient longs de cinq à sept pieds, et devaient peser
e deux cents à quatre cents livres chacun. Quoique
eurs intentions fussent courtoises, la brusquerie de
eurs mouvements sur ce théâtre si peu solide était into-
érable ; je craignais surtout les coups violents de leurs
ueues dans les plongeons qu'ils faisaient sous mon canot,
ar une plaisanterie détachée par une pareille caudalité
'aurait fait chavirer ; il y avait là le sujet d'un roman
ont la perspective n'avait pour moi rien de très-agréable.
es cabrioles des marsouins ne durèrent que peu d'in-
tants ; après qu'ils eurent convoqué leurs camarades,
t qu'ils m'eurent chassé dans trois pieds d'eau de pro-
ndeur, ils me saluèrent alors d'un adieu nasal plus
atarrhal que guttural, et s'éloignèrent pour employer
ur temps d'une manière plus avantageuse, en pêchant
ans le courant de la passe, tandis que je me réfugiais
ans une anse moins profonde, hors de l'action de la
arée, pour me reposer et me remettre des effets de ma
ayeur. Quand je me rapprochai de la côte, la marée

baissait si rapidement que le canot toucha terre, et je dus me mettre à l'eau, car je ne pouvais approcher qu'à quelques pieds du rivage.

A cinq milles de la passe Hatteras, je découvris une hutte de gazon abandonnée, que les pêcheurs occupent au mois de février, lors de la pêche aux aloses, et comme le vent du sud soufflait de la mer, que la pluie tombait, cette cabane dut me servir de refuge pour la nuit.

Cet édifice, à la mode de Robinson Crusoë, est construit sur des terrains bas, près du Sound, tandis que des falaises à l'aspect désolé, abrupt, sans arbre et sans végétation, qui doivent leur forme au vent, s'élèvent sur les arrière-plans. Elles me cachaient la vue de l'Océan qui, à en juger par ses mugissements sourds et mélancoliques lorsqu'il passait par-dessus les dunes, était d'assez mauvaise humeur.

Le canot halé au milieu des broussailles et solidement amarré, de peur qu'une marée perfide ne l'emportât au large, je transportai mes provisions, mes couvertures, etc., dans la hutte, qui avait grand besoin de réparations. Je m'empressai de boucher les trous dans le mur, du côté du vent du sud, avec de la terre, puis je me fis un lit avec les joncs du marais; il importait peu qu'ils fussent humides ou non, car j'étendis par-dessus un morceau de toile grasse, et mon lit se trouva fait.

On peut se procurer ordinairement de l'eau douce presque partout sur ces côtes plates, en creusant à une profondeur de deux à trois pieds dans le sable. Je commençai donc par chercher une large coquille, et l'ayant bientôt trouvée, je me mis tout de suite à la besogne.

En levant la tête, un spectacle étrange frappa mes
regards. Par un effet dont je ne pouvais me rendre
compte, chaque sommet des dunes était surmonté de
quelque objet de couleur sombre, qui se balançait et
remuait du haut en bas d'une façon bizarre. En suivant
avec attention le développement de ce phénomène, ces
objets noirs semblaient prendre la forme d'une tête, d'un
corps et de quatre jambes de cheval ; un peu plus tard,
la crête de chaque colline achevait de se couronner par
l'entrée en scène de joyeux écureuils. Puis quelques
moutons sortirent des gorges des falaises et vinrent brou-
ter l'herbe autour de la hutte, comme s'ils avaient cru à
leur isolement si loin du genre humain. Avec les moutons, les écureuils, les poneys, les oiseaux sauvages du
Sound, et la mer mugissante pour me tenir compagnie,
la nuit se passa.

La brillante lumière de la lune me réveilla à cinq
heures du main, et j'appareillai de nouveau dans des
eaux peu profondes, à marée basse, éprouvant d'abord
de grandes difficultés à tirer mon canot sur les bas-
fonds, jusqu'à ce que j'eusse trouvé plus de profondeur ;
ce ne fut plus alors qu'un exercice agréable. A midi,
j'arrivai à la terre Ocracoke, non loin du phare, lieu où
vinrent en grand nombre les gens du pays pour voir le
canot de papier, dont la prochaine arrivée avait été
annoncée par des pêcheurs.

Les femmes ici ne dédaignent pas de manier la rame,
et souvent elles partagent les travaux de la pêche avec
leurs maris. Ces vénérables dames se moquaient de
l'idée d'avoir un canot si léger et si petit. L'une d'elles

mit sa pipe de côté (en s'essuyant le nez du revers de sa
main, ce qui est un usage très-fréquent dans le Sud),
et, saisissant brusquement l'avant de mon bateau, elle
le souleva à une bonne hauteur. Après avoir contemplé
la finesse de ses formes, elle l'abaissa tout doucement
par terre en s'écriant : « Bien sûr je ne risquerais pas
ma vie à traverser un bras de mer à son bord, je vous
le promets. » Ces gens m'apprirent que le yacht *Julia*,
après s'être arrêté à Ocracoke pour demander de mes
nouvelles, était reparti pour Newbern.

Du point où j'étais au débarcadère de la passe
Ocracoke, il y avait plus d'un mille en ligne droite. Du
débarcadère jusqu'au village de Portsmouth, sur la rive
occidentale de la passe, on comptait cinq milles. Aucun
des marins qui tâtaient de leurs robustes mains les
flancs de la coque de mon canot, pour estimer sa force,
ne croyait que je traverserais le Sound jusqu'à l'autre
village sans chavirer. Un pêcheur, un homme de bon
cœur, m'offrit de transporter ma personne et mon bateau
à Portsmouth ; mais comme le jour était calme, je pris
le parti de faire encore cinq milles à l'aviron, en dépit
des sinistres prophéties de ces gens : « Ce garçon-là se
fera une bière avec son joujou de l'épaisseur d'une
coquille d'œuf ; ça ne vaut pas la vie d'un homme, etc. »
Tandis que j'approchais de la côte plate, sur le Sound,
des bandes d'oies du Canada fuyaient à une portée de
pistolet au-dessus de ma tête. Un homme dans un *dug-
out* me dit que les chasseurs du village avaient fait éclore
des œufs d'oies sauvages ; qu'elles se rassemblaient
maintenant par bandes de sept à huit cents oiseaux, et

que ceux qui volaient autour de moi servaient d'appeau à leurs congénères sauvages.

Près de la plage, une colline sablonneuse avait autrefois servi de cimetière aux générations passées; mais depuis quelques années, la marée avait fait brèche sur la côte, et emporté successivement tous les tombeaux dans le Sound. La capitaine Isaac Jennings, du New-Jersey, a décrit ce lieu en ces termes : « Je débarquai à Portsmouth, et j'examinai ce curieux cimetière. Sur le bord de l'eau reposaient les restes mortels des pères, des mères, des frères et sœurs de la population de ce village; ils étaient là tout près. Mais ces tristes reliques de leurs ancêtres pouvaient être emportées morceau par morceau par les invasions de l'Océan. Pendant que je regardais mélancoliquement les couches de cercueils déterrés par la mer, des êtres luisants comme des joyaux semblaient briller entre les fissures des cercueils en ruine, et lorsque j'arrachai une de ces planches de bois vermoulu, je vis une bande de crapauds aux yeux étincelants, rangés en assemblée solennelle sous ces débris d'os et de squelettes. »

L'île de Portsmouth a presque huit milles de longueur. La passe de Whalebone est à son extrémité sud, mais elle n'est pas suffisamment profonde pour être utilisée par la navigation. Les passes Hatteras et Ocracoke admettent, au contraire, des navires qui vont au large. Il y a trente-huit milles de la passe Whalebone au cap Lookout, qui s'avance comme un coin dans la mer, à presque trois milles de la grande terre, et il n'y a pas un autre passage à travers cette plage étroite, qui puisse être

de quelque utilité pour les navigateurs. En suivant la
côte pendant onze milles jusqu'au cap Lookout, il y a
bien une passe ; mais à cause des dangers de son chenal,
elle ne rend aucun service.

Partant de Portsmouth, le canot entra dans le Core-
Sound, qui devint de plus en plus étroit dès que
j'eus franchi les récifs de la passe Whalebone, soit à
l'aviron, soit à gué, sur les bas-fonds. La nuit approchait ; je suivais une rive dénudée, mais enfin, à ma
gauche, je découvris une maison, la seule qu'il y ait,
sur une étendue de seize milles, en suivant le bord de
la mer. Elle était occupée par le patron d'une goëlette
mouillée à une longue distance, vu le peu de profondeur de l'eau. Des falaises de sable abritaient le cottage
contre les brises dangereuses du large. J'étais encore très-
éloigné du caboteur, quand j'aperçus un point noir qui
rampait sur un monticule de sable blanc ; une fois arrivé
au sommet, il resta immobile pendant que je ramais et me
mettais à l'eau pour faire prendre terre à mon canot.
Lorsque je l'eus remisé haut dans les broussailles, je
mis mes couvertures et mes cartes sur mes épaules, et
me dirigeai du côté du point mystérieux ; en m'en rapprochant, je vis que c'était un homme en sentinelle. Il
ne bougea que lorsque j'eus atteint la hauteur ; alors,
glissant jusque sur le sable de la rive, il s'écria gaiement : « Ah ! je croyais bien que c'était vous ! C'est lui,
pensais-je, que j'aperçois à quatre milles d'ici... Je me
suis tout d'abord demandé : Est-ce seulement une
épave qui est sur l'eau ? mais j'ai distingué votre tête et
vos épaules ; oui, me disais-je, c'est un homme, bien

sûr; mais où est son bateau? Vous voyez bien que je
ne pouvais pas voir votre canot, tant il est bas sur
l'eau. Au premier moment j'ai cru qu'un homme se sau-
vait sur une pièce de bois, mais bientôt après le bateau
brillait au soleil, et je me dis à moi-même : Je donne
ma langue aux chiens si ce n'est pas lui. Dernièrement
j'étais remonté à Newbern, avec ma goëlette, et là j'ai
appris qu'il y avait un homme qui descendait la côte à
la rame dans un canot de papier, par suite d'un pari.
Le bateau ne pesait que cinquante-huit livres, préten-
dait-on, et le canotier quatre-vingts livres seulement.
Maintenant que je vous vois, je crois que vous pesez
plus que cela, sans tenir compte du bateau. »

En assurant à ce jeune homme que c'était bien moi en
personne, et que les habitants de Newbern avaient
abusé quelque peu de sa crédulité, nous nous rendîmes ensemble à la maison du capitaine James Mason ;
lui et sa famille me reçurent avec une extrême bonne
grâce, de bon feu et un joyeux souper. Bien que je
fusse un inconnu pour eux jusqu'à mon arrivée dans le
Core-Sound, ils m'accueillirent avec autant de cordialité que l'eussent fait de vieux amis.

A un demi-mille au-dessous de la maison du capitaine, une nouvelle brèche avait été faite depuis peu de
temps dans la plage par l'Océan ; vingt ans auparavant, une ouverture du même genre s'était produite
à la même place; pendant la durée de sa courte existence, elle était connue sous le nom de passe Pillin-
tary. Le lendemain je traversai le Sound, qui, là, est
large de quatre milles, et je suivis la côte jusqu'à un

village habité par des pêcheurs, qui porte le nom de
Hunting-Quarters. Les maisons étaient très-petites, mais
par contre les cœurs de ces braves gens étaient très-
grands. Ils vinrent au-devant de moi, et emportèrent le
canot dans l'unique magasin du voisinage. M. William
Steward, qui en était le propriétaire, insista pour me
faire partager sa chambre de garçon, dans une pièce
qui n'était pas encore terminée et qu'il s'était réservée
dans ce local. Mon jeune hôte avait tout au plus vingt
ans ; il me dit avec la naïveté de son âge : « Je suis tout
seul ici ; en mourant, le père m'a recommandé de ne
jamais laisser passer à ma porte un étranger sans lui
offrir l'hospitalité de mon foyer, si modeste qu'il fût.
Aujourd'hui, vous arrivez juste à temps pour la fête,
car, par un heureux hasard, nous avons trois mariages
pour ce soir, et tous les gars et les filles du voisinage
seront à Hunting-Quarters. »

Je m'excusai doucement, en alléguant que je n'avais
pas reçu d'invitation ; sur quoi le jeune homme se mit à
rire de tout son cœur, en s'écriant : « Une invitation !
mais personne n'en fait ici ! Quand il y a une fête dans
une maison, tout le monde y va sans être convié ; vous
voyez, nous sommes tous voisins. A Newbern et à
Beaufort, et dans d'autres *grandes* villes, les gens ont
leurs coutumes, mais ici tous sont des amis. »

Là-dessus, nous nous rendîmes à une petite maison
de la forêt de pins, où deux cœurs allaient bientôt être
unis. L'unique pièce du premier étage était remplie de
monde. Le ministre n'était pas arrivé, et l'assemblée
s'occupait à regarder le jeune homme et sa jolie fiancée,

assis tous deux sur des chaises au milieu de la compagnie avec les bras entrelacés, sans dire une parole à personne. Le poids de tout ce monde commençait à faire ployer le plancher, et comme deux poutres faiblissaient visiblement, je pensai à m'esquiver par la fenêtre, croyant que nous allions être précipités dans la cave. Mais le bon naturel de ces braves gens ne prit aucun souci des craquements du bois, ils se contentaient de dire : « Ah ! nous serons bientôt par terre ! » Lorsque je demandais ce qu'il adviendrait si nous étions précipités dans la cave, un jeune campagnard me répondit de l'air le plus gai : « Un cellier, capitaine, mais il n'en existe dans aucune des maisons de Hunting-Quarters à trois milles à la ronde. Dans tout le pays environnant, on ne se sert pas de cellier. »

J'avais à côté de moi un jeune pêcheur, qui, au retour d'un long voyage, débordait de tendresse pour toutes les jeunes filles présentes : « Oh ! mes belles, s'écriait-il, vous ne vous doutez pas combien je suis heureux de vous voir une fois de plus ! » Puis, prenant dans ses bras une jeune fille aux yeux bleus, laquelle essayait en vain de lui échapper, il ajoutait : « O marin qui t'es exposé à tant de fatigues, ton repos est ici ; comment pourrais-tu t'éloigner encore ! » Cette déclaration sentimentale fut interrompue par une dame âgée, qui allongea son bras par-dessus mon épaule ; puis, adressant un sermon d'un ton de reproche au galant marin, elle lui dit : « Sam, vous êtes fou ! Vous ne vous appartenez plus ce soir, et cela en présence du capitaine du bateau de papier. Si j'étais à marier, j'éviterais votre compa-

gnie, car vous êtes trop familier. » Le coup et l'observation tombèrent comme de la pluie sur la tête et le cœur
du marin, qui riposta : « Je connais mes avantages à
Hunting-Quarters, où il y a beaucoup de femmes et peu
d'hommes. »

Cette phrase, dont tout le monde comprenait la jus-
tesse, provoqua dans la foule de grands éclats de rire
qui se calmèrent à la nouvelle, donnée par un petit
garçon, de l'arrivée du ministre; sur quoi le révérend
s'ouvrit un passage à travers les assistants jusqu'au
jeune couple, qu'il invita à se lever. Après quelques
paroles précipitées du clergyman et les réponses timides
des fiancés, la cérémonie était terminée. Ensuite
la foule sortit en masse de la maison, chaque garçon choisit une jeune fille, et chaque couple se rangea
en procession à la tête de laquelle se plaça le clergyman, qui se rendit par une route sablonneuse à une
autre maison située dans le bois, où un second mariage
allait être célébré. C'était comique de voir les jeunes
garçons quitter la procession et courir au village pour y
acheter à vingt-cinq cents la livre des dragées, qui con-
tenaient plus de plâtre que de sucre. Dès que leurs
poches étaient remplies, ils venaient reprendre leur rang
dans la procession, mettaient beaucoup de bonbons dans
les tabliers des jeunes filles, puis, un instant après, ils
recommençaient le même manége, faisant pleuvoir sur
leurs belles des gâteaux, des raisins, des noix et des
oranges. Le seul garçon qui paraissait n'être pas en
faveur aux yeux des femmes dépensait plus d'argent
que tous ses autres camarades; mais, bien que chaque

jeune fille le reçût avec un mot piquant ou un coup
de coude, aucune d'elles ne refusait cependant les
sucres d'orge qu'il leur offrait ou que même il mettait dans les poches de leurs robes. La seconde cérémonie fut célébrée en trois minutes, et le prédicateur, fatigué de sa longue marche dans les bois, demanda à
souper. Tandis qu'il était à table, les jeunes filles causaient ensemble, les dames âgées s'offraient du tabac
avec de petites cuillers de bois, et le mettaient dans le
coin de leur bouche, après en avoir pris une prise,
comme elles disaient. Les garçons, informés que l'offi-
ciant avait retardé d'une heure le troisième mariage,
décampèrent gaiement pour aller encore chercher des
bonbons au magasin de M. Stewart. Je demandai, dans
l'intérim, comment il se faisait que jeunes gens et jeunes
filles fussent en pareille intimité. « Oh! capitaine,
répliqua la personne à qui je m'adressais, vous voyez
que nous grandissons tous ensemble, et que nous
sommes élevés dans le sentiment fraternel ; l'attache-
ment fait naître la sympathie. Les frères aiment leurs
sœurs, à leur tour les sœurs aiment leurs frères ; c'est
parfaitement naturel. Voilà toute l'histoire, capitaine.
Et chez vous, comment cela se passe-t-il ? » Le prédicateur,
ayant déclaré qu'il n'avait plus faim, prononça ces mots :
« Le meilleur de tous les régimes, c'est ni trop, ni trop
peu. » Après quoi la jeunesse se forma en ligne, et l'on
repartit encore une fois pour la cérémonie du troisième
mariage, qui fut célébré en aussi peu de temps que les
deux autres. Le ménétrier se mit à racler les cordes de
son instrument, et la danse commença. Les jeunes filles

frappaient et remuaient. leurs pieds à peu près comme
les garçons. Bientôt quatre ou cinq d'entre elles quit-
tèrent la danse et allèrent s'asseoir dans un coin, en
faisant la moue. Mon compagnon m'expliqua que ces
demoiselles étaient un peu collet monté. depuis qu'elles
avaient été au bal deux ou trois fois à la ville de Newbern, où l'on avait une autre tenue, et où l'on ne trouvait
pas convenable pour une jeune fille de frapper le sol
avec ses talons, etc., etc.

Combien de temps le bal dura-t-il, c'est ce que je ne
saurais dire ; car la perspective d'une longue course
pour le lendemain me décida à me retirer de bonne
heure au magasin ; mon sommeil fut interrompu par un
bon vieux couple qui venait m'inviter à prendre le thé à
une heure et demie du matin. Ne voulant pas blesser les
sentiments de ces excellentes personnes, je répondis à
l'appel *in propria persona,* et je m'aperçus que c'était la
mère de la fiancée n° 1 qui m'adressait cette invitation.
Une table bien garnie occupait le milieu de la chambre
où quelques heures auparavant le plancher menaçait de
s'effondrer sous le poids de la foule curieuse, et là,
assis, comme je l'ai déjà décrit, étaient le fiancé et la
fiancée, indifférents sans doute au changement de scène,
tandis que la mère de la mariée, en se balançant dans
son fauteuil, disait d'un ton dolent : « Oh ! John, si vous
aviez épousé l'autre, j'aurais été vite consolée, mais celle-
ci faisait le bonheur de ma vie ! »

A la pointe du jour, le canot entra dans le Sound,
en suivant la côte occidentale, qui était égayée par le
brillant soleil du jour de la naissance de Notre-Seigneur.

A midi, sans y faire attention, j'avais franchi l'embouchure de la passe qui sépare l'île Harker de la grande terre, et je côtoyai l'île qui est près du Fort-Macon, dans l'intérieur de l'angle formé par le cap Lookout. Je vis qu'il m'était impossible d'arriver ce jour-là à Newbern, *via* Morehead, et j'amarrai le canot à l'extrémité de l'île Harker; je déjeunai là à deux heures, suivant la coutume fashionable, entouré d'hommes, de femmes et d'enfants; ma manière de cuire mes conserves et de faire du bouillon de bœuf en aussi peu de temps, non moins que le canot de papier, inspiraient aux insulaires une grande admiration. Ils étaient d'abord un peu intimidés devant cette apparition, — qui semblait être tombée d'une façon merveilleuse sur leur rivage, — et ils la contemplaient avec des yeux brillants de curiosité.

J'expliquai ensuite à ces gens les différents moyens d'utiliser le papier, même pour payer les dettes colossales des nations. Peu à peu mon auditoire devint très-sympathique, et je fus invité au dîner du Christmas dans leur cabane, au milieu des bouquets d'arbres, près du rivage, et l'on me pressa de retarder mon départ jusqu'au soir. Nous prîmes cependant congé les uns des autres, eux m'aidant à lancer mon bateau, et moi les remerciant de leur obligeance; ils m'envoyèrent un joyeux adieu quand je mis le cap sur Beaufort, devant lequel je passai dans l'après-midi, sans autre incident.

A trois milles plus au sud, se trouve la jetée du chemin de fer de la ville de Morehead, dans le Bogue-Sound; arrivé là, une foule empressée vint prendre mon canot pour le porter à l'hôtel. Je reçus bientôt un télégramme du directeur du chemin de fer de Newbern, qui m'offrait un passage gratuit par le premier train du lendemain.

Je crains d'abuser de la patience du lecteur qui a bien voulu me suivre depuis les régions glacées du Saint-Laurent jusqu'ici ; mais, n'était la crainte qu'il me fausse compagnie, je me donnerais le plaisir de lui raconter en détail comment j'ai passé une semaine à Newbern ; comment on venait, même de l'intérieur, pour voir le canot de papier ; comment, doutant de ma véracité, des gens se cachaient sournoisement pour le gratter avec la lame de leur couteau, ne tenant pas compte qu'il avait encore à naviguer dans beaucoup de passes dangereuses, et que son propriétaire devait naturellement préférer qu'il restât solide et étanche, plutôt que lardé de coups de couteau. Les vieillards eux-mêmes n'étaient pas moins enthousiastes, et lorsque je venais à m'éloigner de mon petit bateau, une ambition insurmontable s'emparait d'eux ; au risque de le détruire, ils montaient dans la frêle coquille, qui était déposée sur le plancher. Je ne pus faire comprendre à un habitant de Newbern que lorsque le bateau était dans l'eau, il reposait sur toute sa coque, mais que, hors de l'eau, il n'avait plus pour support qu'un étroit petit morceau de bois.

« Par saint Georges, disait ce gros personnage à l'oreille d'un de ses amis, j'ai dit à ma femme que je monterais dans ce canot, quand même je devrais lui faire des avaries.

— Et, ami, qu'a dit la dame ?

— Oh! elle m'a dit : Ne faites pas de folies, Fat-
ness, ou votre ambition pourra faire parler de vous
dans les journaux. » Et là-dessus il partit d'un grand éclat
de rire.

Pendant mon séjour à Newbern, le juge West et son
frère organisèrent une grande chasse ; le chemin de fer
nous transporta à un lieu inhabité, situé à dix-huit
milles de là, où l'on trouve en abondance des cerfs et des
oiseaux sauvages. Nous passâmes toute la nuit à chasser les blaireaux. La chasse aux renards et aux cerfs
prit toute la journée. Au milieu de ces agréables passe-
temps, j'abandonnai l'étude pratique de la géographie,
qui me sembla pour la première fois quelque peu
ennuyeuse, car, grâce à la bonne volonté des habitants
de Newbern à me rappeler aux charmes de la société
civilisée, j'étais fort en train de me démoraliser, en tant
que géographe voyageur.

Pouvais-je, après avoir goûté tant d'aimables distrac-
tions, me résoudre à retourner à mes avirons avec un
seul repas par jour, et un lunch de biscuits secs ; à ne
dormir que sur le plancher d'une cabane de pêcheur où
les moustiques et bien d'autres contrariétés m'attendaient? M'étant rendu compte de la situation, je m'arrachai à l'hospitalité de mes nouveaux amis, et je repris
la route de Morehead, où j'arrivai le mardi 5 janvier,
pour descendre le petit Sound, appelé Bogue, dans la
direction du cap Fear.

A la brune, je découvris sur le rivage une cabane de
gazon élevée sur la plantation du docteur Emmett, et
qui avait été abandonnée par quelque pêcheur. Elle

me servit de refuge pour la nuit, bien que les combats et les aboiements d'une bande de chiens qui voulaient entrer par la porte ébranlée sur ses gonds, ne contribuassent pas beaucoup à mon repos.

Les cours d'eau par lesquels je devais passer devenaient très-difficiles et compliqués à mesure que j'avançais au sud. Je laissai derrière moi les eaux ouvertes du Sound, et j'entrai dans un labyrinthe de petits ruisseaux et de lagunes qui formaient un véritable réseau dans les marais, entre les dunes sablonneuses des îles et la grande terre. La carte du Core-Sound des ingénieurs hydrographes des États-Unis n'allait pas au delà du cap Lookout, et il n'y en avait par conséquent aucune pour me montrer la route de Masonboro. Je devais donc voyager maintenant d'après les renseignements *locaux,* qui sont des guides peu sûrs.

Par une pluie froide, le canot arriva au village de Swansboro, où M. Mac Lain, principal personnage du lieu, vint me prendre dans mon campement temporaire pour m'emmener à sa confortable habitation, située près de la distillerie de térébenthine.

Dans un rayon de dix milles, à l'entrée de Swansboro, il y a vingt pêcheries de mulets, lesquelles emploient chacune de quinze à dix-huit hommes. Les œufs des mulets sont salés et séchés, puis expédiés à Wilgmington et à Cincinnati. Les oiseaux sauvages abondent à Swansboro, et la chasse est très-giboyeuse ; les pêcheurs prétendent avoir vu des troupes de canards, longues de sept milles, sur les eaux du Bogue-Sound.

A l'état à peu près sauvage, les poneys des marais

paissent sur la plage, avec les cerfs et les bestiaux. Ils traversent les marais au printemps, et passent à la nage de la grande terre sur la grève, où ils restent à pâturer jusqu'à l'hiver; alors ils se rassemblent par petites troupes, et, guidés par l'instinct, ils retournent aux bois des hautes terres. En quatre jours de chasse, MM. Weeks et Taylor avaient abattu vingt cerfs en remontant la rivière White-Oak. Le capitaine Heady m'apprit que les canards et les oies qu'il tuait en un hiver lui fournissaient cent livres de plumes de premier choix. La description qu'il me fit de la passe du Bogue n'était pas de nature à me donner de grandes espérances pour la prospérité future du pays; on en peut dire autant de toutes les passes qui existent entre le Bogue et le cap Fear.

La pluie me tint renfermé jusqu'au vendredi 7 février, jour où je descendis la rivière White-Oak jusqu'au Bogue, d'où j'atteignis la passe Bear. La route que j'avais à prendre alors suivait des rivières passant au milieu des marais jusqu'à Stand-Back, près de la grande terre, où se rencontrent les courants de marées des deux passes. Au milieu de ces eaux peu profondes, je traversais des ruisseaux sinueux, encombrés de vase, d'où se projetaient des bancs d'huîtres dont les coquilles aiguës égratignaient la quille de mon canot.

En sortant des marais, la passe New-River me conduisit au milieu des nappes d'eau qui s'étendent jusqu'à la grande terre, où l'on trouve la plantation de coton du docteur Ward. Elle occupe une superficie considérable de terre cultivée au milieu de ce pays désert. On compte presque deux milles de cette propriété à la

passe. Les bas-fonds situés entre les îles marécageuses
du New-River sont couverts de bancs d'huîtres que le
canot frôlait quand je traversai l'étroite entrée du Stump-
Sound. En tournant une pointe de terre, je vis, dans un
bouquet d'arbres, bien à couvert, la cabane d'un pêcheur
d'huîtres, le capitaine Risley-Lewis, qui m'informa que
son habitation était la seule qu'on pût trouver dans le
voisinage, et il m'invita à devenir son hôte. Le lendemain mit ma patience et mes muscles à une rude
épreuve. La quantité de chenaux étroits qui, comme une
toile d'araignée, s'étendent dans les marais et forment
çà et là de nombreuses petites lagunes, rendait ma
navigation des plus difficiles. Je me perdis à diverses
reprises, et mon canot monta encore sur des bancs d'huîtres dans des eaux peu profondes, dont les fonds vaseux
n'auraient pas pu supporter le poids de ma personne si
j'avais essayé de sauter par-dessus le bord pour alléger
la petite embarcation.

Je traversai le lac Alligator, large de deux milles,
sans apercevoir un seul alligator. Le voyageur qui fait
la route du sud commence seulement à rencontrer ces
reptiles près du Neuse-River, par la latitude du Pamplico-Sound. Pendant les mois d'hiver, ils se cachent
dans les fonds vaseux des ruisseaux et des lagunes. Tous
les noirs et tous les blancs du Sud disent que lorsque
l'on prend ces grands sauriens dans leur retraite d'hiver,
il n'est pas rare de trouver dans leur estomac un tronc
de sapin; mais ils ne sauraient expliquer pourquoi le
monstre l'a avalé.

Sur une étendue de douze milles de sinueux détours,

je n'aperçus qu'un seul indice de la présence de l'homme, c'était une petite case située au pied d'une colline, près du lac Alligator. Cette maison et les défrichements qui l'entouraient, couverts de meules de grains, produit de la dernière récolte, offraient un charmant coup d'œil au canotier solitaire. Toute cette région porte le nom de Stump-Sound, y compris une nappe d'eau étroite qui ressemblait beaucoup à un lac, où j'entrai peu de temps après être sorti du lac Alligator. La passe Stump s'était formée dix-huit mois avant ma visite, et le Sound et ses tributaires ne recevaient plus les eaux de la marée que par la passe New-Topsail.

Peu de temps après avoir quitté le Stump-Sound, j'allai chercher, par une soirée froide et pluvieuse, un gîte sous un vieux hangar où sont remisés les bateaux, au débarcadère de Top-Sail. Pendant que je préparais mon campement pour la nuit, le fils du propriétaire de la plantation découvrit une merveille de laquelle il n'avait pas encore entendu parler, — un canot de papier échoué sur le sable de la grève! Excité par la curiosité et la satisfaction, il me conduisit, ma pagaie en main, par une avenue de grands arbres, jusqu'à une colline couronnée par une belle maison. C'était l'habitation de sa famille; il me quitta dès que nous fûmes sous la véranda, et se précipita dans le salon en criant : « C'est un marin qui arrive du Nord dans un canot en papier. »

Cette nouvelle mit tout le monde en gaieté : « Impossible! Un canot fait de papier! Quelle absurdité! » Le garçon néanmoins ne se laissa pas trop interloquer.

« Il est de papier, vous dis-je, car je l'ai tâté et gratté avec mes ongles, reprit-il vivement.

— Vous n'avez pas le sens commun, mon garçon; jamais un bateau de papier ne pourrait passer dans les Sounds où il serait haché, comme chair à pâté, sur les bancs d'huîtres. Et le marin qui le monte, est-il aussi de papier comme son canot?

— Ma mère, je vous ai dit la vérité. Ah!..... mais j'oubliais que le marin est là, sur les marches du perron, où je l'ai laissé. »

Un instant après, toute la famille sortait sous la véranda. Voyant mon embarras, ils essayèrent, en personnes bien élevées, de modérer leur gaieté, tandis que de mon côté je leur expliquais comment le jeune homme s'était emparé de ma personne, et comment j'allais retourner tout de suite à mon campement. Mais tout le monde s'y opposa, et la charmante femme du planteur me tendit la main, en disant : « Non, monsieur, vous ne pouvez pas retourner au sol humide de votre bivouac : vous êtes chez nous; et bien que pendant la guerre les maraudeurs des armées nous aient dévalisés, vous ne pouvez pas refuser de partager avec nous le peu qui nous est resté. » Cette dame et ses deux filles, qui avaient hérité de la beauté et de la grâce de leur mère, firent tout ce qu'elles purent pour me bien recevoir.

Le dimanche fut le jour le plus froid de la saison; la famille, dont j'étais si heureux d'être l'hôte, fit une course de sept milles dans les bois, les uns en voiture, les autres à cheval, jusqu'à la petite église qui s'élevait au milieu d'une épaisse forêt de pins.

Le lendemain, le temps devint mauvais, et le grésil gela sur les arbres, revêtant leurs branches et leurs bourgeons d'une couche de glace. Mon hôte, M. Mac Millan, eut l'obligeance de m'inviter à prolonger mon séjour chez lui, ce que j'acceptai avec bonheur ; j'appris qu'il s'occupait surtout de la culture des noix d'Amérique.

Dans la matinée du mercredi, le temps s'éclaircit par intervalles, et le givre qui couvrait les arbres cédait aux douces influences d'un vent du sud.

Toute la famille de M. Mac Millan alla se grouper sur le débarcadère pour me voir partir, et les aimables dames placèrent dans ma cambuse plusieurs friandises qu'elles avaient confectionnées elles-mêmes. A peine avais-je fait un demi-mille, que j'eus le désir de jeter un regard sur la côte, où ceux qui il y avait seulement quatre jours étaient pour moi des étrangers m'adressaient des adieux d'amis. Ils avaient été dépouillés de leur fortune, bien que le bon et vénérable planteur n'eût jamais levé la main contre le gouvernement de ses pères. Cette famille, comme des milliers de gens du Sud, payait pour le mal que d'autres avaient fait. Quoique les sentiments politiques de ce gentleman différassent de ceux de l'étranger du Massachusetts, leurs rapports sociaux n'eurent pas à en souffrir, et les opinions de mon hôte ne l'empêchèrent pas de prouver une fois de plus la générosité des gens du Sud. J'étais venu à lui comme un voyageur en quête de la vérité, avec des intentions honnêtes ; dans ces conditions, l'homme du Nord n'a pas besoin de chercher des lettres d'introduction auprès de neuf sur dix des citoyens qui forment les quinze anciens États à esclaves, lesquels couvrent une superficie de huit cent quatre-vingt mille milles carrés, et où des millions de créatures humaines désirent jouir des priviléges que la Constitution des États-Unis garantit à tous les États situés au nord de la ligne de démarcation Mason et Dixon.

Du débarcadère Sloop, sur la plantation de mes nouveaux amis, jusqu'à la passe New-Topsail, j'avais cinq bons milles à faire à la rame. Les navires d'un tirant d'eau de huit pieds, en venant de la pleine mer, avec la marée haute, peuvent y mouiller. La mer entrait par cette passe, vraie porte de l'Océan, lorsque mon canot la traversa pour prendre à travers les marais le chenal le plus rapproché qui la réunit presque directement avec la passe Old-Topsail, où l'on ne trouve qu'un entourage monotone de sables et de marais.

La première brèche ouverte était à cette heure soumise à un courant de jusant violent. De ce point, je suivis les chenaux jusqu'à la grande terre, pour arriver le soir à la plantation Emma-Mickson. Les ruisseaux devenaient moins profonds, et près de la barre où les marées des passes se rencontraient, il y avait si peu d'eau, et tant de bancs d'huîtres, que, sans cartes, la route était de plus en plus difficile à trouver. Jusqu'au cap Fear, la distance est de trente milles, et de vingt milles jusqu'au New-Inlet. De la plantation au New-Inlet, les lagunes intérieures et leurs marais portent les noms de Middle-Sound, Masonboro-Sound et Myrtle-Sound. Depuis la côte du cap Fear, en descendant pendant quatre-vingts milles jusqu'à Georgetown (Caroline du Sud), on trouve plusieurs petites passes, mais il n'y a pas sur toute cette distance d'eaux intérieures parallèles à la côte, qui puissent être utilisées par le canotier pour côtoyer le littoral ; il me fallut donc aller plus avant dans les terres, chercher un cours d'eau qui pût me conduire à la baie Winyah. C'est la première entrée par laquelle on pénètre dans le système des ruisseaux et des canaux au sud du cap Fear.

Les arbres de la plantation Nickson cachaient à ma vue la maison du propriétaire; mais au moment où je hâlais mon canot sur la côte, un troupeau de porcs vint au-devant de moi avec d'aimables grognements, comme si les sentiments hospitaliers de leur maître se fussent inoculés à toute la troupe, et la nuit se faisant de plus en plus noire, ils me servirent de guides jusqu'à la porte du planteur, où le capitaine Mosely, qui avait fait partie de l'armée confédérée, me reçut avec une cordialité toute militaire. « La guerre est finie, me dit-il, et tout homme du Nord est le bienvenu pour partager ce qui m'est resté. » Jusqu'à minuit, cet officier intelligent me raconta une multitude d'anecdotes du temps de la guerre, et les dangers auxquels il avait échappé comme par miracle, etc., etc. Son empressement à empiler des morceaux de bois dans la cheminée transformée en véritable fournaise interrompait seule la conversation. Il m'apprit, entre autres choses, que le capitaine Maffitt, de la marine confédérée, demeurait à Masonboro, sur le Sound, et que si j'allais le voir il me fournirait, en sa qualité d'ancien officier des ingénieurs hydrographes, un grand nombre de renseignements géographiques précieux et

intéressants. Cette agréable conversation ne se termina
que lorsque la femme de mon hôte nous avertit très-
gracieusement qu'il était fort tard. Avec un souhait de
bonne nuit à mon hôte, et un regret d'adieu à la mer, je
me préparai au voyage du lendemain.

CHAPITRE ONZIÈME

DU CAP FEAR A CHARLESTON
(CAROLINE DU SUD)

Portage au lac Waccamaw. — Inondations des marais. — Une nuit dans une distillerie de térébenthine. — Orfraie et gui. — Crackers et noirs. — A travers la Caroline du Sud. — Idées d'un cracker en fait d'hospitalité. — La rivière Peedee. — Georgetown. — Baie Winyah. — Plantations de riz des rivières Santee. — Une nuit avec les noirs de Santee. — Arrivée à Charleston.

Pour atteindre le point le plus rapproché où je pusse m'embarquer, il fallait faire un portage. Je me rendis à la station du chemin de fer de Wilmington, située à une distance de douze milles, avec mon canot bien casé sur un lit de son, dans un haquet à un cheval et à temps pour prendre le train du soir à Flemington, sur le lac Waccamaw. L'aimable agent général de l'exploitation, M. Pope, m'autorisa à transporter mon bateau dans le wagon des bagages, où je fus obligé de le maintenir pendant trente-deux milles pour le protéger contre le frottement causé par le mouvement du train, car malheureusement le wagon n'était pas couvert.

M. Pope avait eu l'obligeance de télégraphier aux quelques familles qui habitaient sur les bords du lac : « Prenez soin du canot de papier. » Aussi, dès que j'arrivai à destination, j'entendis d'aimables voix qui, à

11.

travers l'obscurité, m'offraient l'hospitalité de l'excellent
hôtel de MM. Brother, à la station de Flemington.
Après que M. Carroll eut mis le canot de papier à l'abri
dans son magasin, nous nous réunîmes tous autour d'une
table à thé, avec autant de cordialité que si nous eussions été de vieux amis.

Le lendemain, nous portâmes la *Maria-Theresa* sur
nos épaules jusqu'au petit lac, dont le long et sinueux dé-
versoir envoie ses eaux et ses noirs cyprès à la mer. Un
des fils de M. Short, propriétaire de quelque soixante
mille acres des marécages du Waccamaw, me prit sur
son yacht en compagnie de quelques-uns de ses amis,
et me fit ainsi traverser le lac jusqu'à mon point de
départ. Il était alors midi ; notre petite bande fit un goûter sous les grands arbres qui croissent sur les rives
basses du Waccamaw. Un peu plus tard vint le moment
des adieux ; puis le canot se lança dans le courant
tourbillonnant qui se précipitait hors du lac, par une
étroite ouverture, dans un grand et sombre marais.
Avant de nous séparer, M. Carroll m'avait remis une
lettre pour M. Hall, qui dirigeait une distillerie de térébenthine située sur ma route. « Il y a vingt milles à
faire pour arriver chez mon ami, me dit-il ; mais en
droite ligne, il n'y en a réellement que quatre. » Tel est le
caractère du Waccamaw, la plus tortueuse des rivières.

Je ne m'étais jamais trouvé dans un courant rapide et inégal ; aussi fus-je obligé de laisser mes
rames et de prendre la pagaie pour avoir la faculté
de regarder devant moi, car les tournants de la rivière étaient si brusques que j'aurais pu me croire

enfermé de tous côtés. Le canot descendit ainsi les eaux
noires, sinueuses et impétueuses du Waccamaw, sous
une forêt d'arbres gigantesques qui couvraient le grand
marais et me cachaient la lumière du jour. Les marais
étaient inondés, et comme l'eau se déversait des fourrés
dans la rivière, ils présentaient par place le spectacle
incompréhensible d'eau qui remonte le courant sur un
terrain parfaitement plan, bien que le sol n'ait aucune
pente. Des festons de mousse d'Espagne, descendant
de branches d'arbres gigantesques, donnaient un aspect
funèbre à la sombre forêt, pendant que les chouettes
criaient comme en pleine nuit. Le gui, avec ses grappes
laiteuses et couleur de cire, en couvrant les branches
de beaux arbres, prêtait aux bois l'air d'une forêt drui-
dique. J'avais fait seize milles à la pagaie, depuis le lac,
et je n'avais encore rencontré qu'une seule parcelle de
terre solide, s'élevant au-dessus de l'eau, lorsque, après
l'avoir franchie, je fus emporté pendant quatre milles
par ces eaux turbulentes jusqu'à un point où des
radeaux de bois bloquaient la rivière, et où les rives
sablonneuses couvertes des pins du haut pays empié-
taient sur les basses terres. C'était Old-Dock, avec sa
distillerie de térébenthine, dont la cheminée envoyait au
loin des vapeurs résineuses.

Le jeune M. Hall lut la lettre dont j'étais porteur,
et il m'invita à partager sa demeure temporaire construite en planches non rabotées; elle contenait deux
bonnes chambres et une vaste cheminée, où le bois des
pins, tout imprégné de térébenthine, brûlait comme un
feu de joie.

J'avais fait vingt milles en trois heures; mais l'honneur de cette vitesse revient tout entier à la rapidité du courant. Mon hôte ne me parut pas très-amoureux de la solitude à laquelle il était condamné. Ses chefs l'avaient envoyé de Wilmington pour diriger et protéger leur exploitation de térébenthine, située dans une forêt déserte d'une superficie de quatre mille acres qui étaient évalués, avec la distillerie, à cinq mille dollars. Un vieux noir qui conduisait l'alambic remplissait en même temps les fonctions de cuisinier ; il était le seul compagnon de M. Hall.

Nous venions de terminer notre frugal repas, quand un homme à cheval, criant dans l'obscurité, vint à la maison. Ce personnage, quoique très-ivre, représentait l'ordre et la loi dans ce district, et en effet j'appris que ce Jim Gore était un juge de paix. Il me salua d'une façon très-bruyante. S'étant assis près du feu, il demanda encore une fois la bouteille. Son estomac, disait-il, était aussi altéré qu'un four à chaux, et bien que l'eau soit capable d'éteindre la chaux, il demandait quelque chose de plus actif que l'eau pour éteindre le feu qui le dévorait intérieurement. Il eut toute sorte de défiances lorsque M. Hall lui parla de mon voyage en canot. Après m'avoir toisé de la tête aux pieds d'une manière aussi assurée que son état le lui permettait, le squire me dit vivement : « Je vois bien, étranger, que cela ne peut pas être. Quel peut être le but de ce voyage dans un *dug-out* en papier ? » J'alléguai un vif désir d'étudier la géographie; dans sa sagesse il reprit : « Géographie! géographie! Mais les hommes qui écrivent sur la géographie ne voyagent jamais, ils restent chez eux, et ils en défilent plus long que le bras sur toutes les choses qu'ils n'ont jamais vues. »

Puis, après avoir regardé son pauvre costume, veste et culotte couleur beurre frais, il passa la main sur mon vêtement de laine bleue et reprit lentement, d'une voix éraillée : « Étranger, ces habits doivent coûter de l'argent. Le bateau de papier coûte de l'argent, j'en suis sûr, et il en doit coûter quelque chose pour aller du Nord au Sud; si ce n'est pas un pari, alors quelqu'un vous paye bien pour cela ? »

Pendant une heure, j'entretins ce très-peu cultivé représentant de la loi de mon long voyage, de mes épreuves et de mes plaisirs; mon récit l'intéressa vivement, et finalement il me fit part de ses propres ambitions et des difficultés qu'il rencontrait à faire respecter la loi et le gouvernement par les habitants des forêts de pins. Ensuite, voulant m'enseigner la route de la rivière à travers les marais jusqu'à la mer, il me prit par la taille de l'air le plus affectueux et me dit : « O étranger, mon cœur est avec vous; comment ferez-vous demain, lorsque vous passerez devant ces affreuses coquines? Elles ont presque démoli mon radeau la dernière fois que je suis allé à Georgetown. Prenez-y garde, je vous avertis à temps. » M. Jim me dépeignit le danger avec tant d'emphase, que je finis par prendre un peu peur, car je craignais plus que tout au monde d'avoir une querelle avec les coquines du pays. Ensuite il nous apprit, à M. Hall et à moi, que quatre ou cinq de ces mégères, et de la pire espèce, habitaient à quelques

milles en descendant la rivière. Au moment où j'allais
lui demander quelles étaient leurs habitudes, M. Hall,
voulant donner un avis au squire Jim, déclara que
M. B... pourrait, lorsqu'il lui conviendrait, se retirer
dans la chambre voisine où la moitié d'un lit était à sa
disposition. « La moitié d'un lit! s'écria le juge de paix;
nous sommes trois ici, et où est ma moitié à moi?
— Quoi! squire, répondit mon hôte en hésitant, M. B...
est chez moi, et comme je n'ai qu'un seul lit, il a droit
à en avoir la moitié, pas moins. — Mais alors qu'est-ce
que je vais devenir? » s'écria d'une voix de tonnerre
S. M. la loi.

En apprenant que s'il avait annoncé d'avance sa visite
il eût trouvé un lit préparé, et qu'à l'avenir, lorsqu'il n'y
aurait pas tant d'encombrement, il serait logé comme
un gentleman, il se leva et, s'enveloppant dans le manteau de sa dignité, il ajouta : «Toutes ces belles paroles
ne veulent rien dire, mon ami ; cet homme est un voyageur. Eh bien, qu'il ait la chance des voyageurs — et
qu'il s'arrange d'être trois dans un lit. Il faut que je
dorme avec lui cette nuit. Hall, où est la bouteille? »

Je me retirai dans la chambre du fond, et sans me
déshabiller, je me jetai sur le lit du côté du mur. Mais
dormir était une douceur sur laquelle il ne fallait pas
compter; car, malheureusement, le juge, resté dans
la pièce voisine, racontait comment le pays allait au
diable :

« Ni nègres ni blancs ne veulent respecter les lois; il
m'en a coûté la moitié de ma vie pour le leur enseigner, et il n'est pas de remercîments qu'on ne

me doive pour remettre tous ces gens-là dans la voie droite. » Il termina en faisant un sermon à M. Hall sur son extrême tempérance, car ses recherches dans toutes les directions ne lui avaient fait trouver que des bouteilles pleines du vide le plus désolant.

Alors il se laissa choir dans le milieu du lit, en me serrant près du mur; le pauvre Hall, qui avait le devant du lit, passa la nuit à s'ingénier de corps et d'esprit à garder sa place; car lorsque S. M. la loi manœuvrait des bras et des jambes, elle jetait d'un côté le voyageur contre le mur, et de l'autre elle précipitait par terre M. Hall. C'est ainsi que je passai ma première nuit dans le grand marais du Waccamaw.

Le cuisinier noir nous donna un premier déjeuner, composé de lard, de pommes de terre et de pain de maïs. Le squire regardait toujours autour de lui pour trouver la bouteille, mais cette fois encore sans succès. Il m'aida à emporter mon canot, le long des sentiers détrempés du sombre marais, jusqu'auprès d'un train de bois, puis, après m'avoir serré affectueusement la main, il me dit : « Mon cher B..., j'aurai bien peur pour vous tant que vous n'aurez pas passé ces affreuses sorcières. Prenez garde à votre petit bateau, ou il vous arrivera malheur ! »

Poussé par la pagaie, le canot semblait voler à travers la forêt dont les arbres élevaient hors de l'eau leurs branches drapées de mousse. Les orfraies ne cessaient pas de crier; la voix plaintive de cet oiseau des ténèbres résonnait dans l'épaisseur des bois, et elle continua à se faire entendre à diverses reprises pendant toute la jour-

née. Il me semblait que j'avais laissé le monde réel
derrière moi, et que j'étais entré dans une région sans
terre, composée de ciel, d'arbres et d'eau. « Prenez
garde aux raccourcis, il y a des gens qui sont morts dans
de tels parages, m'avait dit Hall avant mon départ; les
crackers et les bûcherons sont les seuls qui les connaissent. Les raccourcis tournent et retournent sur eux-
mêmes, courant nord et sud, est et ouest, comme s'ils
voulaient entrer en lutte avec tous les points du compas. »

Après avoir dépassé un coude, je pouvais lancer un
bâton à travers les arbres dans le chenal que le canot,
en suivant sa route, venait de laisser à un quart de mille
derrière lui. La perspective du sort qui m'attendait dans
cette région inondée, · si mon fragile bateau dans sa
course rapide jusqu'à la mer venait à être crevé par un
chicot, était des moins agréables pour ne rien dire de
plus. Où aller pour le réparer? Grimper sur un arbre
paraissait être en pareil cas ma seule ressource; mais avec
quelle anxiété n'aurais-je pas attendu dans cette dangereuse position que quelque bûcheron passât dans son
dug-out et vînt à mon secours! Peut-être serais-je resté
là jusqu'à ma dernière heure.

Certains sons frappèrent alors mon oreille et me
firent savoir que je n'étais pas tout à fait seul dans ce
marais désolé. Les écureuils gris faisaient du tapage au
sommet des arbres; les rouges-gorges, les grives brunes
et un gros pivert noir à tête rouge et éclatante, me rap-
pelaient Celui sans la volonté de qui il n'est pas un moi-
neau qui puisse mourir.

J'avais franchi dix milles de ce sombre paysage, quand je vis paraître des indices de civilisation sous la forme d'une maison d'aspect sombre, à deux étages, bâtie sur une pointe de la grande terre, qui s'avançait dans le marais et située sur la rive gauche de la rivière. A cet endroit, elle s'élargissait de trois cents à quatre cent trente pieds environ, et par intervalle, la terre se montrait à quelques pouces au-dessus de l'eau. Partout où les pins poussaient jusqu'au bord de la rivière, des toits à porcs servaient d'abri et de refuge aux animaux que les crackers blancs envoyaient chercher leur nourriture parmi les racines et les glands de la solitude.

Le bac Reeve, avec son magasin et sa distillerie de térébenthine, à vingt milles de Old-Dock, fut le premier signe que j'aperçus de la présence de l'homme au milieu de ce marais. La rivière s'élargissait sensiblement quand je m'approchai du bac Piraway, qui est à deux milles en aval de la ferme du même nom. Me rappelant les conseils du squire relativement « aux affreuses sorcières des grands bois de pins », je fis bonne garde contre les mégères qui devaient me causer tant d'ennuis, mais les mariniers m'expliquèrent que, quoique Jim-Gore eût dit la vérité, je n'avais pas compris sa façon de prononcer le mot *reaches*, ou coudes de la rivière, parce que dans ces parages on les nomme *wretches* [1]. Les coudes auxquels M. Gore faisait allusion étaient si longs et si droits, qu'ils formaient des passages où le vent s'engouffrait en causant bien des peines aux bateliers qui conduisent

[1] Coquines.

leurs radeaux à la gaffe, lorsque la brise souffle contre eux.

Maintenant, toutes mes craintes sur ce qui pourrait m'advenir dans ces parages étaient dissipées, car ma petite barque, avec son avant effilé, semblait être faite exprès pour y circuler. Je débarquai près du bac, où un petit *scow*[1] était échoué sur la terre ferme, et là M. Daniel Dunkin, passeur du bac, ne voulut pas me laisser aller camper en plein air, lorsque son chalet n'était qu'à un mille de distance, sur les hauteurs couvertes de pins. Il me dit que la ligne de démarcation entre les deux Carolines traversait ce marais, à trois milles au-dessus du bac Piraway, et que la première ville qu'on trouve sur le Waccamaw (Caroline du Sud) est Conwayborough, à quatre-vingt-dix milles par eau, et à trente milles seulement par terre. Il n'y a qu'un pont sur la rivière, depuis sa source jusqu'à Conway-borough; il a été construit par M. James Wortham, il y a vingt ans, pour le service de son habitation. Ce pont est à vingt milles au-dessous de Piraway, et de ce point, par terre, jusqu'à un village sur le Little-River, qui se jette dans l'Atlantique, il y a seulement une distance de cinq milles. Un bout de canal pourrait réunir cette rivière et les scieries avec Little-River et la mer.

Pour la première fois dans le cours de mes voyages, j'étais entré dans un pays où les milles sont *courts*. À l'âge de quinze ans, j'avais entrepris mon premier voyage seul et à pied, en partant des environs de Boston pour

---

[1] Bateau plat.

aller jusqu'aux montagnes blanches du New-Hampshire.
Cette excursion de ma jeunesse dura vingt et un jours,
et représentait quelque trois cents milles de bonne
marche. La Nouvelle-Angleterre donne des mesures précises sur les poteaux des routes. Le voyageur apprend,
par une expérience sérieusement achetée, la longueur
de ses milles ; mais, dans les déserts du Sud, il n'y a
pas de calcul régulier des cinq mille deux cent quatre-
vingts pieds qui composent le *statute-mile,* et les bateliers
de la côte ne se doutent pas que le mille marin, le
soixantième d'un degré de latitude (6,080 et quelques
pieds), représente le mille géographique et marin du car-
tographe aussi bien que le *nœud* du marin.

Au lac de Piraway, il n'y a ni un batelier ni un bûcheron, instruit ou ignorant, qui soit d'accord avec les autres
sur la longueur des routes ou des cours d'eau. « Il
y a cent soixante-cinq milles, par la rivière, du bac Piraway à Conwayborough », me dit un individu qui avait
servi sur la route pendant quelques années. L'estima-
tion la plus basse qui eût jamais été faite était de quatre-
vingt-dix milles par la rivière. Aussi le lecteur doit
m'excuser d'exagérer les distances lorsque je suis loin
des côtes, car mes amis du bureau hydrographique
n'ont pas encore pénétré dans les régions de l'intérieur avec leurs niveaux, leurs chaînes, leurs théodo-
lites, etc., etc. Au canotier plus ambitieux de faire un
grand nombre de milles plutôt que de produire des renseignements géographiques exacts, ces cours d'eau, si
peu connus, fourniront une excellente occasion de satisfaire sa passion.

On peut faire de soixante à quatre-vingts milles à la rame, en dix heures, aussi facilement que quarante milles, dans les États du Nord, sur un grand fleuve qui n'a que peu de courant. Il y a une classe de voyageurs américains, je regrette d'avoir à le dire, qui *font* toutes, toutes les capitales de l'Europe avec la même précipitation qu'ils mettent à leurs affaires, et s'ils ont appris quelque chose sur les mœurs des différents pays qu'ils traversent, ils oublient de remercier le compilateur du *Guide* qui leur a fourni les renseignements sur tout ce qu'ils savent.

Une seule chambre composait le chalet de mon ami, un représentant de cette classe de gens qui vivent dans les bois de pins et qu'on appelle dans le Sud *corn-crackers* ou *crackers,* parce qu'ils se nourrissent de pain de maïs. Ce sont les petits blancs du planteur, les blancs de rebut de l'ancien esclave, qui maintenant, dans sa nouvelle qualité d'affranchi, commence à comprendre toute l'importance de sa position sociale.

Ces crackers sont des gens de très-bon cœur, mais peu savent lire ou écrire. Les enfants des noirs, pris de curiosité et d'ambition, fréquentent les écoles en grand nombre quand ils ont moyen de le faire; mais le blanc, vraiment indolent, semble dépourvu de tout désir d'apprendre, et ses enfants, dans beaucoup de pays du Sud, marchent sur les traces de leur père, sont élevés dans une ignorance presque inimaginable. La nouvelle de l'arrivée de la petite *Maria-Theresa* au lac Piraway se répandit avec une étonnante rapidité dans les bois, et le dimanche, après le *Shouting,* comme les nègres appellent

leur service religieux, les affranchis vinrent en grand
nombre pour voir *le canot de papier* du Yankee. Ces gens
simples me regardaient de la tête aux pieds avec une
vive curiosité, et leurs grandes bouches ouvertes me
montraient des dents de perles, dont un blanc pourrait être fier. « Vous êtes un bon homme, capitaine,
nous le savons », disaient-ils, et quand je leur demandais
pourquoi, leur réponse témoignait de la naïveté de leur
foi : « Parce que vous n'auriez pas pu venir ainsi, dans
un canot de papier, si le Seigneur ne vous avait pas
aidé. Il n'aide que les bonnes gens. »

Le cracker vint à son tour avec ses enfants pour voir
la merveille, pendant que de leur côté les bateliers
étaient tellement frappés des avantages de ma pagaie
(invention des habitants des régions arctiques), qu'ils
en prirent le dessin avec de la craie en la mettant sur
une planche, et se promettant d'en introduire l'usage
sur la rivière.

Ces crackers prétendaient qu'il fallait plus que des
shoutings, ou tout autre service religieux, pour améliorer la condition morale des noirs ; ils accusaient hautement les prédicateurs de couleur de troubler le sommeil
de leurs poules et de leurs dindons. Quant à ce qui est
de voler les porcs et de tuer les vaches : « Nous sommes
perdus si le gouvernement des *carpet-baggers* [1] dure
plus longtemps ! » s'écriaient-ils avec conviction. « Nous

---

[1] Nom donné aux républicains du Nord qui sont allés dans le Sud
pour avoir des places et surtout pour y faire fortune ; ne comptant pas
rester longtemps en place, ils n'emportaient qu'un sac de nuit (bag),
espérant gagner beaucoup d'argent en peu de temps.

laissons les nègres parfaitement tranquilles, mais ils nous voleront toujours; ils ne peuvent pas s'en empêcher, c'est dans leur nature. Si les *carpet-baggers* ne veulent nous laisser ni maison ni foyer, qu'est-ce qu'un pauvre homme peut devenir? Des noirs, ils font des juges de paix; ils les envoient à la législature, quoique les noirs ne sachent pas plus que nous lire et écrire. Ils prétendent que c'est parce que nous avons servi dans l'armée confédérée qu'ils nous mettent ainsi sous les pieds des noirs. Comment font les gens du Nord pour supporter que les blancs soient ainsi tyrannisés par les noirs? Étranger, quand vous retournerez dans votre pays, dites à vos compatriotes que nous avons des âmes aussi bien que vous autres gens du Nord, et des sentiments, par Dieu, tout comme les autres blancs! Le pays autrefois appartenait aux blancs, maintenant il est la propriété des nègres et des chiens. Eh bien, ces nègres de la législature, ils ont des crachoirs à filets d'or! Où va le pays? Nous ne voulons aucun mal aux nègres, à la condition qu'ils laissent nos porcs et nos volailles tranquilles. »

Après cette tirade, il était amusant de constater combien faciles étaient les rapports des blancs et des noirs. Les crackers causaient de la façon la plus amicale avec les fils de Cham, qui peut-être leur avaient volé leurs jambons quelques années auparavant, prouvant ainsi qu'il est dans leur nature de savoir supporter leurs voisins quels qu'ils soient. Un voyageur pourrait citer des faits au lecteur en lui laissant le soin d'en tirer la moralité. Les hommes et les femmes du Nord, qui résident pendant un ou deux ans dans les États du Sud, changent toujours de manière de voir en ce qui concerne le noir considéré en tant que créature sociale et morale. Lorsque ces voyageurs retournent chez eux, dans le Maine ou le Massachusetts, une nouvelle lumière produite par le contact des faits les a éclairés, tandis que leurs voisins étonnés, qui n'auront pas voyagé, diront : « Vous voilà devenu homme du Sud dans vos opinions. Jamais je ne l'aurais cru de vous. »

Le chemin de fer est le grand moyen de propager la lumière parmi les humains, et il rapproche, dans une fraternité sociale, les éléments désunis de tout un pays. Dieu veuille bien permettre que les ressources des vastes États du Sud puissent être bientôt développées par le capital et par le travail libre du Nord. Nos frères des États du Sud, épuisés par les luttes d'une guerre dont le résultat a été de consolider plus énergiquement que jamais la grande Union, sont maintenant prêts à accueillir tous les efforts honnêtes qui auront pour but de développer la richesse et la culture de leur territoire. Que les vrais patriotes sacrifient l'étroitesse de leurs préjugés, leur égoïsme de parti, et qu'ils fassent connaissance, non pas avec les politiciens, mais avec la population du Sud régénéré, et l'accord de tous les sentiments régnera dans le cœur de ceux qui aiment sincèrement un gouvernement du peuple par le peuple.

Les affluents du marais gonflaient la rivière et l'avaient transformée en un torrent rapide à mesure que je m'éloignais du bac, le lundi 18 janvier. Ayant atteint une latitude plus chaude, je pus faire le sacrifice d'une couver-

ture, et je l'offris à mon bon hôte, qui avait refusé tout
payement pour son hospitalité.. Il était très-fier de ce
cadeau, et il me dit avec une sorte d'émotion : « Personne n'y touchera que moi. » Son excellente femme
avait fait cuire une variété de belles et savoureuses
pommes de terre, très-différentes de celles du New-
Jersey et des autres États du Centre, lesquelles pommes
de terre elle eut l'obligeance d'ajouter à mes provisions.
Quand elles sont cuites, elles ne sont ni sèches ni fari-
neuses, mais semblent être saturées de miel. Le cadeau
de cette pauvre femme était maintenant à la place
qu'occupait d'abord la couverture que j'avais donnée à
son mari.

A partir de ce jour, et à mesure que j'avançais vers
le Sud, je distribuai entre ces pauvres et bonnes gens
tous les objets dont je pouvais me passer. M. Mac
Gregor est allé dans son canot, le *Rob-Roy,* sur les
fleuves de l'Europe, « répandant la bonne nouvelle et
distribuant des écrits évangéliques ». Je n'avais pas de
place pour loger des brochures, et si j'avais suivi
l'exemple de mon bien intentionné prédécesseur en
canotage, cela aurait peu servi la cause de la vérité et
de la foi. Les crackers ne savent pas lire, et très-peu
de noirs adultes connaissent leurs lettres. Ils ne
demandaient pas de livres, mais du tabac. Les hommes
et les femmes me hélaient des rives en me voyant filer
dans mon canot : « Dites, capitaine, n'avez-vous pas de
tabac à fumer ou à priser pour l'enfant? » Pauvre huma-
nité! Le cracker et l'affranchi remplissent leur place
ici-bas, en raison des lumières qu'ils possèdent. Nous

qui avons été élevés dans des sentiments religieux depuis notre enfance, faisons-nous plus que cela? Aimons-nous notre prochain comme nous-mêmes? Je voyageai pendant vingt milles (renseignement local), en descendant la rivière, sans avoir vu un être humain ou une habitation, jusqu'au pont et à la maison de Stanley. A partir de ce point, je pressai ma marche pendant trente-cinq milles, et après avoir passé devant un champ autrefois cultivé sur une colline, les ténèbres s'étendirent sur les marais, et un brouillard épais, s'élevant au-dessus des eaux, enveloppa la forêt dans ses replis. Ne trouvant pas le moindre indice de terre au-dessus du niveau de l'eau, je cherchai mon chemin au hasard, au milieu des brèches dans la terre inondée, pour finir par y perdre mon canot au milieu des broussailles. Il m'était impossible d'aller plus loin, et je me préparais à monter sur les branches d'un arbre gigantesque, m'étant pourvu d'une corde mince pour m'assurer dans une position immobile et sûre, lorsqu'un cri long et sourd éveilla mon attention.

« Ouaho! ho! ho! petits, petits », retentissaient dans l'air épais et calme; ce n'était ni le cri de la chouette ni celui du renard. C'était la voix d'un cracker rappelant ses porcs dans la forêt. Ces cris étaient en vérité fort agréables à entendre, car ils m'indiquaient que les hautes terres étaient tout près, et qu'un bon feu attendait mon corps engourdi dans la cabane de cet inconnu. Poussant le canot dans la direction du Sound, et sondant avec ma pagaie le bord inondé du marais, je descendis à terre et cherchai ma route en suivant un sen-

tier qui paraissait frayé jusqu'à une petite clairière. Là,
une troupe de porcs entouraient leur propriétaire, qui
leur distribuait des glands en criant : « Ho ! ho ! petits,
petits ! » Nous étions face à face, sans pouvoir nous voir
au milieu de la nuit profonde. Je racontai mon histoire
et demandai où je pourrais trouver un abri pour y établir mon campement : « Étranger, répondit lentement
le cracker, ma cabane est tout près d'ici. Venez chez
moi ; il ne fait pas bon à coucher en plein air ce soir,
et les nègres vous voleraient certainement tout ce que
vous avez, s'ils savaient que vous possédez quelque chose
de bon à prendre. »

Dans les grands pins du voisinage, on apercevait une
cabane construite avec de grosses branches d'arbres
dépourvues d'écorce et dont les interstices étaient calfeu-
trés avec de la mousse. Un toit de planches de cyprès la
préservait de la pluie. La cheminée de bois, bien garnie
de terre desséchée, était construite à une des extrémités
de ce rustique édifice. La vaste ouverture de ce foyer
envoyait d'éclatants rayons lorsque nous entrâmes dans
la demeure du pauvre homme. Au soin avec lequel le
plancher était balayé, à la propreté de la literie et à la
bonne tenue de toute la pièce, je devinai les mérites de
la femme de Wilson Edge.

« Dans les forêts de pins, nous vivons de porc et de
homety [1], me dit mon hôte, lorsque sa femme nous invita
à prendre place à la petite table ; de temps à autre
nous avons quelques œufs à manger avec des patates,

[1] Mets fait avec des grains de maïs concassés.

mais il nous est très-difficile d'empêcher les noirs de tuer
nos volailles et nos animaux. Les politiciens, les *carpet-
baggers* ont promis à chacun des amis qu'ils peuvent
avoir quarante acres de terre et une mule pour leur
vote. Ils disaient que le gouvernement du Nord allait les
leur donner; mais les pauvres diables n'ont jamais rien
reçu, pas même un remercîment. Ils ont été bourrés
de toutes sortes d'idées par les *carpet-baggers,* et je ne
peux pas les blâmer beaucoup de vouloir nous faire la
loi. C'est la nature humaine, et c'est tout dire. Mais
nous avons eu des temps durs à passer, nous autres
pauvres gens des bois. On a pris nos enfants pour
cette maudite guerre, pour les faire battre au lieu des
nègres et à la place des hommes riches, propriétaires
d'esclaves. Nous n'avons jamais compris pourquoi tout
ce tapage; mais lorsque Jeff Davis fit une loi pour
exempter du service tout maître de quinze nègres, alors
notre sang s'est échauffé, et nous avons dit à nos voisins : « Tout cela vise à faire en sorte que ce sera le
« pauvre qui se battra pour la querelle du riche. »
Enfin ils ont même mené mon fils à Chambers-Burg
(Pennsylvanie), et ils l'ont fait tuer, pour qui? pour les
riches propriétaires d'esclaves. Nos garçons se cachaient
dans les marais, mais ils étaient bientôt pourchassés et
envoyés de force à l'armée. Les nègres ont été la cause
de notre ruine. Si un blanc a un procès devant un
juge nègre, il doit lui donner tout ce qu'il peut, et encore il n'a qu'à se bien tenir. Maintenant, vous, gens
du Nord, aimeriez-vous à avoir un juge nègre qui ne
sût ni lire, ni écrire, ni compter ses dix doigts? »

J'essayai de consoler le pauvre homme en l'assurant qu'en dehors des ennemis politiques de notre repos, les masses, dans le Nord, étaient honnêtement disposées pour le Sud, depuis que l'esclavage était aboli ; je lui prédis encore que le m l ne durerait pas longtemps avec la consolante perspective d'une administration nouvelle et le retrait des forces inconstitutionnelles qui dévoraient le Sud.

Les deux lits de la seule pièce de la cabane étaient occupés par la famille ; tandis que près du feu, sur le plancher, je dormais sur mes couvertures, avec un *heading* [1] (rouleau de chanvre filé dans la maison) pour oreiller, les femmes me répétaient : « Laissez-moi vous donner encore un *heading* pour votre lit. »

Nous dûmes attendre jusqu'au lendemain huit heures, que le brouillard eût disparu de la surface des marais.

Ce fut à recommencer avec mon embarras de chaque jour. Comment faire pour indemniser un homme du Sud de la dépense que je lui occasionnais, lorsque je n'avais pas été, dans le vrai sens du mot, un hôte invité ?

Wilson Edge était assis près du feu, tandis que sa femme et ses enfants se préparaient à m'accompagner pour voir le canot de papier. « Monsieur Edge, dis-je en balbutiant, vous m'avez reçu avec une grande bonté, et j'ai coûté bien des peines à votre femme en arrivant d'une façon si inattendue ; vous m'obligeriez beaucoup si vous

---

[1] Pour la tête.

vouliez bien accepter quelque argent pour les ennuis
dont j'ai été la cause, bien que l'argent ne puisse pas
vous payer de votre si bonne hospitalité: répondez à
mon désir, et vous me verrez partir content. » Le pauvre
cracker baissa la tête, et passant lentement les doigts à
travers ses cheveux noirs comme du charbon, il sembla
un instant méditer une réponse, et alors, comme s'il eût
représenté à lui seul le cœur généreux du Sud, il reprit
d'un ton posé : « Étranger, j'ai connu des blancs assez
nègres pour vendre l'hospitalité, mais je ne suis pas de
ces gens-là. »

Je retrouvai le canot à la place où je l'avais laissé la
veille, et bientôt je descendis la rivière, traversant une
grande solitude d'une trentaine de milles jusqu'à la ville
de Conwayborough. Les noirs se tordaient de rire en me
voyant manier la pagaie à double pelle, lorsque je passai devant le débarcadère où le coton et les matériaux
qu'emploie l'industrie de la marine étaient empilés,
en attendant qu'ils fussent transbordés à neuf milles
plus loin, à Pot-Bluff, où peuvent pénétrer les navires
d'un tirant d'eau de douze pieds. Bien qu'à une distance encore assez grande de l'Océan, je commençai
à ressentir les influences de la marée. A Pot-Bluff, le
débarcadère et la confortable maison de son propriétaire, M. Dusenberry, offrait un agréable contraste
avec la monotonie des forêts de pins. Cette homme d'affaires intelligent rendit charmant le court séjour que je
fis chez lui.

Il faisait froid le mercredi 20 janvier, pour cette latitude,
car la glace se formait en couche légère dans les seaux

remplis d'eau. A vingt-deux milles en aval de Pot-Bluff, le ruisseau du Bull entre dans le Waccamaw, en venant de la rivière Peedee. C'est au confluent de ces deux cours d'eau que l'on trouve Tip-Top, qui est la première plantation de riz sur le Waccamaw. Ces deux rivières coulent presque parallèlement depuis Bull-Creek jusqu'à la baie Winyah, et débouchent tout près de Georgetown. Des scieries mécaniques et des plantations de riz remplacent les forêts à partir de quelques milles au-dessous du Tip-Top, jusque dans le voisinage de Georgetown.

M. M. L. Blakely, de New-York, qui est à la tête d'une des scieries les plus importantes du Sud, a établi ses quartiers à Bates-Hill sur le Peedee. Il m'avait invité, par l'intermédiaire de la poste aux lettres, à aller lui faire une visite dans les régions de la Caroline du Sud, qui produisent le riz. Pour m'y rendre, je pris le chemin le plus court, c'est-à-dire celui du ruisseau du Bull, et je me trouvai en présence du plus fort des courants contraires. Le jaune et vaseux torrent Peedee se précipitait à travers le Bull avec un tel volume d'eau, que je me demandai, en suivant son propre chenal jusqu'à la baie Winyah, s'il était possible qu'il envoyât autant d'eau dans son autre bras.

Grâce à d'énergiques efforts, j'arrivai au bout d'un mille et demi à un cours d'eau beaucoup plus étroit que le principal, et que l'on appelle en conséquence le petit ruisseau du Bull. Il vient aussi de la rivière Peedee, mais sa source est plus près de la plantation de Bates-

Hill que le grand ruisseau du Bull. Faire remonter au
canot cet étroit cours d'eau pendant trois milles et demi
jusqu'au Peedee, d'où il sort, était une sérieuse épreuve.
Par moment, le canot ne pouvait pas faire plus d'une
centaine de pieds en cinq minutes, et souvent mes
forces semblaient m'abandonner; alors je saisissais des
branches d'arbres secourables, que je tenais ferme pour
empêcher le canot d'être entraîné par le courant, qui
l'aurait jeté dans le Waccamaw.

A bout de force, je me disposais à chercher un refuge
dans le marais, quand j'aperçus le large Waccamaw;
alors, avec de vigoureux coups de rames, le canot
approcha lentement du puissant courant. Un instant de
plus, et il était emporté par cette rivière turbulente,
fuyant à raison de dix milles à l'heure. Un appel bruyant
m'accueillit au sortir du marais, où une bande de noirs,
scieurs de planches, étaient à l'ouvrage. Ils armèrent
leur bateau, un long *dug-out* de cyprès, et me suivirent.
Leur patron, le maître du port de refuge dont j'approchais rapidement, avait pris place à l'arrière. Nous
mîmes ensemble pied à terre devant l'ancienne maison
qu'occupaient plusieurs années auparavant les membres
de la riche et puissante aristocratie des planteurs de riz
du Peedee; mais elle n'était plus actuellement que la
demeure temporaire d'un homme du Nord, qui dirigeait
le travail de ses quatre cents affranchis dans les marais
des Carolines du Nord et du Sud.

Le canot venait d'entrer dans les domaines des planteurs de riz. Le long des rives plates du Peedee, on avait
drainé des marais, où avant la guerre civile chaque pro-

priété produisait de quatre à cinq mille boisseaux [1] de riz
par an, et les princes du riz étaient devenus plus puissants
que ceux du coton, qui, auparavant, avait été proclamé
roi. Les bonnes terres, là, rendaient cinquante-cinq boisseaux à l'acre, par le travail forcé de l'esclave; aujour-
d'hui, les noirs affranchis ne peuvent obtenir du sol
plus de vingt-cinq à trente boisseaux.

De belles et anciennes maisons bordaient la rivière,
mais les familles avaient été si appauvries par les mal-
heurs de la guerre, que je vis des dames distinguées,
qui avaient été élevées dans des pensionnats d'Édim-
bourg, occupées à surveiller le travail des noirs dans
les rizières. L'indomptable énergie que ces femmes
déployaient dans leurs maisons, actuellement désolées,
excita mon admiration.

Une légère et gracieuse apparition, enveloppée dans
un vieux châle et montée sur un vieux cheval, courait
autour de la plantation comme un feu follet.

« Le père de cette dame, me dit-on, était propriétaire
de trois plantations d'une valeur de trois millions de
dollars avant la guerre; sur l'une d'elles se trouve un
moulin à riz qui a coûté trente mille dollars. La jeune
dame que vous venez d'entrevoir lutte aujourd'hui contre
la mauvaise fortune, et elle n'abandonne pas la partie.
Si ce n'eût été la passion de nos femmes, la guerre
civile n'eût pas duré six mois; elles ont poussé des
milliers de jeunes gens à la bataille; mais maintenant
qu'elles ont tout perdu, elles vont bravement au travail,

---

[1] Trente-six litres au boisseau.

et prennent au besoin la place de leurs anciens esclaves dans leurs antiques et grandes demeures : c'est bien dur pour elles, malgré tout, je vous l'assure. »

Le mardi 25 janvier, je descendis le Peedee, et je m'arrêtai aux plantations du docteur Weston et du colonel Benjamin Allston ; celui-ci est fils d'un des gouverneurs de la Caroline du Sud. Il eut la bonté de me remettre une lettre d'introduction pour le commodore Richard Lowndes, qui habite près de la côte. Du Peedee, je passai par une brèche dans les marais, et je me retrouvai sur le grand Waccamaw, que je descendis jusqu'à la baie Winyah.

Georgetown est bâti entre les bouches des rivières Peedee et Sampit. En approchant de cette ville avec précaution, je débarquai à la scierie à vapeur de M. David Risley, qui eut l'obligeance de remiser mon canot dans une pièce du fond de ses bureaux, tandis que je montai jusqu'à la ville pour aller à la poste. Par quelle voie mystérieuse les habitants avaient-ils appris l'arrivée du canot de papier? comment trois négresses vinrent-elles m'accoster en grand costume, et en me disant : « Voulez-vous laisser voir votre petit canot de papier à trois dames? »

Avant que j'eusse atteint ma destination, c'est-à-dire le bureau de poste, j'avais rencontré une troupe d'hommes qui se dirigeaient du côté du moulin à vapeur; ils m'obligèrent à rebrousser chemin et à retourner au canot; ils me faisaient tant de questions que j'avais bien de la peine à répondre. Il y avait là trois rédacteurs de journaux, deux blancs et un noir. Le plus jeune

avait la prétention de représenter l'esprit du lieu et
du siècle; il publiait la *Comète*, tandis que le noir,
comme s'il eût été influencé par un esprit de sar-
casme, dirigeait la *Planète*. Le troisième journal représenté était le *Temps*, de Georgetown. Il avait parlé avec
la plus grande courtoisie du petit canot qui était venu
de si loin. La *Planète* se tint prudemment dans l'obscurité et ne dit rien; mais la *Comète*, qui représentait la
jeunesse lettrée de la ville, publia sur mon arrivée les
lignes suivantes : « Tom Collins est enfin arrivé dans
son meilleur bateau de papier; il l'a amarré à la nouvelle scierie de M. Risley, où tout le monde peut le voir.
Il se propose de tirer une salve avec son canon de 6,
emain matin, avant de lever l'ancre. Hourra! hourra
pour Collins! »

Je quittai l'excellente maison de M. Risley le lendemain avant midi, et je suivis les côtes de la baie Winyah
en allant vers la mer. Près de Battery-White, sur la
rive droite, dans les forêts de pins, est le lieu de naissance de Marion, ce brave patriote dont le clairon, du
temps de la révolution américaine, appelait la jeunesse
aux armes.

Arrivé près de la passe, des rizières occupaient les
marais sur une assez grande distance de la côte. De ces
terres humides coulait un petit ruisseau appelé Mosquito, qui autrefois unissait la rivière Santee (Nord)
avec la baie Winyah, et servait comme de frontière jusqu'à l'île South. Le ruisseau était très-sinueux et le
jusant très-fort. A moitié chemin de la rivière Santee,
je fus forcé de quitter le courant, car il se trouvait fermé

par des dépôts de marée et encombré de végétation
très-puissante.

Les rigoles des rizières déversaient leur drainage
dans le Mosquito. Le canot suivit un large fossé à
droite, à travers des champs d'un riche sol d'alluvion,
qui avait été conquis sur l'état naturel par un rude travail, et j'atteignis bientôt le moulin à riz du commodore
Richard Lowndes. Un peu plus loin, dans un beau bois
de chênes verts, couvert de festons de mousse d'Espagne,
s'élevait sur une hauteur l'imposante maison du planteur. Il entretenait toujours ses terres en exploitation,
bien que sur une échelle moindre qu'autrefois. Quelle
charmante soirée je passai dans la compagnie des
membres de la famille du vieux commodore! Aussi ce
fut avec un sentiment de vif regret que je repris mes
avirons le lendemain, et qu'en suivant le grand canal
des terrains plats, j'adressai des regards d'adieu à la
maison de mon hôte et à ses grands vieux arbres. Le
canal finissait à la baie Nord-Santee.

Tandis que je me préparais à remonter la rivière,
une tempête s'éleva subitement, et me retint prisonnier
au milieu des joncs des rizières du marais. Les roseaux
creux fournissaient un pauvre combustible pour ma
cuisine, lorsque cette sombre nuit d'orage m'entoura
de tous les côtés, et que le sol, devenu encore plus
humide à mesure que la marée montait, ménaçait de
tout inonder. Pendant plusieurs heures je restai couché
dans mon étroit canot, en attendant que le flot eût
atteint son point extrême; dès qu'il se retira, il ne me
laissa aucun moyen de faire du feu, tant les roseaux

avaient été mouillés par l'orage. Le lendemain, fatigué de cette espèce de prison, et pris de crampes faute de mouvement, je lançai le canot dans des eaux agitées, et traversai la rivière pour aller chercher un abri sous le vent de l'île Crow, ce qui me permit d'arriver jusqu'à l'embouchure du ruisseau Atchison, que je traversai à deux milles de la rivière South-Santee.

Tous ces cours d'eau sont bordés par des plantations de riz, dont la plupart ont été abandonnées aux soins des noirs libres. Je n'y ai pas vu un seul blanc. Les maisons et les digues tombent en ruine, et les crues des rivières inondent fréquemment le pays. La plupart des anciens propriétaires, jadis riches, sont aujourd'hui trop gênés pour essayer de cultiver eux-mêmes. Il devient très-difficile de faire travailler les noirs pendant toute une saison, même en les payant bien, et ils préfèrent émigrer dans les villes quand l'occasion s'en présente.

Les rivières Santee, Nord et Sud, se jettent dans l'Atlantique; mais on trouve si peu d'eau sur leurs barres, que pour aller à la mer beaucoup de produits du pays, tels que : le goudron, le riz, la térébenthine, etc., etc., sont obligés de passer par Georgetown-Entrance. Lorsque je quittai le canal, qui avec le ruisseau offre un passage complet pour les alléges et les caboteurs allant de l'une à l'autre des rivières Santee, un redoublement de la tempête me décida à chercher un refuge dans une ancienne cabane faisant partie d'un village de nègres dont chaque maison était bâtie sur pilotis dans le marais. Mais le vieux noir *Surveillant* de la plan-

tation me fit remarquer que ses gens étaient très-défiants
à l'égard des étrangers, et il me conseilla de pousser
jusqu'à une autre localité. Je lui dis que j'étais du Nord,
et que je ne toucherais pas même à un des moustiques
qui infestaient les demeures des nègres ; le vieux bonhomme secoua néanmoins la tête, en ajoutant qu'il ne
répondait pas de moi si je restais à passer la nuit en
pareil lieu. Un nègre de grande taille, qui avait écouté
la conversation, s'écria : « Maintenant, oncle, vous
savez que si ce gentleman est du Nord, il est des nôtres,
et vous devez faire quelque chose pour lui aujour-
d'hui. » Mais l'oncle *Surveillant* reprit : « Bien des
nègres, ici, sont extrêmement soupçonneux, et je ne
sais pas du tout qui est ce blanc. — Eh bien, oncle,
si cet homme est un Yankee, je saurai bien lui en faire
donner la preuve. »

Pendant qu'il me questionnait, les moustiques
s'étaient télégraphié les uns aux autres qu'un étranger
venait d'arriver, et ils mettaient ma patience à une dure
épreuve.

« Mon nom est Jacob Gilleu, et vous, quel est le
vôtre? » Je le lui appris. Vint ensuite la question :
« D'où êtes-vous? — Je suis un citoyen des États-Unis,
répondis-je. — Les États-Unis, qu'est-ce que c'est que
ça? je n'en ai jamais entendu parler, » dit Jacob Gilleu.
Lui ayant appris que c'était le pays gouverné par le
général Grant, il s'écria : « Oh! vous êtes un homme
de *Grant!* Tout alors est bien, vous êtes des nôtres,
tout comme nous. Eh bien, écoutez. Je vais vous
envoyer à un bon endroit sur le ruisseau l'Alligator, où

demeure Seba-Gillings. C'est un noir, mais il vous traitera comme un blanc. »

Jacob m'aida à lancer mon bateau à travers la boue molle où nous allions presque nous engloutir, et en suivant ses instructions, je descendis à la rame de South-Santee à l'Alligator, où d'immenses marais couverts de grands joncs me dérobaient la vue du paysage. A environ un demi-mille de l'embouchure du ruisseau qui était ma route directe jusqu'à la baie du Bull, je trouvai une grande ouverture à l'entrée du canal. J'y entrai et le remontai. Arrivé à une pointe de terre qui s'élevait, comme une île couverte de joncs, au-dessus du marais, je vis un hameau composé d'une douzaine de maisons ou hangars, et les ruines d'un magasin de riz. Le plus grand nombre des nègres étaient absents, occupés à travailler dans l'intérieur endigué de cette grande propriété, qui avant la guerre produisait quarante mille boisseaux de riz par an, et qui présentement était louée à un ancien esclave. Ce nouveau directeur n'obtenait en somme que peu de travail. Seba-Gillings, un nègre d'apparence vigoureuse, vint jusqu'à la digue sur laquelle j'avais débarqué le canot. Je m'empressai de lui raconter mon histoire, et pourquoi j'avais dû ne pas rester à l'autre village de noirs. Je me servis de Jacob Gilleu comme d'une autorité, pour demander un refuge contre les émanations de ces terres à moitié submergées. Ce personnage important me répondit : « Ne craignez rien, restez ici toute la nuit et aussi longtemps qu'il vous plaira ; je vous traiterai comme un blanc. Je suis bien pauvre, mais je vous donnerai le meilleur de

ce que j'ai. » Il enferma mon canot dans un vieux magasin délabré et me fit comprendre « que les nègres
seraient capables de voler le pain dans la bouche d'un
homme » !

Il me conduisit à sa maison, et m'apprit comment il
gouverne les noirs. Sa femme était assise silencieuse-
ment près du feu. Il lui ordonna « d'aller piler le riz »,
et elle en jeta une certaine quantité, pour le décortiquer,
dans un mortier de bois de trois pieds de haut, planté
dans la terre devant son habitation. La négresse,
armée d'un énorme pilon, écrasa le riz, assise sur le sol
près de la cabane, et soufflant de toute la force de ses
poumons, elle procéda au vannage, tandis qu'avec ses
doigts minces et effilés, elle écartait tous les dé-
chets. On fit cuire le riz à la manière des Chinois —
sans le laisser réduire à l'état de masse pâteuse, comme
on le prépare dans le Nord, mais au contraire en con-
servant chaque grain sec et entier. Le fils, garçon de
quatorze ans, et non pas la femme, apprêta des œufs et
du lard.

Toutes ces manœuvres étaient surveillées par le vieux
Seba, avec l'air solennel, sombre et savant d'un juge
suppléant trônant sur le siége d'un tribunal du New-
Jersey. Sur la plus noire des tables, et sans nappe, un
repas bien accommodé avait été servi à l'étranger. Aussitôt qu'il fut terminé, les membres de la famille se précipitèrent sur les restes, et la table se trouva desservie
avec une rapidité incroyable. Puis nous nous rassem-
blâmes tous autour d'une grande cheminée dont le fond
était du plus beau noir, et où de brillants charbons de

chênes verts jetaient çà et là leurs lueurs incandescentes.
Dans cette pénombre, des hommes noirs et des femmes
noires circulaient dans la chambre, si bien que tout,
depuis le plancher jusqu'au plafond, et depuis la porte
jusqu'à la cheminée, me paraissait devenir de plus en
plus noir, et que je finis par me trouver moi-même aussi
noir que mon entourage.

Le pauvre vêtement des hommes ne couvrait qu'à
moitié leur peau brillante, couleur d'ébène. La compagnie tout entière conservait un silence plein de dignité,
interrompu de temps à autre par les soupirs profonds des femmes, qui disaient : « Avoir fait toute cette
route, depuis le Nord, dans un canot de papier ! Dieu
soit béni, Dieu soit béni ! » Cette monotonie, dénuée
de toute gaieté, fut interrompue par l'arrivée d'un
noir qui avait navigué en sloop, depuis Charleston, par
la baie du Bull, et on le regardait en conséquence
comme un grand voyageur ; on le prenait pour juge
dans les questions maritimes. Il n'avait pas encore vu le
canot de papier ; néanmoins, il enseigna à l'auditoire
tout ce qu'il en était. Il me salua premièrement, en
disant : « Bonjour, bonjour, capitaine, comment allez-
vous ? » Ensuite, il prit une pose à effet dans le milieu
de la pièce. Sur cet orateur de nature, la dignité de
Seba-Gillings n'avait aucun empire, car n'était-il pas
un navigateur expérimenté ? Voici son exorde :

« Combien avez-vous fait de milles, capitaine ?

— Quatorze cents milles, lui dis-je.

— Comment ! quatorze cents milles ! s'écria-t-il ; mais
savez-vous bien, vous autres bonnes femmes, combien

cela fait? c'est juste un millier de milles plus quatre cents milles. »

Toutes les femmes commencèrent à murmurer de nouveau : « Que le Seigneur soit loué! que le Seigneur soit loué! » en serrant leurs mains ridées dans un mouvement d'extase. Le petit noir, en essayant de passer ses doigts à travers ses cheveux crépus et laineux, continua ainsi :

« Qu'est-ce que le monde va devenir? Vous n'avez jamais, braves gens, entendu parler de rien de pareil à cela — un bateau de papier! »

A quoi les nègres répondirent en joignant les mains : « Que le Seigneur soit loué! que le Seigneur soit loué! Les Yankees du Nord seuls peuvent faire les bateaux de papier; que Dieu soit loué!

— Et que ne peuvent pas faire encore les Yankees du Nord? ajouta-t-il. Ils sont capables de tout. Peuvent-ils ressusciter un homme?

— Non, non, Dieu seul peut rappeler un homme à la vie; les hommes ne le peuvent pas. Bénissons le Seigneur! bénissons le Seigneur!

— Et qui a envoyé ce Yankeeman à mille et quatre cents milles dans son canot de papier?

— Le Seigneur, le Seigneur! Que le Seigneur soit béni! criaient les femmes avec passion, en frappant dans leurs mains.

— Et pourquoi le Seigneur l'a-t-il envoyé vers le Sud dans un canot de papier? demanda le nègre sentencieux.

— A coup sûr il n'aurait pas pu venir dans un canot

de papier si Dieu ne l'avait pas envoyé. Que le Seigneur soit béni !

— Et comment appelle-t-il son canot de papier?

— La *Maria-Theresa,* répondis-je.

— Maria Truss her [1] ! Très-bon, très-bon nom, dit l'orateur. Il lui a confié sa vie tous les jours ; c'est pour cela que la Vierge Marie le protége. Oui, les Yankees construisent des canots et des bateaux de papier. Le gentleman du Nord a-t-il du tabac à donner à l'enfant? »

Toutes les femmes en étaient arrivées à l'état d'excitation nerveuse des *shoutings,* lorsque l'oncle Seba leur annonça sur un ton d'autorité « que le Yankee avait besoin de dormir », et il fit évacuer la pièce à ma grande satisfaction, car l'état de l'atmosphère était devenu indescriptible. Seba avait un petit cabinet où il renfermait des oignons, des peaux de rats musqués et tout ce qui composait sa fortune personnelle. Il le fit balayer par sa femme, et j'étendis avec un soupir mes couvertures propres sur des planches noires, devinant que le lendemain matin j'exporterais plus que je n'avais importé dans la cabane du vieux nègre.

Je ne veux pas m'étendre ici sur les petits ennuis des voyages ; mais au canotier qui voudra suivre les rivières du Sud qu'a descendues le canot de papier, je dirai tout simplement : « Gardez-vous des cabanes de toutes sortes;

---

[1] La prononciation du nègre produit un jeu de mot impossible à rendre, et dont peuvent seuls se rendre compte les lecteurs sachant l'anglais.

·c'est ainsi que vous pourrez voyager avec un cœur léger
·et l'égalité de l'humeur. »

Quand, le lendemain matin, je réglái mes comptes
avec le vieux Seba, il me raconta que par la culture du
riz il obtenait « à peu près tout ce dont il avait besoin,
·excepté du rhum ». Le rhum était du poison pour lui,
·et aussi longtemps qu'il en avait entretenu une petite
provision, il reconnut qu'il avait été souvent malade;
ayant manqué d'argent pendant quelque temps, et de
rhum par suite, il avoua que son état de santé était
devenu excellent. Il était en effet un modèle de force et
·de développement musculaire. Tous les autres noirs
avaient auprès de lui l'apparence de nains; leurs cheveux
·étaient si courts, qu'on eût dit qu'ils étaient chauves.

Dès que le canot fut enlevé du magasin pour être
mis à flot sur le canal, des créatures à moitié nues, à
la peau d'ébène, arrivèrent de mon côté, comme un
essaim. Aucune trace de sang blanc ne pouvait se découvrir en elles. Chacun essayait de mettre un doigt sur le
bateau; on le regardait comme un fétiche, et je crois
que s'il avait été dressé sur l'une de ses extrémités, ces
pauvres gens lui auraient rendu leurs dévotions à la
manière de l'Afrique. Les plus âgés seuls parlaient assez
bien l'anglais pour se faire comprendre. Les jeunes
bavardaient un idiome africain et portaient des amu-
lettes au cou; ils étaient sur les limites de la barbarie,
pour ne rien dire de plus. L'expérience que j'avais
acquise parmi les noirs des autres contrées m'avait
inspiré la croyance, malheureusement trop bien fondée,
que dans plus d'un lieu du Sud le fétichisme africain

pourrait bien se réveiller et être pratiqué, si avant longtemps l'Église ne se donne pas la peine de veiller sérieusement sur ses missions intérieures.

Dans tous mes voyages dans le Sud, en dehors des
villes, il ne m'a pas été donné de trouver un blanc
éclairé se vouant à l'enseignement des nègres; partout
cependant les pauvres noirs se rassemblent dans des
baraques ou chapelles en bois grossièrement construites,
pour écouter des prédicateurs de leur propre couleur.
L'aveugle conduit l'aveugle. Quelques hommes de race
nègre, ayant du sang blanc dans les veines, et qui ne
sont pas plus nègres que blancs dans le vrai sens du
mot, sont envoyés des colléges nègres du Sud pour faire
des conférences aux congrégations du Nord sur les
besoins de *leur* race. Ces hommes, qui sont depuis un
quart jusqu'à trois quarts blancs, sont considérés, à cause
de leur talent oratoire, comme le vrai type de la race
noire par les gens du Nord, tandis qu'en réalité, entre
le noir pur sang et le faux représentant de ses besoins,
il y a autant de différence qu'il est possible d'en ima-
giner.

Un Irlandais, nouveau débarqué du vieux pays, écou-
tait un soir l'éloquence fascinante d'un mulâtre affranchi. Le brave Irlandais n'avait jamais vu de véritable
noir. L'orateur disait : « Je ne suis qu'à moitié nègre;
ma mère était une esclave, et mon père un planteur
blanc. — Ah! dit l'Irlandais étonné et charmé par la
parole du prédicateur, si vous n'êtes qu'à moitié nègre,
qu'est-ce que ce serait si vous étiez complétement
noir? »

Les noirs se montrèrent pour moi bons et civils, comme ils le sont toujours lorsqu'on les traite bien; ils m'adressèrent du quai, des cris d'adieu inintelligibles, lorsque je descendis le canal jusqu'au ruisseau l'Alligator. Cette route m'emporta bientôt sur ses eaux salées jusqu'à la mer; car, ayant manqué une ouverture étroite jusqu'au marais appelé le *Eye of the Needle* [1] (passage que prennent les bateaux à vapeur), je me trouvai sur la mer calme, dont les pulsations se manifestaient en longues houles. Au sud, je voyais l'île basse du cap Roman, qui, semblable à un bouclier, protégeait le calme de la baie située en arrière de l'île. Les marais s'étendaient jusqu'à la grande terre, presque jusqu'au cap, tandis que sur les bords des prairies couvertes de roseaux, s'élevait, sur une île en dedans du cap, la tour du phare Roman. C'était la première fois que ma frêle embarcation flottait sur l'Océan. Je côtoyai la plage de ces terres basses, me dirigeant vers le phare, jusqu'à un ruisseau qui débouchait du marais, et j'y entrai. En passant d'un cours d'eau à un autre, je finis par me trouver à la brune dans la baie du Bull. Alors la mer déferlait et brisait sur la côte; il me fallut la serrer de près, car les anciens ennemis de mon repos, les marsouins, étaient visibles et pêchaient en troupes nombreuses. Pour dérober le canot au contact dangereux des bancs d'huîtres, je le dirigeai vers un chenal plus profond; mais les aimables marsouins donnèrent la chasse à mon bateau et le poussèrent encore sur les bancs d'huîtres aux coquilles coupantes. La nuit

---

[1] Le chas de l'aiguille.

13.

venait vite, et je n'avais pas de refuge plus rapproché
que les hautes terres, route encore longue à travers des
marais détrempés, qui étaient même encore recouverts
par la marée.

Les eaux tourmentées du Sound, les bancs d'huîtres
qui menaçaient d'ouvrir mon bateau, une côte que la prochaine marée pouvait submerger, tout semblait conspirer
contre moi. Mais mon anxiété fut bientôt soulagée, et mon
cœur se dilata lorsque la mâture d'une goëlette s'élevant
des marais, non loin des hautes terres, m'indiqua qu'un
cours d'eau hospitalier n'était pas loin. Sa large embouchure s'ouvrit bientôt à ma vue d'une façon engageante,
et je me dirigeai en hâte sur le beau navire qui était
mouillé dans ces courants; sa parfaite élégance disait
le plus clairement du monde : « Navire des États-Unis. »
Un officier, debout sur le pont, observait ma manœuvre
avec sa longue-vue; lorsque je passai près du navire, un
matelot dit à ses camarades : « C'est le bateau de papier!
J'étais à Norfolk en décembre dernier, quand il arriva
dans la rivière Élisabeth. »

L'officier me héla gracieusement et m'offrit l'hospitalité du *Caswell*, goëlette au service des ingénieurs hydrographes. Dans la plus jolie des cabines, l'intéressante
conversation de M. Dennis, et de ses collaborateurs
MM. Olgen et Bond, m'eut bientôt fait oublier les
ennuis des trois derniers jours passés dans la vase ou
dans les huttes des noirs. Quel contraste entre le dur
plancher du bon noir Seba Gillings et la cabine si élégante où j'étais logé! Là, on avait mis à ma disposition : serviettes fines, draps blanc de neige et eau filtrée.

L'état-major espérait avoir complété ses travaux jusqu'au port de Charleston, avant la fin de l'année.

Le dimanche passé à bord du *Caswell* me fit grand bien. Le samedi soir, M. Dennis me traça sur une feuille de papier la route que j'avais à suivre, à travers les eaux intérieures, jusqu'au port de Charleston ; je quittai donc la jolie goëlette le lundi matin avec des instructions complètes pour mon voyage. La marée commença à monter à onze heures du matin ; bientôt elle m'apporta assez d'eau pour me permettre de naviguer en suivant la côte détrempée. D'épaisses forêts couvraient les falaises où paraissaient quelques maisons. L'île du Bull, avec ses pins et ses palmiers, était à ma gauche lorsque j'atteignis l'entrée du passage sud de la baie. Là, dans les sinuosités des ruisseaux et dans les chenaux à travers les îles, je m'égarai plusieurs fois ; je n'arrivai que tard dans l'après-midi à la passe Price. J'avais perdu huit milles, sur la distance parcourue à la rame, à monter et à descendre inutilement plusieurs ruisseaux. Après une journée de travail fatigant, je trouvai un abri dans une maison près de la mer, sur les bords de la passe Price. J'y dormis sur le sol, enveloppé dans mes couvertures, en compagnie d'un jeune pêcheur, employé de M. Magwood, de Charleston. Charles Hucks, le pêcheur, me raconta que l'on avait pris trois daims albinos, dont deux avaient été tués par un nègre et le troisième par lui-même. MM. Magwood, Terry et Noland avaient parqué pendant un été un millier de tortues de terre dans un bassin, avec l'espoir de les garder tout l'hiver. Elles absorbaient en une heure

cinq boisseaux de crevettes qu'on leur distribuait pour
leur repas. Une marée d'une hauteur extraordinaire
chassa les tortues de leur bordigue, et ainsi finit l'expérience.

Le lendemain, je traversai successivement, avec une
forte marée, l'île et la passe Caper, les passes Dewee,
Long-Island et Breach. L'île Sullivan est séparée de Long-
Island par la passe Breach. Pendant que je suivais les
ruisseaux des marais situés en arrière de l'île Sullivan,
s'élevait à mes regards, dans une perspective imposante,
à son extrémité ouest, la masse compacte des maisons
de Moultrieville, à l'entrée du port de Charleston.

Le sombre manteau de la nuit tombait sur le port au
moment où le canot de papier entrait doucement dans
ses eaux historiques. Devant moi, j'avais la baie calme
avec l'ancien fort Sumter; celui-ci s'élevait de la plaine
liquide, comme un spectre géant qui aurait voulu me
rappeler les grands combats dont il avait été le théâtre.
La surface unie de l'eau se ridait au plus léger contact
de mes avirons. Tout était maintenant paix et silence, là
où, si peu d'années auparavant, le bruit du canon éveillait des milliers d'échos, alors que les vagues étaient
teintes du sang le plus généreux de l'Amérique, que
des bouches de fer vomissaient la destruction, que les
créatures de Dieu, les hommes faits à son image, se
détruisaient impitoyablement entre eux, n'ayant trouvé
dans tout ce que la civilisation leur avait donné, d'autre
moyen de régler leurs différends que par d'épouvantables massacres !

Les acteurs qui avaient joué les rôles dans ce drame

étaient maintenant tous dispersés; ils étaient retournés
soit à la ferme, soit à la boutique, soit aux pupitres,
soit à la chaire. Le vieux drapeau flottait de nouveau
sur les remparts du Sumter; un gouvernement essayait
de se reconstituer afin que la grande République pût
devenir plus sincèrement le gouvernement du peuple,
fondé sur l'égalité des droits de tous les hommes.

Le bruit que fit la quille du canot en frottant sur les
rochers m'arracha à ma rêverie; j'avais stoppé sur mes
avirons, et la marée m'avait porté lentement, mais
droit, sur des bancs d'huîtres. Je m'en tirai avec quelques
égratignures sans importance.

Je supposais, d'après la lecture des journaux, que les
citoyens de la ville qui avait joué un rôle si important
pendant la guerre civile, ne recevraient probablement
pas avec faveur un citoyen du Massachusetts. Je me
décidai en conséquence à prendre le bac pour aller à la
ville demander le gros paquet de lettres qui m'attendait à la poste.

Je me proposais, après l'avoir reçu, de retourner à
Mount-Please, de traverser ensuite la baie jusqu'à l'entrée des eaux du Sud, et de quitter la ville aussi discrètement que j'y étais entré.

J'étais cependant curieux de voir comment, sous le
nouveau régime, les choses se passaient dans la ville
jadis si fière de Charleston. Quand je me présentai au
guichet où se faisait la distribution des lettres, en demandant les miennes, une ombre épaisse sembla tomber sur
moi, et au même instant parut la tête d'un noir. La
physionomie de ce fonctionnaire s'éclaira d'une expres-

sion de chaude sympathie, lorsqu'il avança tout son
bras par la fenêtre et me donna une poignée de main
des plus amicales, comme s'il eût été responsable de la
bonne réputation des habitants de la ville.

« Que M. B... soit le bienvenu dans notre belle
ville », dit-il. C'était Charleston sous le nouveau
régime.

Après m'avoir remis mes lettres, il ajouta gracieusement :

« Nous avons l'habitude de fermer la poste à cinq
heures ; mais s'il vous arrive jamais d'être en retard,
frappez, je serai à votre disposition. »

Ce fut la première gracieuseté que je reçus à Charleston ; mais avant que je pusse retourner à mon logement de Mount-Pleasant, des membres de la chambre
de commerce, le club de la Caroline, et bien d'autres,
me comblèrent d'attentions et d'aimables invitations ; de
son côté, M. Fraser, membre de l'association des régates
de la Caroline du Sud, envoya chercher la *Maria-
Theresa,* et la confia à la garde du maître de quai Sou-
thern-Wharf, où beaucoup de monde, dames et messieurs,
vinrent la voir.

En quittant la ville au bout de quelques jours,
j'étais confus d'avoir pu douter un instant de ses habitants, célèbres dans l'univers entier, depuis plus d'un
demi-siècle, pour leur hospitalité envers les étrangers.

Pendant mon séjour à Charleston, je fus l'hôte du
révérend M. Brackett, pasteur bien-aimé d'une des
églises de la ville. J'éprouvai des sentiments de profond

regret lorsqu'après avoir tourné la proue de ma petite
embarcation pour me lancer encore un fois sur des eaux
inconnues, je m'éloignai de la belle cité de Charleston,
et des amis qui avaient été si bons pour le canotier solitaire.

Le bureau de poste à Charleston

CHAPITRE DOUZIÈME

DE CHARLESTON A SAVANNAH (GÉORGIE)

La route par les eaux intérieures à l'île Jehossee. — La rizière modèle du gouverneur Aiken. — Perdu dans les bois. — Sound Sainte-Hélène. — Perdu dans la nuit. — Le bateau fantôme. — L'accueil d'un Finlandais. — Une nuit sur l'ancien yacht de l'empereur. — Les mines de phosphate. — Les rivières Coosaw et Brood. — Les Sounds Port-Royal et Calibogue. — La maison Cuffy. — Arrivée en Géorgie. — Réception à Greenwich.

Le capitaine M. L. Coste et plusieurs autres pilotes de Charleston eurent la bonté de dessiner pour moi la carte de la route que devait suivre le canot de papier à travers l'archipel des Sea-Islands, depuis l'Ashley jusqu'à la rivière le Savannah, la plupart des plus petits cours d'eau, près des hautes terres, ne se trouvant pas indiqués sur la carte publiée par le service hydrographique en 1875. Le gouverneur William Aiken, dont la plantation de riz sur l'île Jehossee était considérée avant la guerre comme la plantation modèle du Sud, m'invita à aller passer le dimanche suivant avec lui sur sa propriété, située à soixante-cinq milles de Charleston, sur l'un des cours d'eau intérieurs qui conduisent à Savannah. Il se proposait de quitter sa résidence de la ville pour prendre la route de terre, pendant

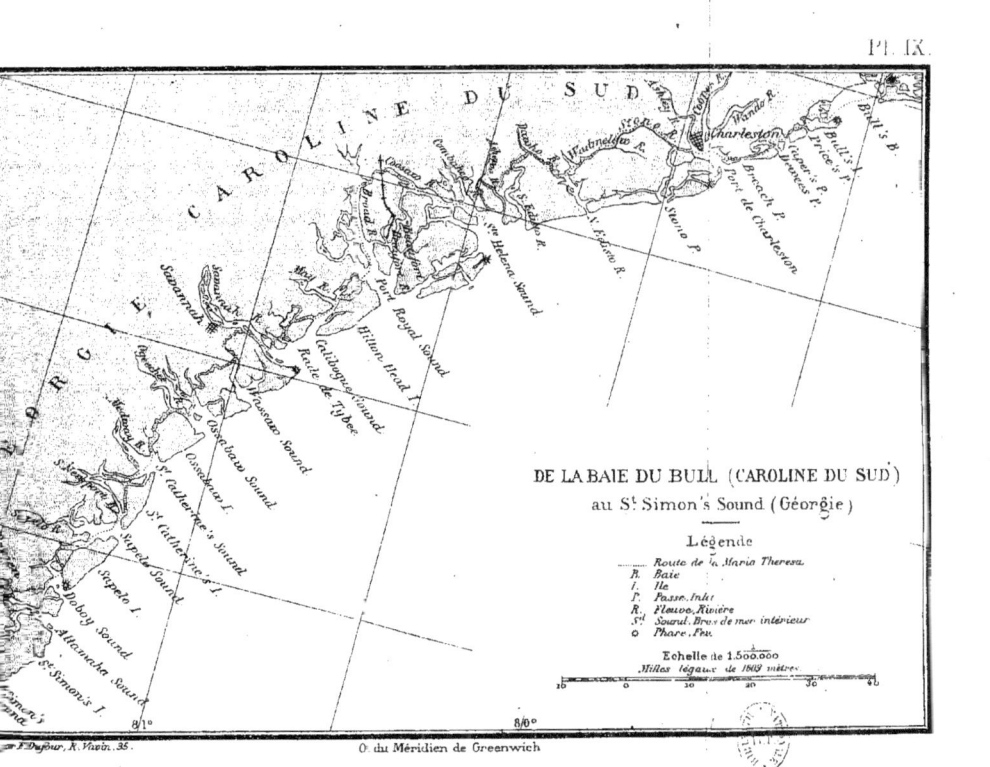

DE LA BAIE DU BULL (CAROLINE DU SUD)
au St Simon's Sound (Géorgie)

Légende

Route de la Maria Theresa.
B. Baie
I. Ile
P. Passe. Inlet
R. Fleuve. Rivière
S^d Sound. Bras de mer intérieur
o Phare. Feu

Echelle de 1.500.000
Milles légaux de 1609 mètres

qu'avec mon canot j'irais le retrouver dans le Sud. L'aimable éditeur du journal *le News and Courrier* se pro mettait d'annoncer mon départ à la population et de la rassembler pour me dire adieu comme savent le faire les gens de la Caroline du Sud. Voulant éviter cette publicité, je quittai discrètement la ville le vendredi 12 février et je remontai l'Ashley jusqu'au ruisseau Wappoo, sur le bord opposé de la rivière.

Un bateau à vapeur m'envoya un salut strident au moment où j'arrivai à l'embouchure du Wappoo, ce qui me fit sentir que, quoique étranger dans ces parages, j'étais au milieu d'amis.

Je suivis ensuite un courant d'eau salée que prennent les bateaux à vapeur pour traverser les grands marais de la Caroline du Sud. Du Wappoo, j'allai par *Elliot-cut* dans la grande rivière Stono, dont le littoral marécageux est bordé de forêts montant sur les falaises peu élevées des hautes terres ; je ramai vigoureusement pour arriver à Church-Flats, où l'on voyait, sur le rivage, Avake-Wide, avec son magasin et son débarcadère.

Un peu plus loin, les courants de marée se divisaient en deux branches : l'un, le Stono, se retirant vers la mer, et l'autre prenant la direction du North-Edisto. New-Cut réunit Church-Flats avec Wadmelaw-Sound, surface d'eau qui n'a que deux milles de largeur et autant de longueur. Du Sound, la rivière Wadmelaw entre dans un coude du Dahoo. Les navires d'un tirant d'eau de huit pieds et demi peuvent se rendre à Charlestown, à marée haute, par la route que je suivais dans la direction du Nord-Edisto.

Je quittai le Sound-Wadmelaw et j'entrai dans un
coude de la rivière, d'où j'aperçus, à gauche, les collines du débarcadère d'Entreprise avec son magasin, et
les ruines d'une scierie détruite par un incendie. Après
avoir fait plus de trente milles' depuis l'Ashley, j'appris
que le propriétaire d'Entreprise, citoyen du Connecticut,
avait fait des préparatifs pour me recevoir ; ce fut ainsi
que se termina cette journée d'agréable voyage.

Le lendemain, le *cardinal* gazouillait sa chanson matinale, lorsque les membres de la petite colonie de la
Nouvelle-Angleterre vinrent pour assister à mon départ;
je me préparais, en effet, à descendre le Wadmelaw.
La route passait souvent sur des lits submergés de phosphates de la Caroline du Sud, où les débris d'espèces
éteintes étaient maintenant extraits du sol, offrant à la
fois de l'engrais aux sols fatigués de l'Amérique et de
l'Europe, et d'intéressants sujets d'étude aux savants. Il
me fallut peu de temps pour me rendre du débarcadère
au Dahoo. Le Nord-Edisto, large courant, passe à l'embouchure du Dahoo pour descendre à la mer, qui est à
environ dix milles de distance.

Sur le Dahoo, les marsouins me donnèrent, par leurs
gambades pendant deux milles, une preuve évidente
qu'ils connaissaient la présence du bateau de papier;
mais comme j'étais maintenant dans des eaux intérieures
parfaitement calmes, je pouvais rire de ces étranges
créatures lorsqu'elles s'élançaient hors de l'eau autour
de mon canot. A quatre heures de l'après-midi, après
avoir traversé les vastes marais de l'île Jehossee, j'arrivai au village de la plantation par un canal très-court.

Au-dessus de rizières de terres d'alluvion, riches et noires, on voit un plateau sur lequel avaient été bâtis le manoir et le village du gouverneur Aiken, et où il avait commencé, en 1830, à s'occuper de la culture du riz. Une haie d'arbustes d'un vert tendre entourait le jardin bien entretenu, dans lequel les magnolias et les chênes verts formaient un abri protecteur à l'ancien manoir, en le préservant des grands vents de l'Océan ; çà et là, des buissons fleuris de toutes espèces ajoutaient leurs vives couleurs à la beauté pittoresque du lieu.

Le gouverneur était arrivé avant moi à Jehossee, et le samedi, jour de paye, les figures des noirs étaient radieuses. Je restai jusqu'au lundi dans la paisible demeure de l'excellent homme et du bon patriote dont l'âme avait été mise comme à l'épreuve du feu par les catastrophes de la guerre.

Nous étions assis ensemble dans le même salon où, il y a quelques années, déjà bien loin de nous, le gouverneur Aiken avait reçu ses hôtes du Nord, en même temps que des Anglais appartenant à la noblesse de leur pays ; salon rempli de souvenirs à la fois agréables et pénibles. Mon bon hôte voulut bien me raconter en détail l'histoire de sa vie laborieuse, qui ressemblait à un conte de fée. Il était de ceux qui avaient lutté contre la sécession quand le fléau de la guerre vint fondre sur le pays. Lorsqu'elle éclata, les avis du gouverneur Aiken furent noyés dans les tonnerres de la tempête politique qui ravagea les belles contrées du Sud. Avant la guerre, il possédait un millier d'esclaves ; il avait organisé des écoles afin d'apprendre à ses noirs à lire et à écrire.

L'amélioration de leur condition morale était sa grande préoccupation.

La vie qu'il avait menée, bien que d'abord pénible, lui avait été imposée, et il avait supporté sa responsabilité personnelle avec un désir véritablement chrétien de faire du bien à tous ceux qui l'entouraient. Étant très-jeune encore, et au retour d'un voyage en Europe, son père lui avait donné l'île Jehossee en cadeau, grande propriété de cinq mille acres, dont il ne fallut pas moins que l'aide de quatre vigoureux canotiers pour en faire le tour en un jour.

« Voilà, dit le père au futur gouverneur de la Caroline du Sud, voilà les éléments ; maintenant, allez, et fécondez-les par votre travail. »

William Aiken avait consacré son intelligence à développer les talents qu'il avait reçus de la nature. Ses efforts, bien dirigés, portèrent leurs fruits ; d'année en année, l'île Jehossée, ce désert à moitié submergé et vaseux, devint une des plus belles plantations de riz du Sud. Le nouveau maître du domaine avait fait creuser des rigoles dans le marais et défendu ses champs par des fossés destinés à détourner les eaux qui tombent des hautes terres et celles qui proviennent des marées de l'Océan ; il avait ainsi réussi à établir un bon système de drainage et d'irrigation. Il s'était mis en devoir de faire construire des habitations confortables pour ses esclaves, une église et des maisons d'école à leur usage. Au lieu de deux cent quatre-vingts acres qui jadis étaient cultivées en riz, le nouveau propriétaire a conquis sur le marais seize cents acres de rizières et six cents autres acres cultivées en légumes, grains et fourrages.

Pendant plusieurs années, avant la guerre, Jehossee produisait une récolte d'une valeur de soixante-dix mille dollars, représentant un revenu net de cinquante mille dollars au propriétaire. Dans ce temps-là, le gouverneur Aiken avait huit cent soixante-treize esclaves sur l'île et environ une centaine d'autres employés, tels que des mécaniciens, ouvriers, à Charleston. Les huit cent soixante-treize esclaves de Jehossee, hommes, femmes et enfants, fournissaient un atelier de trois cents personnes environ sur les rizières.

M. Aiken ne voulut pas tolérer les unions libres, qui sont si ordinaires chez les noirs, et il avait forcé ses esclaves à se soumettre à la cérémonie du mariage ; ce fut là une des plus grandes difficultés qu'il eut à surmonter ; car, à quelque cause qu'on l'attribue, les faits restent les mêmes, c'est-à-dire que les nègres n'ont habituellement aucun sens de la moralité.

Après tous les essais faits sur la plantation pour améliorer l'état moral de ses habitants, le gouverneur Aiken, pendant la saison de la fièvre jaune à Savannah, après la guerre, tandis qu'il visitait les pauvres malades, emporté par un sentiment de charité, trouva dans les plus misérables quartiers de la ville, et plongés dans l'état le plus abominable du vice, des hommes et des femmes qui avaient été autrefois de bons serviteurs sur ses plantations.

Jadis, l'île Jehossee était un heureux séjour pour le maître et pour l'esclave. Le gouverneur fermait rare-

ment la porte de son manoir. L'argenterie de famille,
évaluée à quinze mille dollars, était renfermée dans une
caisse placée dans une chambre du rez-de-chaussée, où
se tenaient pendant quatre mois de l'année, deux ou
trois serviteurs noirs. Bien que les nègres de l'habitation,
située seulement à quelques milles du manoir, connus-
sent la valeur des objets contenus dans le coffre-fort,
personne n'y toucha jamais : s'ils dérobaient les petites
choses, ils étaient incapables de commettre un vol considérable.

Quand l'armée de l'Union pénétra dans une autre
partie de la Caroline du Sud, où le gouverneur Aiken
avait enfoui ses anciens souvenirs de famille, auxquels il
avait joint une valeur de treize mille dollars d'argenterie, les soldats découvrirent ce trésor, évalué à quarante
mille dollars, et il devint le butin de l'Union.

Peu après, trois mille huit cents bouteilles de bon
vieux vin, valant de huit à dix dollars chacune, furent
détruites par l'ordre d'un officier confédéré, afin qu'elles
ne tombassent pas entre les mains de l'armée de l'Union.
Ainsi fut pillé un ancien et respectable gouverneur de
la Caroline du Sud, — un gouverneur qui était un
généreux voisin, un sincère patriote et un vrai chrétien.

Les infortunes du propriétaire de l'île Jehossee ne se
terminèrent cependant pas avec la guerre. Lorsque, en
effet, la lutte était virtuellement finie et que le beau manoir de la plantation de riz n'avait encore rien perdu de
son musée de famille et de son mobilier, Beaufort (Caroline du Sud) était cependant resté dans les mains du Bu-

reau des affranchis. Le bruit se répandit alors que la maison d'Aiken était pleine de très-beaux meubles anciens, et que quelques fidèles serviteurs en étaient les seuls gardiens ; des pensées cupides hantèrent aussitôt les imaginations coupables des représentants de l'ordre et de la loi. Les maisons étaient restées presque sans protection, la guerre était finie, la Caroline du Sud avait plié sa tête si fière, dans l'agonie, sur ses plantations incendiées et ses maisons ravagées. L'armée victorieuse proclamait maintenant la paix et promettait un généreux traitement à l'adversaire vaincu.

A quel état presque inimaginable de démoralisation fallait-il donc que fussent tombés les protecteurs des affranchis lorsqu'ils envoyèrent une canonnière à l'île Jehossee et qu'ils dévalisèrent de tous ses trésors cette antique maison ?

Aujourd'hui, le buffet préféré du gouverneur est chez un habitant de Boston, comme un trophée de la guerre. O gens du Nord, ne les gardez pas plus longtemps, ces trophées de la guerre, volés aux foyers du Sud ! Restituez-les à leurs propriétaires, ou bien cachez-les aux yeux de vos enfants pour qu'ils ne puissent pas être induits à croire que la guerre entreprise pour le maintien de la grande République était une guerre de pillage ! S'il n'en était pas ainsi, le courage des hommes et les prières des femmes auraient été dépensés en vain. Arrière ces pianos volés, ces buffets, cette argenterie qui ne vous appartenaient pas ! Que pouvait-on attendre autre chose que ce misérable petit pillage, d'hommes qui, envoyés dans le Sud pour y protéger les droits des

noirs, les ont dévalisés sans vergogne? Lé grand parti
politique du Nord, devenu le défenseur obligé des droits
de l'esclave, avait établi un Bureau des affranchis et des
caisses d'épargne pour garder leurs petites économies;
tout le monde sait quelque chose du fonctionnement
de ces caisses.

Les noms de beaucoup de leurs administrateurs doivent être voués à une éternelle infamie, car ces hommes
ont volé les épargnes du noir, en laissant le pauvre
affranchi, naïf comme un enfant, plongé au physique
dans le plus complet dénûment, et au moral dans l'im-
possibilité de savoir qui était son véritable ami.

L'histoire d'un noir fidèle de l'île Jehossee est un des
mille exemples que je pourrais citer. Pendant que le
tumulte de la guerre désolait le pays, le fidèle serviteur
était resté à son poste pour garder la propriété de son
ancien maître, se suffisant à lui-même en faisant du sel
et en vivant de la manière la plus frugale, afin d'épargner quelque argent pour ses vieux jours.

Il déposa cinq cents dollars, fruit de ses économies,
dans la caisse des affranchis la plus voisine, laquelle,
bien qu'elle fût un *enfant* de l'Union, suspendit ses paye-
ments. Le noir, alors réduit à la mendicité, perdit du
même coup le bénéfice de son travail si laborieusement
gagné et sa confiance dans ses nouveaux protecteurs.

Comme la guerre de la rébellion touchait à sa fin, le
bon cœur de M. Lincoln se reporta sur ses compatriotes
égarés, et il fit une liste des hommes les plus sages et les
meilleurs du Sud qui n'avaient pas pris une part active
à la lutte et à qui l'on pouvait confier la tâche de faire

rentrer dans leurs rapports constitutionnels les États révoltés. Le gouverneur Aiken, informé que son nom était sur cette liste, aurait été heureux d'accepter cette position difficile et de travailler dans les vrais intérêts du pays; mais le revolver d'un assassin mit fin à la vie du président, dont les rêves généreux de réorganisation ne furent jamais réalisés.

Dans les premiers jours de notre nouveau centenaire, repoussons les charlatans politiques et mettons au premier rang nos hommes d'État, ceux qui, pour servir et gouverner un peuple, pour arriver à l'union de ses forces, doivent toujours avoir présentes à l'esprit les paroles du grand homme d'État du Sud, qui a dit : « Je ne connais ni le Nord, ni le Sud, ni l'Ouest, ni l'Est, mais un pays indivisible. »

Le lundi, à dix heures du matin, deux noirs m'aidèrent à lancer mon canot du bord de la rivière à l'embouchure du canal, car la marée était très-basse. Comme je m'installais pour une longue course à la rame, un de ces noirs ouvrit une si grande bouche qu'on pouvait croire que sa figure allait se fendre en deux, et de toute la force de ses poumons il m'envoya ces mots d'adieu :
« A bas Massachusetts !

— Comment savez-vous que je suis du Massachusetts? lui répondis-je de mon bord.

— Je connais leur figure. J'ai été assez maltraité au fort Wagner ! »

A deux milles plus loin, le Bull me servit de raccourci; une demi-heure après y être entré, j'eus la marée contre moi. Je doublai l'île Goat, et je vis à ma gauche des

14

bouquets de bois qui s'élevaient d'une façon pittoresque, par place, sur les basses terres. Une heure plus tard, à ma droite, à la pointe Bennett, le chenal avait un quart de mille de largeur.

Durant cette étape, tout le pays que je parcourus avait un charmant aspect. Ici, des marais parsemés de futaies rompaient la monotonie de la solitude ; là, de modestes habitations de blancs et de noirs se montraient par intervalles dans la verdure des forêts. Dépourvu de carte exacte du département hydrographique, je me trouvai très-embarrassé, après avoir longé à la rame une des côtes de l'île Hutchinson, au milieu d'un réseau de ruisseaux, entre la pointe Bennett et la côte.

Je dessinai tant bien que mal une esquisse topographique du pays en descendant l'Hutchinson, autrement dit le Big-River ; c'est le meilleur des deux noms, car c'est un cours d'eau d'une grande largeur. Ensuite, je tombai sur un groupe d'îles basses ; sur l'une d'elles se trouve une plantation qui avait été abandonnée aux noirs ; la petite parcelle de terre sur laquelle deux ou trois maisons avaient été construites était le seul point qui ne fût pas inondé à marée haute, entre la plantation et la mer.

J'étais maintenant dans une grande hésitation. J'avais quitté la résidence hospitalière du gouverneur Aiken à dix heures du matin, tandis que j'aurais dû partir au lever du soleil, afin d'avoir le temps d'entrer dans le Sound Sainte-Hélène avant la nuit. La perspective de n'avoir pas d'abri devenait inquiétante, lorsque de grands cris, poussés par les noirs de la côte, attirèrent mon attention ; là, je stoppai sur mes rames, tandis qu'un bateau chargé de femmes et d'enfants venait au-devant de moi.

« Est-ce là le petit bateau? » dirent ces personnes en regardant mon canot avec curiosité ; d'autres questions me prouvèrent encore que, même dans ces régions solitaires, des coureurs noirs avaient d'avance instruit la population de la prochaine arrivée du canot de papier. Je m'informai près des négresses de la route que je devais prendre ; mais chacune de ces femmes me fit une réponse différente quant à ce qui était du passage des *Horns* au Sound Sainte-Hélène. Entrant hardiment dans les ruisseaux tortueux, tant que le soleil ne fut pas couché, j'allais de cours d'eau en cours d'eau, retournant à tout instant sur ma route, où la marée ne descendait pas encore assez pour m'indiquer le chemin du Sound. Avec le temps cependant, elle finit par baisser rapidement, et je la suivis en allant d'un bras à un autre, sans jamais trouver le passage principal.

Tandis que j'étais perdu dans les roseaux et fort embarrassé de savoir par où me diriger, le bruit de vagues qui se brisent vint frapper mon oreille comme une douce musique. La mer me faisait savoir qu'elle n'était pas loin. Promenant mes regards par-dessus les terres couvertes de gazon, je vis devant moi les grandes eaux du Sound Sainte-Hélène. La brise fraîche et salée de l'Océan, que je sentais sur mon front, me donna du nerf, et je redoublai d'efforts pour gagner des terres plus élevées où je pusse trouver un refuge.

Le jusant n'était pas encore au plus bas ; je dus traverser un fouillis de végétation, passer sur des terres inondées et pousser le canot dans le Sound. Mais alors je ramai comme si ma vie eût dépendu de mon énergie, côtoyant les marais de près et rassuré par la possession de ma carte, qui me promettait le secours de l'eau pour mon canot. La route que j'avais à faire était de suivre la côte du Sound depuis le point par où j'étais entré, puis de traverser les embouchures des rivières Combatree et Bull jusqu'à l'entrée du grand Coosaw. Je devais remonter cette dernière rivière pendant sept milles encore et camper sur la première terre élevée que je rencontrerais jusqu'au lendemain matin. La marée était maintenant contre moi, et la nuit se faisait pendant que mon fidèle canot était drossé le long des marais jusqu'à l'embouchure du Combatree, que j'avais encore à remonter l'espace d'un demi-mille pour me débarrasser d'un banc de frétillants marsouins qui pêchaient dans le courant.

Alors, descendant sur l'autre rive, je fis encore onze milles dans l'obscurité; mais une demi-heure avant d'atteindre la large embouchure du Bull, quelques énormes *black-fish* apportés par la mer sautèrent autour de moi, soufflant et cabriolant, pendant que leurs voisins plus démonstratifs, les marsouins, faisaient des bonds dans l'atmosphère brumeuse; ils occupaient tellement mon attention, qu'au lieu de gagner le Coosaw je pris sans le savoir la rivière du Bull, où je me trouvai bientôt perdu dans les sinuosités de la rivière.

Je passais très-près des rives marécageuses de ce cours d'eau pour éviter le violent courant de son chenal, et je ramais à tâtons dans l'obscurité, interrogeant du regard les bas-fonds bordés de joncs et cherchant à découvrir un point, sur les hautes terres assez élevé pour être à l'abri de la marée, où je pusse haler mon canot et passer la nuit. Le sentiment que j'étais égaré n'était pas des plus agréables. Au milieu du léger brouillard qui s'élevait des eaux tièdes et dans l'air froid de la nuit, les objets prenaient des formes fantastiques sur les marais. Quelques joncs, plus élevés que les autres, avaient l'apparence d'arbres hauts de vingt pieds. Ces images sans réalité semblaient cependant si réelles qu'à plusieurs reprises je dirigeai mon canot contre la rive molle et vaseuse, essayant de débarquer à diverses reprises dans ce qui me paraissait être un bouquet de broussailles; mais chaque fois je fus déçu dans mon attente. Néanmoins, je continuai à ramer pour remonter cette mystérieuse rivière, dont à ce moment j'ignorais même le nom, ne demandant qu'à trouver un point insubmersible où je pusse camper.

Tandis que j'étais dans cette anxiété, je portai mes regards en arrière, par-dessus mon épaule, et je crus reconnaître, mais comme une vision émergeant d'un banc de brume, la silhouette d'un grand navire avec toutes ses voiles serrées.

« Un navire à l'ancre dans ce pays qui n'est sur aucune route! » m'écriai-je, en croyant à peine mes yeux; mais quand je dirigeai mon canot de ce côté et que je regardai encore en arrière, l'illusion avait paru s'évanouir aussi bien que mes espérances.

Lorsque, une fois de plus, je revis de grands mâts

14.

perçant le brouillard, la coque du navire n'était pas
visible, et quand j'essayai de le reconnaître de plus près,
les bas mâts disparurent, puis les mâts de hune ; et enfin
les perroquets et les cacatois s'évanouirent à leur tour.
Pendant une demi-heure, je ramai et ramai à la recherche du fantastique navire qui se montrait et se déro-
bait à ma vue. Jamais pareil objet ne me hanta et ne me
préoccupa à ce point ; il semblait changer sa position
sur l'eau comme dans l'atmosphère, et j'étais trop occupé du désir de l'atteindre pour m'apercevoir, au milieu de l'obscurité, que le courant, que je ne distinguais
plus, me faisait descendre la rivière plus vite encore
que je ne croyais la remonter.

Songeant cependant à me dérober à la violence
du courant, je suivis la rive du marais jusqu'à ce que le
canot se trouvât en présence d'un vrai navire à l'ancre.
Alors, redoublant d'efforts, je lui passai à poupe en le
hélant : « Hohé ! du navire, hohé ! » Personne ne répondit à mon appel. Le navire avait l'apparence d'un
bâtiment de guerre, mais non pas de construction américaine. Pas de lumière à aucun des sabords ; personne
dont on entendît le bruit des pas sur le pont. Il était
comme abandonné dans le chenal, au milieu de grands
marais déserts. Le courant murmurait à son arrière,
tandis que la marée se rendant à la mer baignait sa ca-
rène noire. L'apparition devenait plus mystérieuse qu'elle
ne l'avait été lorsque je l'avais d'abord aperçue, comme
un mirage, sortant de la brume. Cependant, tout était
réel et non pas fantastique. Une autre interpellation,
plus forte que la première, pénétra dans l'air de la nuit

et arriva jusqu'au gaillard d'avant du navire, car un matelot répondit à mon appel et alla annoncer au capitaine la présence de mon bateau le long du bord.

Un bruit de pas fermes et réguliers résonna sur le pont; puis, tout d'un bond, un jeune homme de vigoureuse apparence s'élança sur le bastingage. Du haut de son beau navire, il regarda la petite coquille qui flottait sur le courant jaseur, et d'un organe qui se ressentait des brouillards de l'Océan, il cria d'une voix de tonnerre : « Hohé! du bateau; qui êtes-vous? — Le canot de papier *la Maria-Theresa*, répondis-je d'un ton aussi marin que je pus le faire. — D'où venez-vous? où allez-vous? répliqua le capitaine. — De Québec (Canada), à destination de votre navire pour y passer la nuit, si toutefois je peux jamais aborder, répondis-je à mon tour d'un ton moins éclatant, car je découvris bien vite que la nature n'avait pas songé à faire de moi une sirène. — Ah! est-ce vous? me dit gracieusement le capitaine en adoucissant tout à coup son accent; il y a bien longtemps que je vous attends. Un journal de Charleston nous a annoncé votre arrivée; montez, et cassons ensemble le cou à une bouteille de bon vin. »

« Tout le monde sur le pont! » cria-t-on du gaillard d'avant; alors, des officiers et des matelots finlandais, parlant l'anglais aussi bien que le russe, vinrent garnir le bastingage pour recevoir le canot de papier, qui leur avait d'abord été révélé par les journaux, lorsque leur navire était dans un port anglais, attendant la chartepartie qui devait les expédier ensuite à la rivière Bull (Caroline du Sud) pour y charger des phosphates.

L'aimable équipage m'envoya des cordes, avec lesquelles je commençai par attacher le chargement de
mon embarcation ; elle fut amenée le long du bord du
grand navire ; puis, lorsqu'elle eut été saisie par l'avant
et par l'arrière, je gravis l'échelle, en même temps
que le capitaine Johs. Bergelund et ses officiers récla-
maient la faveur d'embarquer le canot sur le pont du
Rurik. La petite coquille paraissait encore plus petite
lorsqu'elle fut sur le pont large et si bien briqué de l'ancien yacht à vapeur de l'empereur de Russie. Quoiqu'il fût
devenu maintenant un trois-mâts et non plus un navire à
vapeur, bien qu'il fût un bâtiment de charge et non plus
un yacht impérial, le *Rurik* avait l'air en tous points
d'un navire de la marine militaire, car son jeune capitaine, avec un amour-propre de vrai marin, le tenait
dans la propreté et l'ordre le plus irréprochables.

Nous allâmes souper. Le capitaine, ses officiers et
l'étranger étaient rassemblés autour d'une table, tandis
que de temps à autre le généreux marin apportait de
curieuses bouteilles et les déposait à côté de mets plus
curieux encore.

Tout ce qui m'entourait avait l'aspect du pays où l'on
voit le soleil à minuit ; j'aurais été encore plus désorienté
que lorsque, « dans le brouillard, je voyais et poursui-
vais ce vaisseau fantôme », si le capitaine Bergelund ne
m'avait mis à l'aise, grâce à la facilité de sa conversation en excellent anglais. Il causait de la Finlande, où
les lacs couvrent tout le pays, depuis Abo, sa capitale,
jusqu'à l'extrême nord, où les jours de l'été durent
« presque toute la nuit ».

En me peignant sous des couleurs brillantes les charmes de son pays natal, il m'invita à venir le visiter. A la fin, comme il était près de minuit, l'aimable marin insista pour me donner sa propre chambre, tandis que lui dormirait sur un sofa dans le salon.

A un mille au-dessus du mouillage du *Rurik,* on voyait l'usine à phosphate de la Compagnie du Pacifique, qui, au moyen d'alléges, apportait au capitaine·Bergelund son fret d'engrais. Le lendemain matin, je pris congé du *Rurik;* mais, au lieu de descendre la rivière du Bull jusqu'au Coosaw, j'imaginai, pour gagner du temps, de traverser la péninsule, entre les deux rivières, à l'aide d'un bout de canal construit tout près des mines de la Compagnie de phosphates. Lorsque j'entrai dans le ruisseau du Horse-Island, à onze heures, la marée était tout à fait basse, et je dus attendre, assis dans mon canot, que le flux me permît de me rapprocher du Coosaw. Je perdis ainsi trois heures, sur les bords du canal, à attendre que la marée me fournît un pied d'eau; puis je ramai dans le second cours d'eau, et il·était déjà tard quand j'entrai dans le large Coosaw. Les deux ruisseaux et le canal qui les réunit s'appellent le ruisseau Haulover.

En remontant le Coosaw, je longeai les marais alors submergés de sa rive gauche, où deux dragues repêchaient des débris de monstres marins des temps anciens. Le canot, ayant à la fois en sa faveur une brise fraîche et le courant, arriva bientôt en face des hauteurs que pendant la nuit précédente j'avais tant désiré d'atteindre. C'était le débarcadère Chisolm, en arrière duquel se trouvaient les ateliers de la Compagnie des mines de phosphate. L'inspecteur, M. John Hunn, m'offrit l'hospitalité de l'*Alligator-Hall,* où lui et quelques-uns des employés de la Compagnie vivaient en garçons. Mon hôte me décrivit une dent de mastodonte qui pesait presque quatorze livres, laquelle avait été découverte dans la mine de phosphate et envoyée au musée de Beaufort (Caroline du Sud). On avait aussi trouvé une dent de requin fossile du poids de quatre livres et demie, et un savant ichthyologiste avait assuré que le propriétaire naturel de cette remarquable relique, des temps passés devait avoir une centaine de pieds de longueur.

La ville de Beaufort n'était pas loin, et l'on pouvait y arriver facilement en prenant le ruisseau Brickyard, dont l'entrée était sur la rive droite du Coosaw, presque vis-à-vis du débarcadère de Chisolm. Il y avait environ six milles à faire sur ce ruisseau jusqu'à Beaufort, et de cette ville à Port-Royal-Sound, en suivant la rivière de Beaufort, il y a une distance de onze milles. L'embouchure de cette rivière dans le Sound n'est qu'à deux milles de la mer. Préférant suivre une route plus intérieure que celle de Beaufort, je remontai pendant cinq milles le Coosaw, jusqu'au Whale-Branch, sur lequel passe le pont du chemin de fer de Port-Royal. Whale-Branch (longueur : cinq milles) se jette dans la rivière Broad. Je le descendis en côtoyant la rive droite (treize milles) jusqu'à l'extrémité sud de l'île Daw. Là, dans cette région de côtes marécageuses, les rivières le Chechessee et le Broad réunissent la force de leurs courants dans le Port-Royal-Sound. Il faisait déjà sombre quand, en venant de l'île

Daw, j'entrai dans le Sound; il me fallait donc passer au plus vite dans le ruisseau Skull, à l'île Hilton-Head, ou camper toute la nuit.

Pendant six milles, jusqu'au vaste Atlantique, je sentais les nuages de brume qu'il nous envoyait sur les ailes d'une fraîche brise qui augmentait de force au fur et à mesure que je me rapprochais du large Chechessee. Je voulais traverser trois milles de ces eaux difficiles; j'aurais pu essayer de camper, mais la côte que j'allais quitter me menaçait de submersion à la prochaine marée. Dans la reconnaissance que je venais de faire à l'île Daw, je n'avais découvert aucun bouquet d'arbres hospitalier au milieu des grands joncs. Les circonstances tranchèrent la question; je me lançai dans le Sound, et le canot n'avait encore franchi qu'un demi-mille lorsque la rivière Chechessee s'ouvrit à ma vue dans toute sa largeur, et qu'un joli bouquet d'arbres, avec deux ou trois baraques à leurs pieds, se montraient distinctement sur l'île Daw.

Il était trop tard pour retourner sur mes pas et remonter la rivière jusqu'au bouquet d'arbres, parce que les eaux du Sound étaient troublées par la brise du large, qui fraîchissait toujours et soufflait en sens contraire du jusant, dont la puissance croissait en raison du grand volume d'eau du Chechessee. Il me fallut dépenser toute mon énergie pour soustraire le canot à l'action des lames courtes et clapoteuses. Une ou deux fois, je crus que ma dernière heure était venue. La merci de la Providence me donna la force et le sang-froid qu'exigeait cette épreuve critique; je ne sais pas par quel moyen je

franchis un dangereux banc d'huîtres au-dessus du ruisseau Skull et comment je me trouvai à la plantation
Seabrook, sur l'île Hilton-Head, près de deux ou trois
anciennes maisons, dont l'une avait été changée en magasin par M. Kleim, du 1er régiment des volontaires de
New-York; il habitait sur l'île depuis 1861. Il m'emmena à sa demeure de garçon, où la cargaison mouillée
de la *Maria-Theresa* fut envoyée à sécher au feu de la
cuisine.

Le lendemain 18 février, je quittai Seabrook; je suivis le ruisseau de Skull jusqu'au Makay et franchis l'embouchure de la rivière May; puis j'entrai dans le Calibogue-Sound, où une rafale éclata subitement et me
chassa dans un ruisseau qui débouchait des marais de
l'île Bull.

Quelques cabanes de noirs apparaissaient sur une
éminence; j'appris alors que ce petit bois s'appelait l'île
de Bull. Le coup de vent dura toute la journée, et comme
il n'y avait pas d'espoir de trouver aucun abri sur le
ruisseau, un nègre transporta mon canot sur une voiture
pendant quelques milles jusqu'au Bull, qui se jette dans
la rivière Cooper, l'un des cours d'eau que j'avais à descendre à partir du Calibogue-Sound.

Arrivé aux rives boisées du Bull, mon conducteur me
présenta au chef de l'établissement, petit vieux de ché-
tive apparence nommé Cuffi, qui, si respectueux que
fussent ses rapports avec les *Yankee men*, n'en était pas
moins très-désagréable et très-hautain avec les quelques
familles qui occupaient les huttes que couvraient de leur
ombrage de magnifiques chênes verts.

L'office de Cuffi ou sa cuisine était une construction
en bois, bâtie sur pilotis, qui mesurait environ dix pieds
de long sur neuf de large; c'était le seul endroit que l'on
pût vider de son contenu pour me recevoir. Notre marché ou notre bail ne fut que verbal, et les conditions de
Cuffi disaient simplement : « Tout ce que le blanc voudra bien donner à un vieux noir. » Cuffi coupa une
grosse houssine et signifia à une fille d'environ quatorze
ans de mettre l'office en état. Mais elle n'allait pas assez
vite au gré du vieux bonhomme, et il la frappait sur les
épaules avec sa baguette jusqu'à exciter ma compassion;
l'enfant semblait prendre la chose comme une plaisanterie de tous les jours, et la correction ne faisait aucune
impression sur la résistance de son crâne et l'épaisseur
de sa peau.

Lorsque je commençai à *tenir maison,* les vieilles
femmes vinrent me vendre des œufs et me demander du
tabac. Elles me prièrent aussi de ne pas jeter le marc de
mon café, « qui était toujours bon, disaient-elles, pour
en faire du café à l'usage des noirs » . Je leur distribuai
quelques-unes de mes provisions, et après avoir coupé
des roseaux et des branches pour m'en faire un lit, je
me couchai.

Ces noirs cultivaient le coton sea-island; mais le prix
étant tombé à cinq cents[1] la livre, ils ne pouvaient plus
gagner vingt-cinq cents par jour avec cette culture. Une
accalmie s'était faite avant l'aurore, mais un épais brouillard couvrait les marais et les ruisseaux. Toute la colonie

---

[1] Un cent vaut cinq centimes.

de Cuffi sortit avant le lever du soleil pour me voir partir, et le canot atteignit la brume au milieu de la large rivière Cooper, que je remontai en suivant de près la rive gauche. A quatre milles, en avançant dans ce cours d'eau, on rencontre un passage qui va, à travers les marais du Cooper, jusqu'au New-River; on appelle ce ruisseau le Ram's-Horn. En y entrant, et à droite, s'élève au milieu du marais une grande futaie, qui porte le nom de l'île Page. A moitié chemin, entre les deux rivières et le long et sinueux passage, est une autre éminence appelée l'île Pine, qu'habitent les familles de deux constructeurs de bateaux.

Tandis que je naviguais sur le Cooper et que le brouillard roulait en nuages épais sur les eaux calmes, une barque à voile, montée par des noirs, parut et disparut dans le brouillard. Je les hélai : « Dites-moi le nom du prochain cours d'eau, s'il vous plaît! » Une voix éraillée me parvint à travers la brume : « Souquez, et allez au diable! » Puis tout retomba encore une fois dans le silence de la nuit. Pour me rendre compte de la réponse peu courtoise qu'on venait de me faire et tout à fait contraire aux habitudes des gens du Sud, je consultai les cartes manuscrites que les pilotes de Charleston avaient eu la bonté de dessiner pour moi, et je vis que les noirs avaient dit la vérité et parlé géographiquement, car le ruisseau de l'île Pine est connu par les marins sous le nom : « Souquez, et allez au diable », à cause de ses sinuosités et parce que les courants de marées s'y rencontrent et s'y combattent à mi-chemin. Aussi devient-il très-dur pour le batelier de ramer dans ces parages, dont le nom, sans être de la meilleure compagnie, est pourtant géographique.

Après avoir quitté le Cooper, les eaux jusqu'à Savannah étaient tantôt jaunes et tantôt rouges. De l'île Pine, je descendis New-River sur deux milles et j'allai jusqu'à la coupure du Wall, qui n'a pas plus d'un quart de mille de long. J'entrai de là dans la rivière Wright, que je suivis pendant un couple de milles pour arriver dans les eaux jaunes, larges, turbulentes du Savannah. Mes pensées se reportèrent naturellement aux premiers jours de la navigation à vapeur, quand ce fleuve, aussi bien que l'Hudson, devint célèbre. En effet, si le *Savannah* ne fut pas le premier navire pourvu d'un système de propulsion par la vapeur qui ait paru sur les eaux de l'océan Atlantique, il a été le premier qui l'ait traversé. Rapportons-nous-en aux dates historiques. Le colonel John Stevens, de New-York, construisit le bateau à vapeur *le Phénix* vers l'an 1808, mais il ne put le faire naviguer sur l'Hudson, empêché qu'il était par le brevet de Fulton et de Livingstone. Le *Phénix* fut en conséquence obligé de faire par mer les traversées de New-York à la Delaware. Le premier bateau à vapeur qui se risqua sur les mers de l'Europe fut le *Caledonia,* qui, en 1817, fit la traversée de l'Angleterre en Hollande.

Le *Times* du 11 mai 1819 publiait dans le numéro de ce jour la réclame qui suit :

« GRANDE EXPÉRIENCE. — Un nouveau navire de trois cents tonnes a été construit à New-York ; il est spécialement destiné à faire la traversée de l'Atlantique. On l'attend à Liverpool, venant directement de New-York. »

Ce navire, gréé en trois-mâts, était le *Savannah*.

Le téméraire auteur du projet de traverser l'Atlantique avec un bateau à vapeur se nommait Daniel Dodd. Le *Savannah* avait été construit à New-York par Francis Ficket, pour le compte de M. Dodd. Stephen Vail avait fourni les machines, et le 22 du mois d'août 1818, le *Savannah* descendait gracieusement de son ber dans l'élément qui devait le conduire à la terre étrangère et à la gloire. Le 25 mai, ce navire, de construction exclusivement américaine, partit de Savannah et sortit de cette immense région de marécages sous le commandement du capitaine Moses Rogers avec Stephen Rogers comme pilote, tous les deux du port de New-London (Connecticut).

Le 20 juin, le steamer atteignit Liverpool, le passage ayant duré vingt-six jours, dont dix-huit sous vapeur. Un des fils de M. Dodd m'a raconté la sensation qu'avait produite l'arrivée d'un navire enveloppé de fumée sur la côte d'Irlande, et comment le lieutenant John Bowie, du cotre *le Kite,* de la marine royale, envoya un canot avec un détachement de marins à bord du *Savannah,* pour aider l'équipage à éteindre le feu, qui, dans l'idée des officiers de Sa Majesté, ne pouvait être attribué qu'à un incendie en train de dévorer le navire.

Le *Savannah,* après sa relâche à Liverpool, reprit la mer le 23 juillet et arriva à Saint-Pétersbourg sans aucun accident; il quitta ce port le 10 octobre; puis ce navire aventureux acheva sa campagne en arrivant le 30 novembre à Savannah.

. Je remontai le Savannah jusqu'à cinq milles de la
ville, et après avoir quitté la rive droite, où se voient de
grandes plantations de riz, j'entrai dans le ruisseau
Saint-Augustin, qui est la route intérieure suivie par
les bateaux à vapeur qui se rendent en Floride. Tout à
côté de la ville de Savannah et près de son beau cimetière où de grands arbres avec de gracieuses guirlandes
de mousse d'Espagne abritent du vent et du soleil le
champ du repos, mon canot fut remisé dans une dépen-
dance de Greenwich-Park, où M. John Hellwig l'accueillit
de la manière la plus aimable, ainsi que son propriétaire.

Pendant que j'étais au bureau de la poste de Savannah, attendant mes lettres, bon nombre de dames de
cette belle ville vinrent voir le canot de papier, mais
elles supposaient à tort que mon pauvre petit canot était
venu des pays lointains du Canada par l'océan Atlantique.

Elles envisageaient le voyage de mon canot au point
de vue sentimental, tandis que pour le canotier c'était
une affaire tout à fait pratique, quoique le voyage eût
été parfois agrémenté d'incidents tantôt romanesques,
tantôt comiques. Lorsque les dames furent rassemblées
autour de mon canot, que l'on avait commencé par déposer sur la table, au milieu du salon, chez M. Hellwig,
elles m'adressèrent une multitude de questions.

« Dites-nous à quoi vous pensiez en manœuvrant vos
rames pendant les longues heures de la nuit. »

Bien que j'eusse la crainte d'enlever à ces dames leurs
poétiques illusions, je dus les informer qu'un canotier

doué d'un peu de bon sens a nécessairement besoin de
se reposer de temps à autre, soit au bivouac, soit dans
les arbres ou même encore sous un toit, s'il est possible, lorsqu'il fait trop nuit pour reconnaître sûrement
sa route. Quant à la navigation sur l'Océan, le canot n'y
était entré qu'une seule fois, et c'était par erreur.

« Mais à quoi songiez-vous lorsque vous ramiez, ramiez et ramiez tout le jour dans ce petit navire? me dit
une dame d'un certain âge. — A vous dire la vérité,
mesdames, lorsque je suis dans des eaux peu profondes
avec la marée qui se retire toujours au moment le moins
opportun, je suis pris de la peur de me perdre sur des
bancs d'huîtres à coquilles coupantes, et je me souhaite
alors à moi-même d'être dans des eaux profondes. Puis,
lorsque ma route me conduit dans les eaux profondes
des Sounds et que leur surface est mise à l'état de dés-
ordre échevelé par des vents violents, et quand les marsouins me rendent leurs petites visites, chassant le canot, battant l'eau de leur queue, se livrant à la folie de
leurs jeux, je me sens pris du regret d'être loin des
bas-fonds, et je désire surtout me retrouver encore dans
les petits cours d'eau sans profondeur. — Nous autres
femmes, nous avons prié pour votre salut et le succès de
votre voyage », me dit une dame ayant un air doux et
l'apparence d'une Allemande.

Dès que ces femmes se furent retirées, deux ouvriers
irlandais, tout de noir habillés, coiffés de grands cha-
peaux qu'ils portaient avec un air de dignité, examinè-
rent le bateau ; ils n'avaient ni l'un ni l'autre cette allure
de plaisanterie et d'entrain qu'on voit d'ordinaire sur

les figures irlandaises; cette fois le cas était sérieux.
Ils ne pouvaient découvrir ni aucune affaire de roman,
ni de sentiment dans mon voyage, et ne s'occupaient que
du point de vue géographique. Ils restèrent à regarder le
bateau en silence avec l'attention sérieuse et solennelle
qu'ils auraient mise à faire une enquête sur un cadavre.
Ensuite ils se parlèrent l'un à l'autre, comme si le propriétaire de la petite embarcation ne pouvait rien entendre de leur conversation.

Le n° 1 : « Eh bien, quoi? qu'est-ce que je vous ai dit,
Pater? — Oh ! vous me l'avez bien dit, reprit le n° 2.—
Certes, je vous l'avais dit, ajouta le n° 1.— Oui, et naturellement n'étais-je pas du même avis? répondit le n° 2.
— Oui; je vous ai dit que les hommes de ce temps-ci
sont supérieurs à ceux des temps passés. Il y avait autrefois le grand Colomb, qui eut besoin de trois navires
pour découvrir l'Amérique. Savait-il rien des bateaux de
papier? Mais rien, rien du tout. Il navigua sur de
gros navires, tandis que ce jeune homme a fait toute la
route depuis le Canada jusqu'ici. Je vous dis que les
hommes d'autrefois n'étaient pas à la hauteur des
hommes d'aujourd'hui. Voici, par exemple, le capitaine
Boyton, qui n'a pas du tout, mais pas du tout, besoin de
steamer ou de navire, et qui a traversé l'océan Atlantique à la nage dans des vêtements de caoutchouc pour
se tenir bien au sec. Voyez, mon ami, comment il a débarqué ces jours-ci sur les côtes de la vieille Irlande.
Maintenant, qu'est-ce que Christophe Colomb, ou tout
autre homme des siècles passés, en comparaison de
ceux-ci? Colomb ne pourrait même pas dénouer les cor-

dons des souliers de Boyton! Oui, encore un coup, les hommes du jour sont supérieurs à ceux des temps passés. — Et, interrompit le n° 2, il y a un Anglais qui a fait le voyage du fleuve le Nil dans un canot. — Le Nil, s'écria vivement le n° 1, ne perdez pas votre temps à parler de ça, ce n'est pas du nouveau du tout, du tout; il y a longtemps qu'on le connaît, et personne ne s'en occupe plus maintenant. — Cependant, reprit le n° 2, quelques-uns des gens de l'ancien temps étaient très-entreprenants; il y avait, par exemple, ce grand voyageur Robinson Crusoë! Nous devons avouer qu'il était un grand homme pour *son* temps! — Le même qui est allé aux îles de la mer du Sud et s'y est fixé? demanda le premier de ces biographes. — C'est lui, lui-même », reprit le n° 2 avec animation.

Cette instructive conversation fut interrompue par des hommes et des femmes qui venaient à leur tour voir le canot de papier.

CHAPITRE TREIZIEME

DE SAVANNAH A LA FLORIDE

Aux Sea-Islands de la Géorgie. — Jeté sur l'île Green. — L'île Ossabaw. — Le Sound Sainte-Catherine. — L'île Sapelo. — La vase de la rivière de la vase. — Une nuit dans une cabane de noirs. — Shoutings sur l'île Doboy. — L'île Broughton. — Les îles Saint-Simon et Jekkyl. — Entrevue avec un alligator. — L'île Cumberland et la rivière Sainte-Mar.e. — Adieu à la mer.

Je repartis le 24 février. La route que j'allais suivre me faisait traverser les îles de la côte de la Géorgie jusqu'à sa frontière sud, le Cumberland-Sound et la rivière Sainte-Marie. Cette partie de la côte est très-intéressante et très-bien dessinée sur les cartes n°ˢ 56 et 57, publiées par les ingénieurs hydrographes environ un an après mon voyage.

Les paquebots vont de Savannah au port de la rivière Saint-John (Floride), en prenant la route pittoresque des eaux intérieures. En suivant cet itinéraire, le voyageur peut éviter par le chemin de fer, de Savannah à Jacksonville, un trajet complétement dépourvu d'intérêt, sur lequel des terrains sablonneux et des forêts de pins présentent à l'œil un aspect peu séduisant. Il suffirait d'un dragage de peu de profondeur, aux frais du trésor public, exécuté sur certains points de la route suivie

15.

par les paquebots à vapeur, pour la rendre plus courte.

Laissant Greenwich, Bonaventure et Thunderbolt derrière moi, sur les coteaux, le canot s'avança sur la
grande étendue de côtes marécageuses des rivières Wilmington et Skiddaway, jusqu'aux Skiddaway-Narrows,
cours d'eau tortueux et resserré qui unit le Skiddaway
avec le Burnside. Les basses terres étaient pittoresques,
et quelques-unes d'entre elles étaient très-bien cultivées.

En quittant Burnside pour entrer dans la grande
rivière Vernon, et en approchant de la mer, le canot
fut surpris par un de ces coups de vent violents qui
bouleversent fréquemment les eaux des côtes, et il fut
poussé sur un petit tertre dans les marais de l'île Green,
sur la rive gauche de la rivière Ogeechee. Autrefois,
l'île Green était bien cultivée, mais elle n'est plus
aujourd'hui que la résidence d'été de M. Styles, son
propriétaire. Deux ou trois familles de noirs habitaient
les cabanes et prenaient soin de la maison pendant
l'absence de M. Styles.

Je dus me mettre dans la boue jusqu'aux genoux pour
amarrer le canot, et comme la tempête se prolongea
toute la nuit, force me fut de dormir sur le plancher
de l'humble cabane d'un noir, nommé Echard Holmes,
après avoir d'abord distribué à sa famille des biscuits et
du café. Tous les noirs du voisinage étaient réunis pour
voir le canot, et en apprenant que j'étais du Nord, un
vieux noir à cheveux gris me demanda de porter « ses
doléances » à Washington.

« Le gouvernement, dit-il, a été très-bon pour nous

autres noirs. Il nous a donné notre liberté — c'est très-bien — mais une autre chose nous manque, c'est que le général Grant rende tout cela définitif. Le magasinior [1] ne donne au pauvre noir qu'un dollar par boisseau de grain, et quelquefois moins. Il faut faire quelque chose de plus pour le pauvre noir. Dites au gouvernement de faire pour lui ce que l'ancien maître m'a dit : « Vous avez été un bon esclave dans les temps passés, « un très-bon esclave; maintenant, je vous donne un, « deux, trois, cinq acres de terre pour vous. » Alors, le pauvre noir sera heureux, le maître aussi, et nous serons heureux tous les deux! Avez-vous un peu de tabac pour ce pauvre vieux ? »

Le manoir de M. Styles n'était qu'à trois milles d'Ossabaw-Sound. La petite île Don et Caye-Raccoon sont à l'embouchure du Vernon. Entre les deux îles, il y a un *passage* profond, par lequel les marées se précipitent avec force ; il s'appelle Hell-Gate [2]. Au sud du Raccoon, la rivière Ogeechee verse un très-grand volume d'eau dans le Ossabaw-Sound.

J'entrai dans la grande rivière Ogeechee par le passage de l'île Don, et je vis des pêcheurs d'esturgeons occupés à tendre des filets le long des côtes des Sea-Islands, situées entre les Sounds Ossabaw et Sainte-Catherine; il a huit milles de long sur six de large. Du côté de la mer, le rivage est bordé de hauteurs et de

---

[1] Employé du gouvernement chargé de l'administration des biens confisqués.

[2] La porte de l'enfer.

collines entremêlées de clairières, tandis que la partie
occidentale est composée surtout de marécages, et coupée de nombreux ruisseaux. Toutes les Sea-Islands
produisent des cotons à longue soie, connus dans le
commerce sous le nom de sea-island, et avant la guerre,
c'était une variété d'une très-grande valeur. Maintenant,
quelques noirs occupent seuls les fonds abandonnés par
les propriétaires, et ils ne savent s'en faire qu'un revenu
médiocre.

Il y a beaucoup de daims dans les forêts de l'île
Ossabaw. Un de ses anciens propriétaires m'apprit qu'il
devait bien y avoir une dizaine de milliers de porcs
sauvages, car, en quelques années, ils se multiplient
considérablement, et les noirs en détruisent peu. Les
porcs domestiques deviennent en peu d'années très-
timides, et sauvages si on les abandonne dans les forêts.
Il est impossible de chasser ces animaux sans chien,
quoiqu'ils soient en grand nombre dans les bois.

Le temps était devenu délicieux, et si j'avais possédé
une tente portative, je n'aurais pas cherché ailleurs un
gîte dans une maison habitée, sur la route. La malaria,
qui s'élève des eaux douces, s'étend dans beaucoup des
Sea-Islands pendant la saison d'été; mais elle ne rendait pas dangereux, pour le moment, un campement en
plein air. Traversant le Grand-Ogeechee au-dessus de
l'île Middle-Marsh, je suivis cette rivière jusqu'au ruisseau qui s'appelle le passage de la Floride, par lequel
j'atteignis la rivière Bear, que je descendis ensuite jusqu'au Sound Sainte-Catherine. J'eus une grande vue de
la mer lorsque mon canot traversa la brèche, large de

deux milles, pour gagner la rivière Newport. Ensuite, après l'avoir remontée pendant quatre milles, j'entrai dans le ruisseau Johnson, produit des rivières Newport, nord et sud.

Prenant le Newport du sud, ma petite embarcation descendit jusqu'à l'extrémité sud de l'île Sainte-Catherine et arriva au Sound du même nom ; là, franchissant une autre passe au coucher du soleil, j'atteignis enfin High-Point et l'île Sapelo.

Au milieu de grands arbres verts, une belle maison, qui faisait honneur au goût de celui qui l'avait construite, s'élevait noblement sur une haute colline. Ce n'était pourtant plus qu'un de ces nombreux monuments où sont ensevelies les espérances des temps passés. Le propriétaire, un homme du Nord, acheta après la guerre un tiers de l'île Sapelo, au prix de cinquante-cinq mille dollars en or. Il essaya, comme tant d'autres gens du Nord l'ont aussi tenté, de fournir à l'esclave de la veille l'occasion de montrer sa valeur et ce que, devenu affranchi, il pouvait produire. « Payez régulièrement au noir son salaire, traitez-le comme vous traiteriez un blanc, et il vous récompensera par son travail. » Ainsi pensait ce généreux colonel du Nord ; en conséquence, il fit construire une grande maison, conclut des traités avec ses affranchis, les payant pour leur travail, et les traitant comme des hommes. Le résultat de cette conduite produisit sa ruine, et cela tout simplement parce qu'il n'avait pas réfléchi que le noir n'était pas né libre, et que la démoralisation, conséquence de l'esclavage, pesait encore sur lui. Outre ces faits, nous

devons aussi ne pas oublier certains principes moraux et
ethnologiques qui existent dans le type nègre pur, et
qu'ignorent entièrement ces philanthropes malgré leur
prétention de croire qu'ils comprennent le noir par son
frère demi-blanc, le mulâtre.

La rivière Mud [1] ouvrait sa large embouchure devant
moi ; lorsque j'eus franchi la passe, la marée était très-
basse. Le Mud est un point d'arrêt sur la route des
steamers à la Floride. L'obscurité devenait si profonde,
que je dus me rapprocher de la côte pour chercher un
lieu de débarquement. J'essayai d'abord d'aller près
d'un tertre où se trouvait la maison d'un noir ; mais la
marée s'étant retirée dans le chenal très-étroit du Mud,
le canot échoua dans la vase sans pouvoir en sortir. Je
sautai par-dessus le bord et m'enfonçai dans la vase
jusqu'aux genoux. J'appelai au secours, et comme
réponse à mon appel, un noir de haute taille, armé
d'un fusil à deux coups, commença par me coucher en
joue du rivage. Je répétai mon appel, en disant que je
voulais aller à terre : « Eh bien! tirez-vous d'affaire
comme vous pourrez, me répondit-il d'un ton bourru.
Qu'est-ce que vous venez faire ici sur la plantation
Choc'late? Absolument rien. »

J'expliquai à ce vilain noir que j'étais un homme du
Nord. « Je voyage, lui dis-je, pour connaître le pays ;
mon intention est de camper près de votre maison, dans
l'intérêt de ma sécurité ; si vous voulez bien m'aider à
prendre terre, je vous convaincrai, je vous le promets,

[1] La rivière de la vase.

de mes bonnes intentions, en vous montrant ce que contient mon canot, et alors vous verrez bien que je ne suis pas un ennemi des hommes de couleur. » Je lui parlai des cartes, des lettres et des couvertures qui étaient dans le petit canot si fermement échoué dans la vase, lui expliquant quel dommage ce serait pour moi si quelque maraudeur, passant à la prochaine marée haute, s'emparait de mon bateau. L'homme, qui jusquelà était resté dans une attitude menaçante, abaissa lentement son fusil, et me dit : « Dans le temps où nous vivons, il n'y a pas d'amis. J'ai eu un bateau volé par quelque blanc, et j'ai pu supposer que vous veniez aussi pour me dévaliser. On ne peut pas se fier aux gens de la rivière. Ils volent tout. Il y a des tas de « mauvais « blancs », depuis la guerre, qui enlèvent au noir ses poulets, ses bateaux et tout ce qu'ils peuvent attraper. A la grande maison sur High-Point, des blancs ont volé des lits, des meubles et tout ce qui se trouvait à leur portée. Depuis la guerre, tous sont des coquins ! »

C'était à la fois fatigant et dangereux de faire avancer le canot par-dessus la vase molle et glissante, jusqu'à la terre ferme, et je courus le risque de m'engloutir dans les bas-fonds. Je me tirai cependant de la difficulté, et je me trouvai face à face avec ce noir, qui avait fini par se rassurer. Avant de me débarrasser de la boue qui couvrait mes vêtements jusqu'à la ceinture, je lui montrai mon étui à cartes, et je lui expliquai le but de mon voyage ; il avait l'air très-intelligent, et après m'avoir fait quelques questions, il dit à son fils :

« Reporte ce fusil à la maison » ; puis se tournant de

mon côté, il ajouta : « Voilà comme je suis : je sais comment faire pour vous traiter en ami, comme un blanc, et je me battrais avec quiconque voudrait m'en imposer. Mais je vois que vous êtes un gentleman ; je ne vous traiterai pas comme un nègre ; je vous donnerai ce que j'ai de meilleur. Venez à la maison. »

Alors je reçus toutes sortes d'attentions dans la demeure de ce noir si résolu. La cargaison du canot de papier fut déposée dans un coin de la chambre. La femme et les enfants, assis devant un feu brillant, écoutèrent le récit de mon voyage, et je fis un pot de fort café pour toute la famille. Ce noir savait lire, mais non écrire ; aussi me pria-t-il de lui faire une adresse à mettre sur une balle de coton sea-island d'environ cent soixante livres, qu'il avait récolté et qu'il devait expédier par le bateau à vapeur *Lizzie*, à Savannah. Pendant que je me reposais la nuit dans mes couvertures étendues par terre dans la seule chambre confortable de la maison, je voyais apparaître et disparaître la silhouette massive du noir, qui se glissait doucement près de moi, se penchant tout doucement pour voir si j'étais bien couvert, et empilant sans bruit des branches de chêne vert sur le brasier, pour combattre l'humidité qui s'élevait de la rivière.

Le lendemain matin, il m'apporta un seau d'eau froide, et ne possédant pas de serviette assez propre pour un blanc, il exigea que je prisse pour me laver les mains et la figure, le tablier de calicot tout frais empesé de sa femme. Au moment de partir, lorsque je proposai à mon hôte de payer son hospitalité et l'excellent déjeu-

ner d'huîtres que sa femme avait préparé pour moi, il
me dit : « Vous pouvez donner à ma femme ce que vous
voudrez pour sa cuisine, mais rien pour la nourriture
ni le logement : pour être un homme de couleur, je
ne suis pas un nègre. »

Nous étions au samedi, et pendant que je suivais, la
rame à la main, la passe du New-Tea-Kettle, qui unit
la rivière Mud avec le Sound Doboy, près de l'extrémité
sud de l'île Sapelo, je me demandais comment et où je
passerais la journée du dimanche. Si je remontais les
rivières North et Darien jusqu'à la ville de Darien,
l'expérience que j'avais acquise me faisait prévoir qu'au
lieu de me reposer, je serais forcé d'exhiber le canot
de papier à la foule rassemblée. Pour éviter cette repré-
sentation, j'étais décidé à passer la journée du dimanche sous le premier bouquet d'arbres qui m'offri-
rait un abri et du bois à brûler. Mais lorsque le canot
pénétra dans le Sound Doboy, qui avec sa passe sépare
Sapelo de l'île Wolf, le vent s'éleva avec une telle violence, que je fus forcé de chercher un refuge dans l'île
Doboy, petit territoire marécageux de quelques acres
d'étendue, occupé par l'établissement et la scierie à
vapeur de MM. Hiltons, Foster et Gibson, marchands de
bois dans le Nord.

Des navires étrangers et américains, mouillés sous le
vent des marais, attendaient leur chargement de
planches et de madriers, tandis que des radeaux de bois
naviguaient sur la rivière l'Altamaha et sur d'autres
courants, venant des forêts de pins de l'intérieur pour
se faire débiter sur place. Un des propriétaires de

l'usine, un homme du Nord, occupait avec sa famille un très-joli cottage dans le voisinage de la scierie. Les habitants de Doboy, ayant appris par les journaux du Sud la prochaine arrivée du canot de papier, le reconnurent aussitôt qu'il toucha leur île. Je ne pouvais trouver ni hôtel ni logement dans cette colonie d'hommes du Nord, de canotiers et de nègres, et j'allais repartir à la recherche de quelque bouquet d'arbres, lorsqu'un artisan m'offrit le plancher d'une chambre inachevée, dans une maison en construction, où je passai mon dimanche, en tâchant de me reposer et en faisant venir mes repas d'un restaurant tenu par un noir.

Un membre de la famille Spaulding, propriétaire d'une partie de l'île Sapelo, vint me faire une visite, et en me voyant dans une demeure si dépourvue de comfort et entouré de milliers de mouches qui envahissaient mes couvertures, il me pressa de retourner chez lui, où il pourrait, disait-il, me recevoir dans une installation plus agréable. Le gracieux M. Spaulding ne savait pas combien j'étais devenu peu sensible à des ennuis tels que la dureté du plancher et les persécutions des moustiques. J'oubliais les ennuis de ce genre devant les souhaits de bienvenue qui m'étaient adressés par tous les habitants du Sud (à bien peu d'exceptions près), dont le territoire avait été envahi par le canot de papier.

Il n'y avait sur l'île qu'un seul lieu consacré à l'exercice du culte, et il était desservi par des noirs. Un neveu du propriétaire de l'île Doboy, originaire de la Nouvelle-Angleterre, m'avait invité à assister aux *shoutings*. Nous partîmes le dimanche soir, pour nous rendre au lieu de

l'assemblée religieuse des noirs. Une jeune négresse,
toute couverte de rubans, interpella ainsi dans la rue
un jeune homme de couleur, esprit fort : « Vous n'allez
pas aux *shoutings, Sam?* Pourquoi? Vous ne m'avez
jamais entendue chanter, mon cher; on dit que je
chante si bien! » Quelques noirs réunis dans un petit
hangar, et le prédicateur, un ancien affranchi, allait lire
un hymne, lorsque nous entrâmes. Au début, les chants
étaient *piano* et monotones, mais ils s'élevaient par degré
à un haut diapason, à mesure que les noirs s'animaient.
Les prières succédèrent aux cantiques. Alors, le prédicateur noir fit cesser le *shouting,* pour s'occuper de ce
qu'il considérait comme d'un intérêt plus important, et
il discourut sur les choses spirituelles et temporelles, à
peu près ainsi :

« Maintenant, j'ai à vous dire quelque chose d'un
haut intérêt. » En ce moment, deux jeunes noirs se
levèrent pour quitter l'assemblée, mais ils furent tout de
suite arrêtés par un nègre qui avait le dos appuyé contre
la porte.

« Non, non, reprit le prédicateur, on ne sort pas
ainsi. Je connais ça. Personne ne doit quitter sa place
avant que j'aie fini. Maintenant, asseyez-vous. Sachez
que je suis ici pour prêcher l'Évangile sur toute l'île
Doboy. Assez parler, le temps est venu de construire
une église. Qu'est-ce que votre fierté? Qu'en faites-vous?
Vous n'en avez pas! Cette grange sera-t-elle donc toujours votre église? Tenez, regardez cette chaire — un
baril de farine et une chandelle plantée dans le goulot
d'une bouteille. — C'est là la chaire de votre temple!

Non, vous n'avez pas de fierté. Voyez, voilà les blancs
qui viennent de New-York pour entendre prêcher l'Évangile dans cette grange, avec un baril pour chaire et une
bouteille vide pour candélabre ! Assez de discours
comme cela ! Tout le monde à l'œuvre ! Les gens de
l'usine nous apporteront des planches pour une nouvelle église, les autres donneront de l'argent. Que tous
les hommes de couleur viennent mardi prochain, et que
chacun apporte des planches ou quelque autre chose;
l'un un dollar, l'autre dix cents, s'il ne peut donner
plus. Nous savons où trouver les blancs quand nous
avons besoin de leur argent, mais les gens de couleur,
eux, nous glissent dans la main lorsque nous passons le
chapeau de la quête. »

Après cette exhortation du prédicateur, je dis à mon
compagnon que j'avais l'intention d'offrir un dollar au
ministre pour sa nouvelle église; mais il me répondit
sur un ton qui n'était pas approbatif : « Oh! si vous
voulez m'en croire, donnez-le à une autre personne,
placée près de lui; nous ne remettons jamais l'argent au
prédicateur, car il gaspille toujours les fonds qu'il reçoit
pour les besoins du culte : nous ne nous fions à lui que
pour *prêcher*. »

Le lundi 1ᵉʳ mars, le temps fut beau d'abord, puis le
vent s'éleva lorsque le canot atteignit la coupure des
Three-Miles, qui réunit la rivière Darien avec l'Altamaha.
Je pris l'étroit passage que suivent les bateaux à vapeur,
mais le vent m'empêcha d'entrer dans le large Altamaha,
et je dus retourner à la rivière Darien, la remonter jusqu'au Cut-du-Général, qui, avec le Butler, fournit un

passage jusqu'à l'Altamaha. En entrant dans le Cut-du-Général, je pris un grand alligator qui dormait à fleur d'eau sur la berge, pour un tronc d'arbre échoué sur un banc de vase. Le canot toucha presque le saurien avant qu'il fût réveillé de sa sieste pour se replonger dans l'eau.

Le Cut-du-Général pénètre dans une rizière, située vis-à-vis la ville de Darien, jusqu'à l'île Butler, propriété de feu Pierre Butler. Cette plantation, depuis la guerre, n'avait pas été une affaire très-productive pour les propriétaires d'aujourd'hui ; leur zèle à répandre l'instruction parmi leurs anciens esclaves est digne d'éloge. Depuis quelques années, la récolte d'oranges faite sur l'île Butler représente une certaine valeur.

De l'embouchure du Cut-du-Général, en descendant la rivière Butler jusqu'à l'Altamaha, il n'y avait qu'une petite distance à franchir. Ce dernier cours d'eau aurait pu me conduire au Sound Altamaha, lequel j'évitai en passant par le Cut-Wood pour aller dans la rivière South-Altamaha, et je pris ensuite ma route à travers les rizières dans la direction de l'île Saint-Simon, qui est voisine de la mer. Dans l'après-midi, quand je me fus rapproché de l'île Broughton, où le South-Altamaha offrait à la grande brise un large champ pour se déployer, et m'envoyait de petites vagues par-dessus mon canot, j'aperçus une maison blanche, sous la véranda de laquelle était assis un homme âgé. Ce relais me semblait devoir être le dernier que je dusse faire jusqu'à l'île Saint-Simon. Dans le cas où le vent aurait continué à souffler du même point, il m'aurait été impossible de traverser le Buttermilk dans la soirée; aussi j'allai à terre pour demander s'il n'y avait pas quelque bouquet d'arbres sur les rives des marais, entre la plantation et le Sound.

Le capitaine Richard Alkin, propriétaire non marié de l'île Broughton, commença par me donner tous les renseignements dont j'avais besoin pour me rendre à l'île Saint-Simon, puis il pria le canotier de vouloir bien partager sa confortable résidence jusqu'au lendemain, et ledit lendemain, quand la chaleur du soleil et les eaux tranquilles de l'Altamaha m'invitaient à continuer mon voyage, l'hospitalier planteur de riz prétendit que le temps n'était pas assez sûr pour que je pusse m'aventurer sur le Sound. De fait, il me garda pendant quelques jours dans une captivité contre laquelle je ne protestai que bien faiblement. Il ne me laissa partir qu'à la condition expresse de revenir une autre fois passer un mois avec lui pour explorer les Sea-Islands et les chasses du voisinage. Le capitaine Alkin était un planteur qui avait réussi en employant avec les affranchis le système du salaire à la tâche; mais, tout en les protégeant dans l'exercice de leurs droits, il était très-rigoureux sur la discipline. Les nègres semblaient l'aimer et lui être plus attachés qu'à ceux des planteurs qui leur laissaient faire tout ce qui leur convenait. Le relâchement de l'autorité, avec ces gens-là, a toujours pour résultat une diminution des récoltes. Les rivières et les marais qui sont dans le voisinage de l'île Broughton abondent en beaux poissons et en tortues de mer; les marais et les bas-fonds de ces îles offrent également d'excellentes occasions aux chasseurs d'exercer leur adresse sur la gent emplumée.

Le lundi 9 mars, la *Maria-Theresa* quitta l'île Brough-ton avec toutes sortes de bonnes choses que le généreux capitaine m'avait forcé d'accepter.

L'atmosphère était adoucie par les brises embaumées et par la chaleur du soleil, qui jouait avec les ombres des nuages sur les grands marais reverdis par le retour du printemps. Les poissons sautaient hors de l'eau lorsque je leur faisais sentir le contact de mes légers avirons.

Avant dix heures, j'étais à l'île Saint-Simon, — où M. Pierce Butler cultivait autrefois le coton, et où il avait amené sa fiancée anglaise, miss Kemble ; — l'île n'est plus qu'une plantation abandonnée. La rivière Frédérica me fit côtoyer l'île Saint-Simon, dans toute sa longueur, jusqu'au Sound Saint-Simon. L'histoire nous apprend que Frédérica fut la première ville construite par les Anglais en Géorgie ; elle fut fondée par le général Oglethorp, qui présida à la fondation et à l'établissement de la colonie. Cette forteresse était peut-être la plus belle et la plus coûteuse de toutes celles qui ont été construites dans l'Amérique du Nord par les Anglais.

En continuant ma route vers le Sud, le canot entra dans le dangereux estuaire du Sound Saint-Simon qui, avec sa passe ouverte à l'Océan, se laisse facilement traverser jusqu'à l'île pittoresque de Jekyl. Les frères Dubignon y jouissent de la vie libre des rois des forêts, en chas-sant le cerf sur cette ancienne résidence de leur famille. Elle était jadis le refuge hospitalier où le touriste du Nord et le marin naufragé partageaient fraternellement les plaisirs de cette vie avec les excellents hôtes de ce grand manoir, qui pendant la guerre servit de cible à une canonnière, et est maintenant en ruine!

C'est là qu'au milieu de la nuit, il y a vingt ans, le négrier le *Wanderer* débarqua ses noirs d'Afrique. Le capital de l'opération avait été fourni par trois propriétaires du Sud, et l'exécution avait été confiée, par un contrat soigneusement rédigé, à des gens de Boston!

Le temps calme favorisait beaucoup mon voyage, et si je n'eusse pas manqué le ruisseau Jekyl, qui est la route que suivent, par les marais, les bateaux à vapeur pour se rendre au Sound Saint-André, toute la navigation de ce jour eût été des plus heureuses.

L'embouchure du Jekil étant très-étroite, je dus longer les basses terres, jusqu'à ce que j'eusse trouvé un passage dans les marais, à une petite distance de celui que je cherchais. Après avoir suivi pendant quelque temps son cours sinueux, et un peu tard dans l'aprèsmidi, le canot se trouvait sur un large cours d'eau d'où mes regards, en passant au-dessus du Sound Jekyl, découvrirent le large.

Je remontai cette rivière, appelée le Jointer, dans le dessein de trouver une éminence où je pusse camper. La marée était basse, et j'avais le niveau du marais à trois ou quatre pieds au-dessus de ma tête. Après beaucoup d'anxieuses recherches, et bien des coups d'aviron sur les doux soupirs du jusant, à l'île Colonel, je découvris une forêt de pins et de petits palmiers sur une pointe, à environ quatre milles, — par les marais

et la rivière Brunswick, — de l'intéressante et ancienne
ville de Brunswick (Géorgie).

Les rives vaseuses de ces bois étaient, par places,
bordées d'un épais fouillis de roseaux, et je restai
immobile sur mes rames, pour découvrir un lieu de
débarquement. Un bruit, qui paraissait sortir des joncs,
attira soudain mon attention : quelque animal s'agitait
au milieu des herbes, et dans la direction du canot.
Ma vue se porta d'abord sur les têtes des joncs, courbés,
couchés, brisés, et mes oreilles tendues cherchaient à
découvrir la cause du craquement qui se faisait dans
les roseaux, à travers lesquels se mouvait cet animal
inconnu. Ma curiosité fut bientôt satisfaite, car je vis
sortir lentement du couvert un alligator presque aussi
grand que mon canot. Sa tête n'était pas moins longue
qu'un canon de fusil ; son épaisse carapace était toute
gluante de vase, et ses yeux ternes étaient braqués droit
sur moi. J'étais si surpris et si fasciné par l'apparition de
ce monstrueux reptile, que je restai sans mouvement
dans mon bateau, lorsque le monstre, après avoir réfléchi sans doute, plongea à quelques pas de moi.

Le bouquet de bois perdit tout aussitôt ses charmes,
et je m'éloignai plus vite que je n'étais venu. Dans
l'obscurité, je vis deux autres petits tertres, entre l'île
Colonel et la rivière Brunswick, qui me paraissaient
être à une courte distance du Jointer, et je suivis pendant un quart de mille le sinueux passage de l'un d'eux.

En forçant de rame, et en remontant un ruisseau
étroit dans la direction du plus grand de ces tertres, mes
yeux se réjouirent à la vue d'une petite maison entou-

16

rée de chênes verts; mais pour l'atteindre il me fallait abandonner mon canot, et essayer de passer à gué le marais. La marée montait rapidement, et il n'était pas impossible que je fusse dans la nécessité de traverser à la nage quelque ruisseau intérieur avant d'atteindre un terrain sec.

Je commençai par enfoncer une rame dans la vase du marais, puis j'amarrai mon canot, car je savais que tout le pays, à l'exception du petit tertre, serait bientôt sous l'eau à marée haute. Marchant dans la vase, je me frayai un chemin à travers les grandes herbes de la rive, où mes pieds s'embarrassaient souvent; je sautai des fossés naturels, et lorsque je me trouvai enfin sur la terre ferme du plus grand de ces bouquets de bois, le Jointer, la voix de M. Williams résonna agréablement à mon oreille : « Mais d'où venez-vous? me criait-il; comment avez-vous fait pour traverser le marais? »

Après avoir expliqué à toute la famille réunie autour de moi la situation critique du canot, nous nous assîmes à la table du souper. M. Williams paraissait particulièrement inquiet de savoir ce qu'était devenue la cargaison de mon bateau. « Les blaireaux éventeront vos provisions et mettront tout en pièces; il faut aller tout de suite au canot. »

Pour retrouver la *Maria-Theresa*, nous fûmes obligés de suivre un ruisseau qui côtoyait le petit tertre, vis-à-vis de l'endroit où j'avais débarqué, et de ramer encore deux ou trois milles sur le Jointer. A neuf heures nous arrivâmes à l'emplacement où j'avais laissé le canot de papier, mais tout avait changé d'aspect : le sol était sous l'eau, plus aucun point de repère n'était visible, à l'exception de la poignée de l'aviron, qui émergeait de ce grand lac, tandis que tout près de ce lieu flottait gracieusement ma petite compagne. Nous la remorquâmes, et après avoir vaqué aux soins peu agréables d'enlever la boue qui couvrait mes vêtements, l'excellent lit de mon hôte me permit de reposer mes membres et mes nerfs si fortement éprouvés depuis le coucher du soleil.

Le lendemain fut un jour à grains, avec un ciel couvert. La passe Jekyl et le Sound Saint-André sont larges de trois milles. De l'embouchure du Jointer, ouverte à tous les vents, jusqu'à High-Point de l'île Cumberland, la distance est de huit milles. Cette route offrait de grands dangers pour un petit bateau comme le mien, lorsque le temps continuait à être si peu propice. Après être entré dans les Sounds, il n'y avait qu'une seule éminence, près de l'embouchure de la rivière Satilla, qui pût servir de refuge au voyageur.

Sur cette côte, le temps au mois de mars est toujours pluvieux et venteux. Je ne pouvais pas me laisser bloquer sur l'éminence du Jointer par les giboulées, car il fallait pénétrer dans la partie basse du marais Okefenokee avant que la saison chaude en eût rendu le séjour dangereux.

Après avoir tenu conseil, M. Williams s'engagea à faire arriver le canot et son capitaine ce même jour à l'île Cumberland. Son petit sloop eut bientôt appareillé, et quoique les lames courtes et agitées du Sound et de violentes rafales rendissent la navigation des bancs dif-

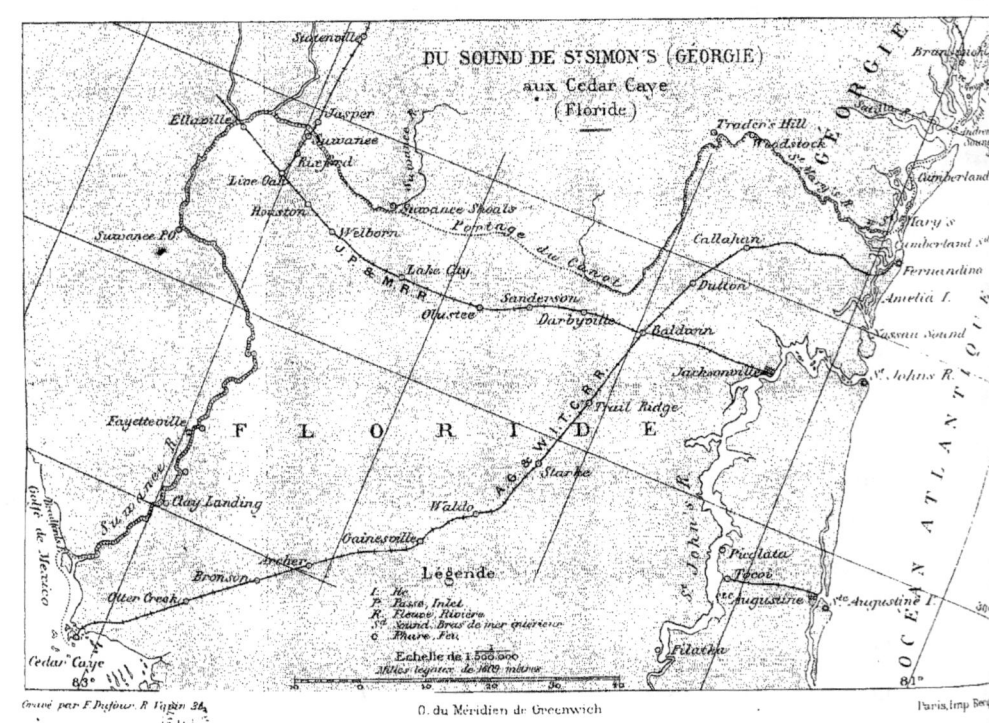

DU SOUND DE St SIMON'S (GÉORGIE)
aux Cedar Caye
(Floride.)

Légende

L. Ile.
P. Passe, Inlet.
R. Fleuve, Rivière.
S^d. Sound. Bras de mer intérieur
c. Phare, Feu.

Echelle de 1.500.000
Milles légaux de 1600 mètres

Gravé par F. Dufour, R. Vigan 31.

0. du Méridien de Greenwich

Paris, Imp Becquet

CHAPITRE QUATORZIÈME

LA RIVIÈRE SAINTE-MARIE ET LES SOLITUDES
DU SUWANEE

Portage jusqu'à Dutton. — Descente de la rivière Sainte-Marie. — Fête donnée par les habitants au canot de papier. — Projet de canal à travers la Floride. — Portage jusqu'au Suwanee. — Discours d'un noir sur l'électricité et le télégraphe. — Sermon d'un ancien esclave.

Je remontai la belle rivière de Sainte-Marie, qui sort du grand marais Okefenokee. L'État de Géorgie était à ma droite, la Floride à ma gauche. De gracieux bouquets d'arbres parsemaient les marais, et le pays, en général, offrait un caractère particulièrement intéressant. A quatre milles du Sound Cumberland, je vis devant moi la petite ville de Sainte-Marie, située sur la rive géorgienne de la rivière. Je descendis à terre pour me renseigner sur la route à suivre à travers le marais Okefenokee.

Je voulais me procurer des informations sur le Sainte-Marie, dont je me proposais de suivre le cours supérieur jusqu'à sa source même; puis, après avoir fait un portage de trente-cinq à quarante milles dans l'ouest, jusqu'au Suwanee, descendre enfin dans le golfe du Mexique. Mes efforts pour obtenir des renseignements

16.

positifs à Sainte-Marie et à Fernandina sur le Sound
Cumberland (Floride) furent infructueux; un petit établissement à Trader-Hill, soixante-quinze milles en
remontant le Sainte-Marie, était la limite géographique
du savoir local, tandis que je voulais suivre la rivière
encore pendant une centaine de milles au delà de ce
point.

Je craignais, en m'aventurant à explorer les sources
du Sainte-Marie, d'être obligé de revenir à mon point de
départ, faute d'avoir trouvé sur ses bords quelque colon
qui pût m'aider à faire un portage jusqu'au Suwanee, et
j'abandonnai l'idée de remonter cette rivière. Dans ce
dilemme, une aimable lettre sembla devoir me tirer
d'embarras. MM. Dutton et Rixford, deux hommes du
Nord, qui possédaient de grands moyens de transport
pour le service de leurs manufactures de résine et de
térébenthine soit à Dutton, à six milles de la rivière
Sainte-Marie, soit à Rixford, près du Suwanee, me
donnaient le bon conseil de transporter mon canot par
le chemin de fer du Sound Cumberland à Dutton. De
cette station, M. Dutton m'offrait de conduire le canot
à travers les solitudes jusqu'à la rivière Sainte-Marie,
qui de ce point pourrait être aisément descendue jusqu'à
la mer. Le chemin de fer me conduirait à Rixford, et en
suivant le Suwanee, j'arriverais sur la côte marécageuse
du golfe du Mexique.

L'honorable David Yulee, président et propriétaire
pour un tiers de la Compagnie du chemin de fer de
A. G. et W. J. T. C. qui relie la côte de l'Atlantique
avec les Cayes-Cedar, sur le golfe, m'offrit un parcours

gratuit sur ce long chemin de fer, pour tout voyage d'exploration que je voudrais faire, tandis que son fils, Wickliffe Yulee, s'emploierait pour écarter toutes les causes de délai que je pourrais rencontrer.

Ces messieurs étaient Floridiens ; ils ont fait de grands efforts pour encourager les explorateurs honnêtes de la péninsule de la Floride, et n'ont pas peu contribué à détruire l'indigne exploitation qui se faisait des émigrants agricoles du Nord, en encourageant la création d'une Compagnie foncière du chemin de fer, laquelle offre une concession de territoire de quarante acres pour cinquante dollars, à choisir le long du chemin de fer, qui traverse presque six cent mille acres de terre sur l'État. Un homme n'ayant relativement qu'un petit capital peut maintenant essayer de se créer une habitation sous le doux climat de la Floride, et si ensuite il abandonne l'entreprise, comme il n'aura versé que peu de fonds, la perte ne sera pas considérable.

La distillerie de térébenthine de Dutton était située dans une épaisse forêt de grands pins. Le major C. K. Dutton me fournit, le lendemain de mon arrivée à la station Dutton, un attelage de mules pour transporter la *Maria-Theresa* jusqu'à la rivière Sainte-Marie. Un soleil très-chaud dardait obliquement ses rayons sur la belle forêt, pendant que le conducteur suivait un sentier à peine tracé à travers les marais. Avant midi, les eaux de la rivière étaient faciles à distinguer dans la perspective, et un peu plus tard, la pagaie en main, je poussais le canot vers la côte de l'Atlantique. Une végétation luxuriante d'arbres et d'arbrisseaux bordait les rives, par place

inondées, du grand cours d'eau. Au second plan, sur
un sol sablonneux, s'élevaient des forêts de pins jaunes
d'une grandeur si extraordinaire qu'ils cachaient tout
l'horizon. De petites éminences et des grèves de sable
blanc de peu d'étendue m'offraient d'excellents points de
campement.

S'il vous arrive de demander à un cracker des marais
Okefenokee pourquoi il s'est établi dans un pays aussi
abandonné et où il n'a pour compagnons que quelques
bestiaux et des porcs, avec des moustiques, des
mouches, de la vermine, des alligators et des hiboux
qui rendent les nuits lugubres, il ne manquera pas
de vous dire : « Oui, étranger, mais le bois et l'eau
en si grande abondance dans les marais sont des avantages qu'on ne trouve pas partout. »

Tandis que je descendais rapidement le noir courant, je cherchais du regard dans l'épaisseur des bois
quelque hutte de colon, mais je ne pus découvrir nulle
part, ce jour-là, aucune clairière, pas le plus petit nuage
de fumée s'élevant d'une cheminée pour m'indiquer la
présence de l'homme civilisé. J'étais seul dans ces vastes
solitudes, que traverse rapidement, mais sans bruit, la
rivière jusqu'à la mer. Thoreau aimait le marais, comme
le font tous les amants de la nature ; car nulle part ailleurs elle n'a déployé aussi généreusement la puissance de sa végétation et la variété infinie de ses mer-
veilleuses richesses botaniques. Dans ces lieux, les
oiseaux se réunissaient en troupes, fuyant la chaleur et
les hauts plateaux sablonneux pour venir chercher de
l'eau pure, la fraîcheur des ombrages et une multitude

de graines brillantes et curieuses propres à satisfaire leur gourmandise.

A mesure que la petite *Maria-Theresa* se frayait un chemin à travers la forêt ouverte, et sous la voûte de ces beaux arbres, au milieu des marais humides et couverts de pins, mes pensées se reportaient sur la modeste existence de Concord, le savant naturaliste. Combien il eût été heureux de descendre cette rivière sauvage depuis le marais jusqu'à la mer ! Il nous a quittés pour des joies plus pures, mais je pouvais encore lire avec plaisir son *Walden,* comme s'il eût vécu, et relire ses études sur la nature avec un intérêt toujours croissant.

Les marais ont leur caractéristique particulière. Ceux du Waccamaw avaient un air tout à fait morne, tandis que ceux du Sainte-Marie resplendissaient des rayons du soleil aux yeux du voyageur. Dès que le canot eut recommencé son trajet sur la rivière, un bruit aigu, semblable à celui que ferait un homme en frappant l'eau avec une large pelle, attira mon attention. Comme ce bruit se répéta un grand nombre de fois, et toujours à l'avant de mon bateau, j'en voulus savoir la cause. C'étaient des alligators qui se jetaient à l'eau ; ils la battaient de leur queue, à mesure qu'ils plongeaient dans la rivière, pour fuir le perturbateur de leur sécurité. Afin de bien observer les mouvements de ces reptiles, je rapprochai le canot à quelques pieds de la rive gauche, et par un mouvement accéléré de mes avirons, j'arrivai face à face avec l'un de ces monstres, qui se jeta à l'eau sous le regard qui le fixait avec fermeté. L'alligator abaissa sa vilaine tête, fouetta l'eau de sa queue, et plongea sous le canot

comme un animal complétement intimidé. Tous ces
sauriens étaient très-jeunes; très-peu d'entre eux avaient
plus de quatre pieds de long. Je n'aurais jamais songé à
faire toutes ces investigations, s'ils avaient été de la taille
de celui que j'avais vu sur l'île Colonel; peut-être me
serais-je rappelé que la prudence est plus que la moitié
du courage, et je les aurais laissés faire en paix leur
sieste, au soleil, sur la rive.

Les centaines d'alligators, petits ou grands, que j'ai
vus sur les rivières du Sud et de l'Amérique du Nord,
fuyaient à la vue de l'homme. L'expérience que plusieurs de mes amis ont acquise dans leurs rapports avec
les alligators a été plus sérieuse; il est bon de prendre
ses précautions quand il s'agit de camper, pour la nuit,
près de l'eau infestée par ces grands sauriens. Il suffirait à un seul de ces puissants animaux de prendre
par la jambe un homme endormi pour l'entraîner au
fond d'une rivière; ils ne semblent jamais avoir peur d'un
être endormi, ou qui est couché; mais, comme la plupart des animaux sauvages, ils fuient devant la fière
attitude de l'homme qui se tient *debout*.

Il était tard, dans l'après-midi, lorsque je passai près
d'une île faite par une coupure dans un coude de la
rivière Sainte-Marie, et en conséquence des instructions que j'avais reçues, je comptai sur la rivière les
quatorze coudes qui devaient me mener jusqu'au bac
Stewart, dont le propriétaire occupait une cabane
située sur une hauteur dans les bois, mais qui ne pouvait
être aperçue de la rivière. Près de ce lieu, habité par
des scieurs de bois et des bûcherons, j'amarrai mon

canot sur un banc sablonneux qui n'avait que quelques
pieds de long. Un petit tertre de cinq ou six pieds au-
dessus de l'eau me fournit de larges feuilles de palmier,
d'une espèce naine, dont je fis mon lit. Mon panier à
provisions devait me servir d'oreiller ; la vue d'un peu
de feu de bois sec me réconforta quelques instants,
mais sa flamme brillante attira bientôt des nuées d'insectes ailés. Après avoir préparé du chocolat et mangé
quelques sandwiches de bœuf et des biscuits secs, je
continuai mon installation pour la nuit, et, me sentant
quelque peu préoccupé à l'endroit des grands alligators,
j'étendis sur moi un morceau de toile vernie, roide et
forte, et je mis mon petit revolver, ma seule arme,
sous ma couverture.

Impressionné par la nouveauté de mon étrange position, je parvins difficilement à m'endormir. Ce fut une
nuit de rêves. Des bruits indistincts, mais nombreux,
troublèrent mon cerveau jusqu'au moment où je fus
complétement éveillé et tiré de mon insomnie par d'hor-
ribles visions et par des cris plaintifs. Des cris d'animaux et des hurlements sauvages se faisaient entendre en
chœurs, au milieu desquels je ne pouvais rien distinguer,
si ce n'est les voix confuses des blaireaux, qui se battaient
dans les bois ; mais ceux-là étaient de vieilles connais-
sances, que j'avais vues souvent rassemblées le soir
autour de mon campement, pour ramasser les restes de
mon souper.

Pendant que je prêtais l'oreille, une clameur retentit
tout à coup autour de moi ; elle ressemblait tellement à
un cri de guerre, que je tressaillis de crainte sur mon lit

de feuilles de palmier. C'était comme le beuglement d'un
bœuf en fureur, et même peut-être encore plus puissant
et plus pénétrant. Le voisinage de cet animal était extrêmement peu rassurant, car il s'était planté sur le bord
de la rivière, près du petit tertre où j'avais fait mon
installation. A ce cri, il fut répondu par un beuglement
venant de l'autre bord; mais heureusement ces deux
alligators mâles n'échangèrent que leurs cris de défi sans
en venir au combat. Des bandes de mulots se frayèrent
un chemin jusqu'à mon panier aux provisions, dans les
feuilles de ma litière.

Ce fut donc au milieu d'ennuis sans fin que la nuit se
passa péniblement; mais la lumière du soleil fut impuis-
sante, jusqu'à huit heures, à pénétrer l'épais brouillard
qui enveloppait la rivière d'une largeur d'une soixantaine
de pieds environ. Des trains de bois la bloquaient près
du cantonnement de Trader's Hill, et sur cette base très-
peu sûre, le canot fut transporté pendant un quart de
mille, puis remis à l'eau. Traversant plusieurs flottes de
radeaux qui couvraient toute la largeur du Sainte-Marie,
je finis par m'ennuyer de cet exercice, et lorsque j'eus
dépassé le dernier d'entre eux, j'avais pris le parti de
camper jusqu'au lendemain, quand tout à coup j'entendis des voix d'hommes dans les bois.

Bientôt un personnage, accompagné de deux bateliers, se montra à ma vue et me fit des signes de bienvenue; ils avaient eu connaissance de mon prochain
passage à Trader's Hill, par un courrier envoyé de Dutton à travers les forêts, et ces hommes avaient calculé
ma marche avec tant de précision, qu'ils étaient arrivés

sur ce point juste en temps utile pour m'y rencontrer.
Les deux bateliers passèrent les mains sur toute la surface du canot, en m'exprimant dans leur langage parti-
culier le plaisir qu'ils éprouvaient à voir l'excellence de
son fini : « C'est la plus extraordinaire invention que
j'aie jamais vue ; c'est gentil comme un cercueil tout
neuf ! s'écria l'un. — En vérité, c'est la plus merveilleuse
chose que l'on puisse voir ! » ajouta l'autre.

Les deux robustes bateliers enlevèrent le canot comme
si ce n'eût été qu'une plume, et ils le portèrent en sautant d'une pièce de bois à une autre, sur toute la longueur des radeaux ; alors ils le remirent doucement à
l'eau, en ajoutant à leur adieu la bonne nouvelle qu'il
n'y avait plus ni flottes ni radeaux jusqu'à la mer, et
que, si cela me plaisait, je pouvais aller sans crainte
jusqu'à New-York !

Je dépassai bientôt la haute falaise de Trader's Hill,
sur la rive gauche du Sainte-Marie, et le courant sembla
alors mollir subitement ; là, je sentis le premier mouvement de la marée, bien que l'Océan fût encore à plusieurs milles de distance ; le flot montait. Je dus mettre
la pagaie de côté, et après avoir replacé mes légers
tolets d'acier, je descendis rapidement la rivière, devenue large à cette heure, jusqu'à ce que les ombres de la
nuit tombassent sur la forêt et la rivière. Je vis alors sur
une élévation la belle résidence de M. Lewis avec sa
scierie à vapeur, à un lieu nommé Orange-Bluff, sur la
rivière, du côté de la Floride. Je fus reçu de la façon la
plus aimable par M. et madame Lewis, qui habitent
depuis vingt ans Orange-Bluff, endroit pittoresque,

mais séparé des bruits du monde. Il y avait sur cette propriété des orangers vieux de quarante ans, et tous en plein rapport. Près de la maison, jaillissait une belle source sulfureuse.

J'appris du propriétaire que pendant sa longue résidence dans cette charmante localité, il n'avait éprouvé qu'une seule attaque de fièvre. Il regardait le Sainte-Marie, à cause de la pureté de ses eaux, comme une des rivières les plus salubres du Sud. La descente de ce cours d'eau devenait un passe-temps de jour de fête. Quoiqu'il y eût peu de signes de la présence de l'homme, l'aspect général était tout à fait plaisant. J'avais dépassé quelques scieries, une briqueterie et une rizière abandonnée, lorsque les marais salins qui s'étendent dans la rivière, descendue des hauteurs couvertes de forêts, me révélèrent le voisinage de la mer. Sur le bord du fleuve, de grands alligators faisaient la sieste au soleil.

A la brune, je découvris la ville de Sainte-Marie dans toute l'opulence de sa verdure; quelques instants après, le canot de papier était soigneusement déposé dans un hangar appartenant à un des habitants de la localité, tandis que des pratiques du pays m'assuraient que j'avais parcouru cent soixante-quinze milles de la rivière.

Un soir, pendant que je jouissais de l'hospitalité d M. Sisas Fordam à sa belle résidence d'hiver, Orange-Hall, située au centre de la ville de Sainte-Marie, je reçus une lettre signée de l'Honorable J. M. Arnow, maire de la ville, qui m'invitait au nom des autorités

municipales à me rendre à Spencer-House. A mon arrivée
à l'hôtel, une surprise m'attendait. Les habitants
s'étaient réunis pour fêter le canot de papier, aussi bien
que son propriétaire, et lui exprimer les sentiments de
sympathie qu'eux, gens du Sud, éprouvaient pour leurs
amis du Nord. L'hôtel était décoré de drapeaux et
d'emblèmes de verdure, et sous l'un de ceux-là, on
lisait ces mots, ingénieusement tracés à l'aide de fleurs :
« *Cent mille bons souhaits de bienvenue!* »

Le maire et ses amis m'attendaient sous la véranda de
l'hôtel. La longue avenue d'arbres resplendissait de
brillantes lumières, et la musique retentissait dans l'air
de la nuit. C'était une retraite aux flambeaux venant de
la rivière, et portant sur un brancard orné de lanternes
chinoises et de guirlandes de laurier, le petit canot de
papier. Venaient ensuite les membres du Base-ball-club,
vêtus de leur riche uniforme, qui portaient la *Maria-
Theresa,* tandis que les mariniers de la flotte des radeaux, avec des drapeaux de plusieurs nationalités, formaient l'arrière-garde.

Quand la procession arriva devant l'hôtel, je fus salué
de trois salves de hurrahs, poussés par l'assistance,
après quoi le maire lut l'adresse de bienvenue qui
m'était présentée au nom de la ville. J'y répondis non-
seulement en mon nôm, mais aussi au nom de tous
ceux de mes compatriotes qui désirent l'établissement
d'un gouvernement respectable et honnête dans toutes
les parties de notre chère patrie. Le maire, M. Arnow,
me remit une copie du discours qu'il venait de prononcer;
il invitait tous les gens industrieux du Nord à fonder des

établissements à Sainte-Marie, promettant qu'il serait
pris des mesures pour encourager la fondation de manufactures, etc., etc., par les capitaux du Nord et par le
travail du Nord. Après la remise de l'adresse, la femme
du maire me présenta deux bannières au nom des
dames de la ville, ouvrage qu'elles avaient brodé elles-
mêmes en mon honneur, et qui fut reçu avec la plus
vive reconnaissance par l'heureux destinataire.

Après que ces gracieux souvenirs m'eurent été remis,
chaque dame et chaque enfant présents déposèrent dans
mon petit canot un bouquet de fleurs cultivées dans les
jardins de la ville, et la *Maria-Theresa* reçut quelque
quatre cents de ces aimables témoignages de la bonne
volonté de cette population hospitalière. Non-seulement
les habitants de Sainte-Marie rivalisèrent entre eux pour
faire au voyageur solitaire une vraie réception comme on
sait les faire dans le Sud, mais M. Curtis, un Anglais
qui s'était fixé dans cette ville, séduit par le beau climat
de la Géorgie, fit tout ce qui dépendait de lui pour montrer l'estime où il tenait le canotage, en se mettant à la
tête de la manifestation des bateliers et de la troupe
qui portait les drapeaux de la procession.

Je quittai Sainte-Marie avec un vif désir de revoir un
jour ses environs pleins d'intérêt, et d'y étudier le climat
de la Géorgie du sud; car, c'est chose étrange à dire,
jamais aucun cas de fièvre n'a pris naissance dans la
ville même. On peut se rendre à Sainte-Marie par les
bateaux à vapeur de l'intérieur, ou par le chemin de
fer jusqu'à Fernandina, à laquelle ville il est rattaché
par un bac à vapeur d'un parcours de huit milles.

La spéculation n'ayant encore rien changé à la valeur peu considérable des terrains qui entourent Sainte-Marie, les hommes du Nord peuvent s'y procurer pour l'hiver des résidences agréables à un prix modéré. Le port de cette ville est ouvert à l'importation. M. Joseph Separd, un très-fidèle employé du gouvernement, y a occupé le poste de receveur des douanes depuis quelques années. Les navires de fort tonnage pouvant remonter la rivière Sainte-Marie à marée haute, depuis la mer jusqu'aux quais de la ville, ses habitants prédisent un développement considérable à leur localité quand un canal navigable entre l'océan Atlantique et le golfe du Mexique aura été exécuté. Depuis longtemps, le colonel Rixford étudie un plan qui a pour objet « de prolonger le système de la navigation des cours d'eau de l'Ouest et du Sud jusqu'à l'Atlantique ». Il propose d'unir les cours d'eau naturels de la côte du golfe du Mexique par des canaux d'un petit parcours, à l'aide duquel des navires d'un tirant d'eau de sept pieds, chargés des produits du Mississipi, pourront passer de la Nouvelle-Orléans, à l'ouest, aux ports du sud, des États de l'Atlantique. Ces navires traverseraient donc la péninsule de la Floride, du Suwanee au Sainte-Marie, par un canal pratiqué dans les marais Okefenokee, et cette route épargnerait plusieurs centaines de milles de navigation sur les eaux de l'Océan. On éviterait ainsi les dangereux bancs madréporiques des côtes de la Floride et des Bahamas, et on aurait une navigation de cours d'eau protégés par les terres, réunis en un seul système.

Je fis un autre portage par chemin de fer, pour compléter mon voyage jusqu'au golfe du Mexique, et j'arrivai à Rixford, près du Suwanee, par le chemin de fer A. G. et W. I. T. C., à Baldwin, d'où, par la ligne J. P. et M., je me rendis à Live-Oak. Un autre embranchement venant du nord se réunit à cette ligne, près de laquelle MM. Dutton et Rixford ont récemment établi leurs usines de résine et de térébenthine.

A Rixford, je me trouvai près du sommet qu'on peut appeler l'épine dorsale de la Floride, point de partage des eaux qui se déversent d'un côté dans l'Atlantique, et de l'autre dans le golfe du Mexique. C'est un pays accidenté, couvert de magnifiques forêts de pins, d'où la térébenthine s'extrait en abondance. La demeure du propriétaire, le magasin et la distillerie avec quelques maisons de bois habitées par les nègres et les employés blancs, composaient tout l'établissement de Rixford.

Les crackers et les nègres venaient de très-loin pour voir le canot de papier. Un grand nombre de personnes s'étant rassemblées à Rixford, dans l'après-midi, pour faire la connaissance du petit bateau, je le lançai sur une de ces curieuses nappes de la plus pure eau cristalline, que l'on appelle *sink* [1] dans ces régions. Bien que ce petit lac innomé, clair comme un miroir, ne couvrît pas un acre de superficie, les mouvements de l'embarcation, manœuvrée à la pagaie, excitèrent un enthousiasme qu'on voit rarement parmi les bûcherons des bois de pins. Dès que le canot eut été déposé avec pré-

---

[1] Gouffre, puits.

caution sur cette mare à surface argentée, une femme se mit à crier très-haut : « Lac Theresa », et ainsi fut nommé, par un consentement mutuel de l'assemblée, cette petite mare de cristal.

Les noirs se pressaient autour du canot et cherchaient à se rendre compte de sa solidité ; s'étonnant de la longue distance qu'il avait parcourue, ils s'exprimaient à la façon particulière et originale de leur idiome. L'un d'eux, connu comme « un nègre à la langue bien pendue », s'offrit pour expliquer cette merveille aux intelligences quelque peu confuses de ses camarades. A cette question, faite par un noir : « Comment ce Yankee a-t-il pu faire tout ce chemin dans un canot de papier, tout seul ? » *le nègre savant* répondit : « Par la volonté du Seigneur. Personne ne pourrait aller si loin dans un canot de papier, si le Seigneur ne l'aidait pas. Le Seigneur est le créateur de toutes choses ; il met les idées dans la tête des gens, et ils les exécutent. Il y a eu ce grand Franklin, capitaine Franklin ; il avait imaginé de mettre le tonnerre en bouteille et de faire le télégraphe. Dans ce dessein, il enleva un grand cerf-volant jusqu'aux cieux, et il mit le fil dans une bouteille où il n'y avait rien. Puis il prit la bouteille d'une main et le bouchon dans l'autre ; alors vint le tonnerre qui remplit la bouteille, mais aussitôt le capitaine Franklin, avec une rapidité fébrile, la reboucha, et c'est ainsi qu'il mit le tonnerre en bouteille. Mais c'est l'œuvre du Seigneur, et non pas celle du capitaine Franklin. »

C'était amusant d'observer les diverses physionomies des nègres en écoutant la description de la découverte

de l'électricité et du télégraphe. Ils ouvraient de grands
yeux, étonnés, et leurs grosses lèvres s'étalant de plus
en plus, couvraient leur visage plus que la nature ne
l'autorise d'ordinaire. Le silence qui succéda au discours de l'orateur fut interrompu par l'exclamation suivante, faite par un noir d'une physionomie peu intelli-
gente :

« Comment a-t-il pu enfermer le tonnerre dans la
bouteille et ne s'est-il pas fait sauter lui-même? —
Mais vous voyez bien que c'était l'œuvre de Dieu! »

Pendant que j'étais en Floride, j'apportai une grande
attention à la manière dont les noirs organisent leurs
offices appelés *shoutings*. Si je donne un compte rendu
littéral de l'éloquence du clergé noir, ce n'est ni pour
le tourner en ridicule, ni pour montrer qu'il est dépourvu de valeur intellectuelle, mais au contraire avec
l'espérance que mon récit provoquera quelque sympathie de la part des Églises libérales du Nord, qui n'oublient ni l'Africain de la côte de Guinée, ni les insulaires barbares des mers du Sud. Un prêtre instruit,
appartenant à l'Église catholique romaine, m'a dit qu'il
avait été désappointé par le peu de progrès que son
Église, si puissamment organisée, avait faits dans la con-
version des noirs affranchis. Avant de me trouver au
milieu d'eux, je supposais que le noir à l'esprit naïf,
n'étant plus un esclave, se laisserait facilement attirer
aux cérémonies imposantes de l'Église de Rome ; mais,
après avoir été témoin de la ferveur de leur dévotion,
en observant combien ils sont jaloux de jouer un rôle
important et de prendre la direction des services reli-

gieux, il me semble que le noir libre du Sud se convertira plus naturellement au méthodisme qu'à aucune autre forme du christianisme.

L'institution de *prédicateurs locaux* plaira surtout au noir, car il lui sera alors permis d'avoir des ministres de sa couleur et de son voisinage, pour conduire les assemblées des fidèles, tandis que le prêtre catholique noir le traiterait surtout comme un enfant, et par suite exercerait sur lui une forte discipline.

Dans une de leurs églises, et sur ma requête, une dame de New-York, qui était familiarisée avec l'idiome des noirs, transcrivit les paroles du prédicateur. Le texte du sermon était la parabole des Dix Vierges ; voici le texte : « Cinq d'entre elles étaient sages, et les cinq autres ne l'étaient pas. Celles qui étaient sages remplirent leurs lampes et allèrent au-devant du fiancé ; mais les folles restèrent assises jusqu'au moment où il vint les appeler ; alors elles coururent prendre leurs lampes et ouvrirent la porte ; mais le Seigneur leur dit : « Arrière, jeunes filles », arrière, et il leur ferma la porte sur la figure. »

« Mes sœurs et mes frères, vous devez remplir les lampes avec l'Évangile, en suivant les préceptes de Moïse, car Moïse était un savant homme ; l'éducation est le plus inestimable des bienfaits qu'on puisse recevoir en ce monde.

« Tenez bon à l'Évangile ; si vous voyez que le drapeau est déchiré, et qu'il ait été troué, saisissez la hampe, tenez-la n'importe comment et ne l'abandonnez jamais ; tenez-la, tenez-la ferme jusqu'à la mort, et même alors,

17.

si vos péchés étaient aussi noirs que l'encre, ils deviendraient blancs comme neige. »

Après le sermon, la congrégation chanta le cantique suivant sur une mesure très-lente :

> Petits enfants, vous devriez vous dire *(ter)* :
> J'irai demeurer au ciel après ma mort.
> **Doux ciel, mon seul but** *(ter)*.

> J'irai demeurer au ciel après ma mort.
> Plût au Seigneur que je fusse dans le ciel
> Pour voir ma mère lorsqu'elle y entrera,
> Pour voir sa coiffure et ses longues robes blanches :
> Elle y brillera comme le cristal au soleil.
> **Doux ciel, mon seul but** *(ter)*.

Pendant que je visitais une des villes de la Géorgie, où les noirs avaient fait des efforts pour améliorer leur condition, je pris quelques notes à la Société des affranchis, établie en ce lieu. Ayant du goût pour les grands mots, les noirs appelaient leur Société « Lycenum [1] ». Ses travaux étaient dirigés par un comité de deux personnes, dont l'une se nommait le visiteur controversiste, et l'autre le visiteur larmoyant. Quelles étaient les fonctions particulières de ce larmoyeur, c'est ce que je n'ai pu apprendre précisément. Un soir, ces noirs discutaient la question de savoir lequel est le meilleur d'avoir ou de n'avoir pas, autrement dit, lequel vaut le mieux pour l'homme du désir, ou de la possession de l'objet désiré. Une autre fois, les orateurs noirs se livrèrent à une discussion des plus vives à propos de cette question : « Le-

---

[1] Pour Lyceum, le Lycée.

quel vaut le mieux de l'eau de source ou des allumettes? » Ils ont une propension au mysticisme des plus
prononcées.

Les affranchis, cette classe d'hommes si malheureuse,
semblaient se conduire remarquablement bien. Pendant
les divers voyages que j'ai faits dans les États du Sud,
je les ai trouvés, en général, sobres et très-polis dans
leurs relations avec les blancs, quoiqu'il faille avouer
que peu d'entre eux soient capables de travailler avec
persistance, soit pour eux-mêmes, soit pour ceux qui les
payent.

CHAPITRE XV

DESCENTE DU SUWANEE

La riche végétation des bords de la rivière. — Columbus. — La petite falaise Rolin. — Vieille ville. — Un chasseur tué par une panthère. — Serpents dangereux. — Débarcadère Clay. — Les marais de la côte. — Mon dernier campement. — Fin du voyage.

Quelques amis, parmi lesquels étaient le colonel George Nason, du Massachusetts, et le major John Purviance, commissaire du comté de Suwanee, m'offrirent d'escorter le canot de papier en descendant « la rivière de la Chanson » jusqu'au golfe du Mexique, distance qui peut être, d'après les autorités locales, de deux cent trente-cinq milles. Tandis que les membres de notre petite compagnie faisaient leurs préparatifs de voyage, le colonel Nason m'accompagna à la rivière, distante d'environ trois milles de Rixford, les propriétaires de l'usine ayant envoyé le canot sur une voiture tirée par des mules. Le point d'embarquement était aux sources minérales Lower, propriété du juge, M. Bryton.

Le Suwanee, gonflé par des pluies récentes tombées dans le marais Okefenokee, était une rivière rapide, sauvage et sombre, qui frayait sa route à travers les bois. Le feuillage luxuriant de ce lieu était des plus remarquables. Les érables et les hêtres étaient en bourgeons,

avec d'épais festons de fleurs rouges. Les pins, les
saules, les cotonniers, les noyers, les chênes verts, les
ficus, les aubépines, les magnolias et les lauriers blancs
et roses, avec bien d'autres arbustes d'espèces à moi
inconnues, faisaient une belle charmille de verdure,
lorsque je descendis jusqu'à Columbus, où mes compagnons de voyage étaient venus m'attendre. Des coqs de
bruyère et des aigrettes habitaient la forêt par petites
compagnies. Les bancs calcaires de la rivière n'étaient
pas visibles, attendu que le niveau de l'eau était alors
à dix-huit pieds au-dessus de l'étiage.

Je passai sous le pont du chemin de fer qui relie
Live-Oak à Savannah. Après de bons coups d'aviron
donnés pendant quelques heures, ma marche fut arrêtée
par un grand barrage établi dans la rivière pour recueil-
lir les pièces de bois venant de l'amont. Je fus forcé de
débarquer pour faire passer cet obstacle au canot;
puis, après avoir franchi quelques éclaircies, je vis le
grand pont du chemin de fer J. P. et M. qui passe sur
la rivière devenue large maintenant et allant d'une solitude à l'autre. Sur la rive gauche était tout ce qui reste
de la ville jadis prospère de Columbus; actuellement,
elle ne se compose que d'un magasin tenu par M. Allen
et de quelques maisons. Avant la construction du chemin de fer, la population de la ville était de cinq cents
âmes. En partant de Cedar-Cayes, sur le golfe du Mexique, les bateaux à vapeur d'un faible tirant d'eau peuvent faire le service, quand l'étiage le permet, jusqu'à
Colombus. La construction des chemins de fer dans le
Sud a détourné le commerce d'une localité à l'autre, et

beaucoup de villes autrefois prospères sont, à l'heure qu'il est, tombées en décadence.

Les scieries à vapeur et le village Ellaville sont situés vis-à-vis la ville de Colombus; le commerce du bois est le plus important qui existe entre ce point et Cedar-Cayes. Cette rivière si renommée, vers laquelle le cœur du troubadour nègre « se tourne toujours », est un cours d'eau sauvage et étrange; même dans les temps les plus prospères, il n'y avait que peu de plantations sur ses rives. Les animaux sauvages erraient dans les grandes forêts, et d'affreux reptiles infestaient la vase des marais. C'est une région faite pour plaire au chasseur et au bûcheron, au naturaliste et au canotier.

Mais la majorité des habitants préféreraient, j'en suis sûr, entendre chanter les beautés de ce pays par Christine Nilsson plutôt que de descendre en personne le Suwanee.

Le lundi 22 mars, MM. Nason, Purviance et Henderson vinrent me rejoindre. Ils s'étaient procuré dans le Nord un bateau pour la pêche aux aloses, qu'on avait transporté par chemin de fer depuis Savannah. Il était gréé en sloop, et son avant avait été ponté, en sorte que ces touristes enthousiastes possédaient un abri contre la pluie, pour leurs provisions et leurs couvertures. Avec le fort courant de la rivière, une paire de longues rames et une voile, les passagers du *shad-boat* pouvaient naviguer facilement et rapidement jusqu'au golfe; tandis que mon petit bateau, léger comme l'écume sur l'eau, ne demandait qu'à sentir l'aviron pour aller de l'avant.

Le mardi 23, nous quittâmes Columbus sous les yeux d'un grand nombre d'habitants qui étaient venus pour nous voir appareiller; plusieurs pensaient que ce simple et charmant voyage était trop dangereux pour être tenté. Le fleuve, rapide, mais calme, suivait son cours limpide comme s'il eût été une mer de verre fondu, sous la douce lumière du soleil qui tremblait à travers le feuillage et papillonnait sur la grande surface de ses eaux.

Nos bateaux franchissaient en toute sécurité les rapides, qui, pendant les mois d'été, sont difficiles à suivre, mais que la hauteur des eaux descendues des sommets du voisinage rendait alors très-praticables. Le temps était charmant, et notre petite bande, ravie de toutes les beautés du paysage, éveilla bien des échos par des chants empreints de sentimentalité; il va sans dire que le vieux chant du temps passé ne fut pas oublié, et de notre meilleure voix nous chantions :

> En descendant le Suwanee,
>   Loin, bien loin,
> Là où mon cœur se tourne toujours,
> Là où habitent les vieux parents,

> Montant et descendant la création,
>   Je vais errant tristement,
> Soupirant toujours pour la vieille plantation
> Et pour les vieux parents qui sont à la maison.

> Tout autour de la petite ferme j'errais
>   Quand j'étais jeune;
> Alors, j'ai passé bien des jours heureux!
> J'ai chanté bien des chansons.

Lorsque j'étais avec mon frère,
    J'étais heureux.
Oh! faites que je retourne près de ma mère,
    Là je veux vivre et mourir!

Une petite hutte au milieu des buissons,
    Une surtout que j'aime
Revient encore tristement à ma mémoire,
    Partout où je vais errant.
Quand pourrai-je entendre les abeilles bourdonner
    Autour de leur ruche?
Quand pourrai-je entendre le ban-jo
    Dans ma bonne vieille maison?

Après chaque strophe, nous répétions en chœur :

Partout dans le monde je me fatigue et m'attriste,
    Partout où je suis errant;
O nègres! combien mon cœur est triste
Si loin de la maison où sont mes vieux parents!

Nous entrâmes bientôt dans des forêts vierges, dont la tranquillité n'était troublée que par le bruit de la hache des voleurs de bois; car voler le bois est une profession qui atteint sa plus haute perfection dans l'État de la Floride, et dans les réserves de la marine des États-Unis. Le territoire de l'Oncle Sam est constamment pillé pour alimenter les scieries à vapeur des industriels de la Floride. Plusieurs de mes compagnons me racontèrent d'intéressantes histoires sur la façon dont s'arrangent les voleurs de bois pour voler *légalement* le gouvernement.

« Là, par exemple, me dit l'un d'eux, il y a X... qui alimente sa scierie avec les produits des forêts de pins qui appartiennent à l'Oncle Sam. Il acheta jadis quelques

parcelles de terre voisine d'une belle réserve de la marine ; il n'était assurément pas assez bien renseigné
pour pouvoir reconnaître les lignes de démarcation
qui séparaient sa petite propriété de la riche réserve
du gouvernement; aussi il engagea un nombre considérable d'ouvriers pour abattre les immenses pins de
l'Oncle Sam, qu'il amena jusque sur le bord du
Suwanee, et de là les fit flotter jusqu'à son usine.
Les choses continuèrent ainsi pendant quelque temps ;
mais un jour l'agent du gouvernement fit son apparition et demanda le règlement des droits des parties. Le voleur de bois en grand commença par sou-
rire, et il expliqua de l'air le plus franc qu'il croyait
n'avoir abattu de bois que sur sa propriété ; puis il
ajouta que tout dernièrement il s'était aperçu qu'il avait
empiété sur celle de sa patrie adorée ; mais comme il
était un citoyen, il était tout prêt à faire une restitution
et demandait à régler le compte.

« L'agent du gouvernement se laissa surprendre par
l'apparente candeur de cet homme, et celui-ci sut si
bien exciter sa sympathie qu'il promit d'être aussi *tolé-
rant* que possible. Il proposa en conséquence de régler
l'affaire sur la valeur de cinquante cents par acre de terre
pour tout le territoire dont les bois avaient été abattus,
et il termina en disant : « Combien avez-vous abattu de
bois « depuis que vos bûcherons sont dans la forêt? »

« M. X... déclara qu'il lui était impossible de répondre à cette question, mais il offrit généreusement à
l'agent de l'autorité de fixer les termes qui lui semblaient
convenables entre un gouvernement paternel et un de

ses infortunés citoyens. Voulant faire fidèlement son devoir, le fonctionnaire estima à deux mille acres de terre le territoire usurpé ; mais à son extrême étonnement, le malin délinquant affirma énergiquement qu'il en avait exploité au moins cinq mille ; enfin, il régla définitivement en payant deux mille cinq cents dollars, dont il se fit délivrer quittance.

« Lorsque cet habile homme d'affaires fit un voyage à Jacksonville, ses amis le raillèrent de son aveu. Le vrai patriote cligna de l'œil et répliqua :

« C'est vrai, j'ai un reçu du gouvernement pour l'ex-
« ploitation de cinq mille acres de bois, au prix très-
« modeste de cinquante cents par an. Je n'ai encore
« fait d'abatis que sur le cinquième de la superficie ; je
« compte donc bien continuer l'exploitation des quatre
« mille acres qui restent à ma disposition, mais per-
« sonne ne m'arrêtera maintenant que j'ai le reçu du
« gouvernement qui prouve que c'est payé ! »

Le sloop et le canot avaient quitté Columbus un peu avant midi, et à six heures du soir nous passâmes devant le bac Charles, où l'ancienne route frontière Saint-Augustin et Jallahassee traverse la rivière. Sur ce point solitaire, un homme âgé, mort maintenant, possédait une source souterraine assez puissante pour faire tourner la roue d'une scierie. La hauteur de l'eau me permit de ramer jusqu'au moulin avec mon canot.

A sept heures et demie du soir, une cabane en bois abandonnée, située près du bac Barrington, nous offrit un refuge pour la nuit. Pendant toute la journée du lendemain, nous dûmes explorer les cours d'eau de ces mêmes forêts sans trouver plus de terres cultivées qu'au premier jour de notre voyage.

Au-dessous de cette cabane, nous arrivâmes à l'île n° 1, où les rapides gênent les bateliers pendant les mois d'été. Puis nous glissâmes doucement, mais rapidement, sur un courant profond. Les rares habitants que nous rencontrâmes sur les rives du Suwanee semblaient aux trois quarts endormis, même pendant la veille. Pour les arracher à leur sieste, nous commençâmes par les appeler à grands cris, en passant devant une petite hutte dans le bois, et après une longue attente un homme parut à la porte, se frottant les yeux comme si la charmante lumière du soleil eût fatigué sa vue. C'était véritablement une région tranquille que cette grande solitude du Suwanee!

Avant midi, nous atteignîmes la ferme de madame Goodman; c'était une maison construite en bois, sur la rive gauche, juste au-dessous de l'île n° 5. En ce moment, le major Purviance tira un gros dindon sauvage (*meleagris gallopavo*), qui, du banc de sable où il était posé, roula dans l'eau, nous laissant sans gibier, dans un fourré de palmiers nains. Il connaissait mieux son terrain que nous, car, bien que blessé, il réussit à s'échapper. Nous nous arrêtâmes quelques moments à Troy, qui, malgré son nom célèbre, ne se compose que d'un magasin et d'une douzaine de cabanes. A quelques milles au-dessous de cette ville, sur la rive gauche de la rivière, on trouve une élévation inhabitée appelée la falaise Rolin, d'où une ligne dirigée par 22° nord-est et de vingt-trois milles et demi de longueur atteindrait Live-

Oak. Un projet de loi destiné à réunir Live-Oak avec ces parages du Suwanee, à l'aide d'un chemin de fer adopté par la législature floridienne, a été repoussé par le gouverneur.

Après le coucher du soleil, les bateaux furent remisés en lieu sûr devant une hutte abandonnée, autour de laquelle des orangers à oranges amères, mais d'une végétation luxuriante, montraient ce que la nature pourrait faire dans cette contrée abandonnée. L'air de la nuit était balsamique et rempli d'insectes, tandis que dans les marais les alligators faisaient entendre jusqu'au jour leurs beuglements.

Après déjeuner, nous descendîmes à l'embouchure de la rivière Santa-Fé, qu'on trouve sur la rive gauche du Suwanee. Les bûcherons l'appellent le Santaffy.

Les solitudes au-dessous de Santa-Fé sont remplies de souvenirs de la guerre contre les Indiens Séminoles; on en a trouvé beaucoup de vestiges; entre autres, sur l'emplacement d'une ancienne ville indienne, on a découvert, enfouis dans le creux d'un arbre, les squelettes d'un adulte et d'un enfant indien couverts de verroteries. Le fort Fanning est sur la rive gauche du Suwanee, vis-à-vis du Old-Town-Hammock, sur la rive droite.

Pendant la guerre Séminole, le Hammock et les déserts du voisinage devinrent les lieux de retraite où se cachaient les Indiens; et si sauvage et si abandonnée est cette région, que, même actuellement, l'ours, le loup et la panthère s'y réfugient dans les jungles pour fuir la présence de l'homme.

Le colonel J. L. F. Cottrel, ayant quitté son pays natal, la Virginie, en l'année 1854, commença le défrichement du sol vierge de Old-Town-Hammock. Chaque État a sa manière particulière de diviser son territoire, et ici, en Floride, cette ancienne plantation est classée dans le dixième township, section 24, rang 13. La propriété comprend deux mille acres de terre environ, desquelles près de onze cents sont en culture.

Les esclaves que le colonel avait amenés de Virginie étaient maintenant des fermiers; il leur avait donné à bail des parcelles de ses terres arables. La maison de l'ancien planteur, avec ses portes hospitalières s'ouvrant toujours à l'étranger, est située au milieu de chênes verts et d'autres arbres dont les branches, ornées de festons de mousse espagnole, se balançaient dans l'air calme comme une révélation de la chaleur et de l'humidité de l'atmosphère. Une grande machine à presser le coton et des magasins de grains, une maison à cheminées et d'autres dépendances de la plantation sont commodément groupés sous les ombrages de grands chênes protecteurs. La propriété produit du coton, des grains, des patates douces, des bêtes à cornes, des porcs et de la volaille. Les daims se montrent quelquefois dans les champs de l'exploitation, tandis que l'appel matinal du dindon sauvage arrive des buissons voisins.

Dans cette partie retirée de la Floride, égayée par la société d'une femme dévouée et de quatre aimables filles, vivait le propriétaire, qui ne nous fit pas seulement participer aux charmes de sa maison bien ordonnée, mais qui insista aussi pour accompagner le canot de papier jusqu'à la mer.

Rassemblés autour des foyers de ces habitants des bois, la conversation s'engageait généralement sur les récits de chasse, les traditions indiennes et les épreuves qu'eurent à souffrir les pionniers lorsqu'ils étaient venus s'établir au milieu des forêts.

Un accident d'un intérêt saisissant était arrivé sur les bords du Suwanee quelques semaines avant que le canot de papier entrât dans ses eaux. Deux chasseurs étaient allés la nuit dans les bois pour tirer des daims à la lueur de torches allumées. Comme ils avançaient avec ces torches élevées au-dessus de leur tête, ils arrivèrent sur un troupeau de daims, qui, éblouis par l'éclat de la lumière, ne firent pas le moindre effort pour échapper.

Enfonçant leurs torches en terre, les chasseurs se couchèrent sur l'herbe pour se cacher aux animaux qu'ils espéraient tuer à leur convenance. L'un des chasseurs s'était posté sous les branches d'un grand arbre; l'autre à quelques pas de distance. Avant que le signal convenu pour tirer fût donné, le bruit d'un corps lourd tombant à terre, suivi d'un cri étouffé, fit tressaillir le chasseur le plus éloigné de l'arbre. Frappé d'alarme, il courut au secours de son ami, dont le corps inanimé était couvert par une grande panthère qui s'était élancée sur lui du haut d'une des branches principales du grand chêne. Briser avec ses fortes mâchoires les os du pauvre bûcheron n'avait été pour ce puissant animal que l'affaire d'un instant.

Le saut de la panthère.

Dans ce cas exceptionnel d'une panthère (*felis concolor*) attaquant l'homme volontairement, celui qui étudie l'histoire naturelle devra remarquer que la victime était couchée par terre. Il est probable que l'animal n'aurait pas quitté son poste d'observation dans les branches du chêne, où évidemment il attendait l'approche du daim, si l'homme eût été *debout*. Allez à un bayou du Sud, que peut-être personne n'a jamais visité et où les sauriens qui l'habitent n'ont jamais été inquiétés, couchez-vous par terre sur le bord d'un étang et attendez jusqu'à ce qu'un grand alligator se montre lentement à la surface de l'eau. Il vous regardera pendant un moment avec une curiosité évidente, et bien souvent il approchera de vous sans peur. Quand le monstre sera à une vingtaine de pas, levez-vous alors lentement sur les pieds jusqu'à ce que vous ayez développé toute votre taille, et l'alligator des États du Sud (*alligator Mississipiensis*), neuf fois sur dix, s'enfuira avec précipitation.

Bien peu d'animaux sauvages attaqueraient volontairement l'homme quand ils se trouvent en face de lui et qu'il est debout. Dans tous les exemples que j'ai pu connaître et où le fauve s'est risqué à lutter contre l'homme, c'est parce qu'il n'avait aucun moyen de fuir, ou qu'il avait ses petits à défendre, ou bien qu'il avait été blessé par le chasseur.

Il était près de dix heures du matin, le vendredi 29 mars, quand notre joyeuse bande quitta le Old-Town-Hammock. Ce jour était destiné à voir la fin du voyage en canot de papier, car ma petite embarcation devait arriver dans les eaux de la grande mer du golfe avant midi.

La femme et les filles de notre hôte, en vraies femmes de la forêt, ne témoignèrent aucune inquiétude au départ du chef de la famille, mais se contentèrent de lui souhaiter gaiement un bon voyage jusqu'au golfe. Le port des Cedar-Cayes n'est qu'à quelques milles de l'embouchure du Suwanee. Le chemin de fer qui se termine aux Cedar-Cayes devait, avec ses embranchements sur d'autres routes, ramener les membres de notre petite caravane à leurs différentes demeures.

Égayés par les charmes d'une belle journée, nous descendîmes rapidement le fleuve. Les passagers du *shad-boat,* que nous appelions maintenant l'*Aventurier,* ramaient en chantant et en riant, tandis que, de mon côté, je cherchais à examiner de plus près le caractère du water-moccasin (le *trigonocephalus piscivorus* de Lacépède), que j'avais plus de raison de craindre que les alligators.

Le water-moccasin a environ deux pieds de long et il a cinq à six pouces de circonférence. La queue porte une partie cornue de presque un demi-pouce, laquelle est inoffensive, quoi qu'en disent les crackers et les noirs, qui affirment très-sérieusement que lorsqu'elle frappe un arbre, c'en est fait de lui, et que, quand elle entame la chair de l'homme, il est empoisonné et meurt. La couleur de ce reptile est d'un brun sale. Jamais on ne le trouve loin de l'eau, et il se cache en grand nombre dans les marais, où il est la terreur des

noirs employés sur les rizières. La morsure du water-
moccasin est excessivement venimeuse; elle est considérée comme plus dangereuse que celle du serpent à
sonnettes, qui avertit l'homme de son approche par le
bruit de ses anneaux. Le water-moccasin diffère en cela
du serpent à sonnettes; il n'attend pas qu'on l'attaque,
mais il prend l'offensive quand l'occasion s'en présente,
frappant de ses crocs tous les objets animés qui sont à
sa portée. Les autres espèces de serpents fuient sa présence. On le rencontre dans le Nord jusqu'au Pedee de
la Caroline du Sud. Le Suwanee ayant inondé ses rives,
en aval de Old-Town-Hammock, les serpents s'étaient
remisés sur les branches basses des arbres et sur les
branches élevées des broussailles, où ils semblaient dormir à la chaleur du beau soleil; mais comme je côtoyais la rive à quelques pieds seulement de leurs lits
aériens, ils découvrirent ma présence et s'enfuirent pa-
resseusement dans l'eau. Nous pouvons dire sans exagé-
ration que nous avons rencontré des milliers de ces dangereux reptiles en descendant le Suwanee. Le bateliers
m'ont raconté que lorsqu'ils traversent les lagunes dans
leurs canots faits d'un seul tronc d'arbre, s'ils aperçoivent un water-moccasin à quelque distance de la terre,
il entrera dans le canot pour s'y réfugier ou pour se
reposer. Dans certains cas, le batelier effrayé saute par-
dessus le bord et gagne la côte en nageant, afin d'échapper à ce redoutable reptile.

Le seul point digne d'être cité entre Old-Town-Hammock et les marais du golfe est le débarcadère Clay,
sur la rive gauche du fleuve, où madame Tresper de-

mourait autrefois dans une très-confortable maison. Le débarcadère Clay, pendant la guerre civile, a servi de dépôt aux marchandises qui avaient à franchir le blocus. Archer, station du chemin de fer, n'est éloigné que de vingt milles, et les importations de contrebande étaient amenées jusque-là par des attelages de mules, après avoir été débarquées des navires qui avaient été assez heureux pour forcer le blocus.

Comme le soleil descendait à l'horizon et que les ombres des arbres devenaient longues sur les eaux du fleuve, nous sentîmes l'air salé des brises du golfe du Mexique, transportées jusqu'à nous par-dessus les forêts. Dès que l'obscurité eut jeté sur nous le sombre manteau de la nuit, nous laissâmes à gauche l'entrée de la passe est, et nos bateaux furent lancés sur le jusant rapide de la large passe ouest jusque dans les grands marais de la côte.

Une heure plus tard, nous émergions de la sombre forêt dans les plates savanes. La fraîcheur de l'air marin était délicieuse. Les étoiles brillaient d'un doux éclat, et le murmure des flots, l'appel du héron ou le cri du canard effrayé par notre marche et les sauts que le poisson faisait hors de l'eau étaient les seuls bruits que nous pussions entendre dans la nature. On eût dit que nous entrions dans un autre monde.

Au milieu des terrains bas, près de l'embouchure du fleuve, il semblait qu'il n'y avait qu'un seul point au-dessus du niveau de la marée. C'était un petit bouquet d'arbres appelé l'île Bradford, qui s'élevait comme une oasis dans le désert. Les flots côtoyaient rapidement ses rives, et un peu plus loin ils se mêlaient à ceux de la mer.

Notre petite bande, fatiguée, débarqua sur un banc de coquilles et brûla une certaine étendue de gazon pour détruire les mouches de ces plages sablonneuses. Cela fait, l'un de nous construisit un grand feu de bivouac, tandis que d'autres étendaient les couvertures sur le sol. Près d'un buisson, je halai le fidèle compagnon de mon long voyage, près duquel je dormis pour la dernière fois, ne pensant pas, ne rêvant même pas qu'une année plus tard je visiterais encore l'embouchure du Suwanee, en venant de l'Ouest, après un long voyage de deux mille cinq cents milles depuis la rivière de l'Ohio, et que je pourrais encore chercher un abri sur ces rives. Ce fut une nuit de doux sommeil. Le feu de bivouac dissipa l'humidité, et le long exercice de la rame donna son prix au repos.

Une magnifique matinée nous égaya lorsque nous déjeunâmes sous l'ombre des palmiers nains de l'île. Derrière nous s'élevait la muraille compacte, vert sombre, des épaisses forêts, et le long de la côte, de l'est à l'ouest, aussi loin que l'œil pouvait atteindre, se développait le vert brun des savanes, contre lesquelles brisaient avec un doux murmure les vagues de cette mer que j'avais tant désiré atteindre. Sur les grands marais émergeaient de petits fonds, tout verts de pins et de palmiers nains, au feuillage léger comme la plume. Les nuages chargés d'humidité commençaient à s'élever, et tandis que je les suivais du regard, ils se dissipaient sous la chaleur des rayons du soleil du matin; je les com-

parais aux nuées d'appréhensions que j'avais éprouvées naguère sur le froid Saint-Laurent et qui étaient
maintenant dissipées par la joie du succès. Les neiges
du Nord, je les avais derrière moi. La *Maria-Theresa*
se balançait sur les eaux dorées du grand golfe ; mon
cœur était léger, car mon voyage était fini.

PARIS. TYPOGRAPHIE E. PLON ET Cie, RUE GARANCIÈRE, 8.